헬렌 니어링의 소박한 밥상

헬렌 니어링의 소박한 밥상

헬렌 니어링 지음·공경희 옮김

나는 헛된 명성이 아니라, 동포에게 이익이 되고 유익을 주는 방법을 추구한다. 자신뿐 아니라 이웃의 건강도 생각하는 선량한 요리사나 사려 깊은 작가와 독자라면 나의 집필 의도를 이해할 것이다. 특히 나의 책이, 가난에 찌들고 솜씨가 없는 동포에게조차 일말의 도움을 줄 수 있으리라는 데 동의해주리라 희망한다.

D. 랑베르 도도엥D. Rembert Dodoens, 《본초서A Nievve Herball》 • 1578

이 책을 출판하는 의도는 나처럼 많은 것을 관찰하거나 수집할 기회가 없었던 사람들을 가르치기 위함이지, 이미 지식이 많은 이에게 정보를 주는 척하기 위함이 아니다.

R. 브래들리R. Bradley, 《시골 가정 주부The Country Housewife》 • 1732

싸고 건강하고 맛 좋은 요리를 다양하게 만들도록 조리법을 한데 모은 이 책은 알뜰하게 살면서 노년에 건강을 유지하려는 사람들 모두에게 도움이 된다. 특히 텃밭을 갈아 얻은 작물을 최대한 이용하려는 농부와 상인에게 유용할 것이다.

익명,《아담의 사치와 이브의 요리Adam's Luxury and Eve's Cookery》• 1744

나는 나이가 많아 경험도 풍부하므로 결혼을 앞둔 아가씨들이나 잡다한 가정 살림에 매인 주부들에게 살림 방법을 알려달라는 요청을 자주 받는다. 그래서 신경통이 극성을 부리지 않는다면 내 살림 방법을 몇 자 적어보기로 했다. 이 글을 새댁들에게 추천하고 싶다. 신혼 가정이 사랑과 조화를 이루는 데 도움이 될 것이다.

마사 케어풀Martha Careful,《젊은 주부들에게 주는 살림 지혜Household Hints to Young Housewives》• 1853

밥상에서의
명상

대학 졸업 후 15년 가까이 번역 작업을 하며 지냈다. 1990년 이전에는 원고지에 번역 원고를 적었는데, 오른쪽 중지가 빨갛게 부어오르고 굳은살이 생겨 손가락 모양이 점점 기형이 되기도 했다. 육체는 힘들었으나 원고지 칸을 메우면서 느낀 여유와 성취감이 애송이 번역 작가에게는 이루 표현할 수 없는 즐거움을 안겨준 시절이었다.

1990년경, 우연히 베이킹 레슨을 받게 되었다. 지금이야 베이킹 레슨이 보편화되어 배울 수 있는 곳이 많지만, 당시 결혼도 안 한 처녀가, 그것도 늘 책상에 앉아 번역 작업을 하는 사람이 매주 선생님 댁을 찾아가서 빵 굽기를 배운다는 것은 꽤 독특한 일이었을 것이다. 어쨌든 몇 가지 재료를 요령 있게 섞어서 오븐에 넣으면 고소한 냄새와 함께 맛 좋은 여러 가지 빵이 완성되는 과정을 통해 먹을거리를 만든다는 것이 '오아시스 같은 휴식'이 될 수 있음을 알았다. 그때 만든 레시피는 지금도 보관하며 사용한다.

가장 자주 만드는 것은 피칸 파이와 치즈 케이크이다.

그러다 결혼을 했고, 아기를 가졌다. 번역 일이 무척 많아 따로 여유를 갖고 태교를 할 수 없었다. 또 평소 안 하던 일을 배 속 아기 때문에 한다는 생각도 마음에 들지 않았다. 내 스타일대로 아이와 의사소통을 하기로 결정하고, 몇 권의 그림책을 번역했다. 태어날 아기 생각을 하면서 무척 공들여 나오게 된 책이 《무지개 물고기》와 《곰 사냥을 떠나자》이다. 그리고 다시 요리 배우기를 시작했다. 임신 초반부터 출산 직전까지 그 더운 여름에도 일주일에 한 번씩 버스 타고 전철 타고 다시 버스를 갈아타면서 요리 선생님 댁에 가서 서양 요리를 만들고 상차림을 하고 시식했다. 하지만 늘 보는 인쇄 활자를 떠나, 그것도 한눈에 들어오지 않는 영어 문장을 떠나 재료를 썰고 익혀서 예쁜 접시에 담아 상을 차리고 먹는 행위에서 나는 해방감을 만끽했다. 번역 작업이나 요리 만들기나 내 손과 눈과 마음을 통해 '만들어진다'는 공통점이 있는 일이니, 당시에는 전혀 다른 일을 하며 자유를 만끽한다고 생각했지만 사실 비슷한 일을 했던 듯하다. 그때 만든 레시피 또한 지금도 보관하고 사용한다. 예전에는 스테이크류를 자주 만들었지만, 요즘은 샐러드드레싱을 만들 때 요긴하게 참조한다.

그사이 딸 유나를 키우고 계속 번역 일을 하고, 두 차례나 영국에 가서 살다 돌아오고, 강의를 하고, 소그룹 모임에 참여해 공부를 하고 그렇게 바쁘게 살다 보니 요리를 배우러 다니기 어려웠다. 결국 요리책을 잔뜩 쌓아두고 틈틈이 '구경'하면서 대리 만족을 느껴야 했다. 처음에는 단순한 눈요기에서 시작했지만, 다양한 요리책이 출간되고 서양 글에 자주 나오는 향신료와 서양 야채류 등을 직접 보고 그 쓰임새도 알게 되면서 오히려 번역 일에 도움이 되었다. 그러니 내게 요리책은 보고 요리할 때 참고하는 것이 아니라, 꼼꼼히 읽고 배우고 즐기는 대상이었다. 더 나아가 《아주 특별한 요리 이야기》라는 요리에 관한 소설까지 번역하고 보니, 내게 요리는 아주 특별한 주제가 되었다.

이 책의 번역 의뢰를 받고서, 내가 참 운 좋은 사람이라는 생각이 들었다. 헬렌과 스코트 니어링 부부처럼 자연으로 들어가 올곧게 살지는 못해도, 그 건강한 정신을 늘 부러워하던 참이었다. 헬렌 니어링의 이 색다른 요리책을 번역하면서 나는 아주 독특한 경험을 했다. 물론 어떤 책이든 작가나 필자의 정신이 담겨 있으므로 번역자인 나 역시 이런저런 영향을 받는다. 하지만 헬렌은 이 책을 통해 내게 '먹고 산다는 것'에 대해 전혀 새로운 관점을 갖게 해주었다. 생활에서 먹는다는 것이 무엇인지에 대해 근원적인 것부터 생각해볼 기회를 갖게 되었다. 처음에는 단순히 자연 친화적인 음식 만들기에 대한 글과 레시피를 담은 책이라고 알았지만, 번역 작업을 끝낸 지금은 생활에 대한 발상 자체를 전환해주는 글이라고 생각한다.

단순히 채식을 권하고, 간단한 조리법을 소개하는 글이 아니다. 수많은 요리책을 뒤적이고 그것도 모자라 인터넷의 요리 관련 사이트를 뒤져봐도 성에 차지 않는 요즘의 우리가 부엌에 들어가기에 앞서, 식탁에 앉기에 앞서 한 번쯤 꼭 물어보고 고민해보아야 할 주제가 《헬렌 니어링의 소박한 밥상》안에 들어 있다.

이 글을 번역하고 읽으면서 우리 집 식탁은 상당히 변했다. 그러잖아도 소박하게 먹는 가정이었지만, 지금은 재료와 조리 과정이 더욱 간단해지고 가짓수가 줄었으며, 식탁이 푸르러졌다. 중요한 것은 그렇게 간단히 - '달랑'이라고 표현해야 할까 - 상을 차리고도 주부로서 마음이 꺼림칙하기는커녕 아주 당당해졌음을 말하고 싶다. 이런 경험을 건강한 먹을거리에 관심이 있는 이들과 나누고 싶다.

일의 시작부터 끝까지 여러모로 배려해주신 디자인하우스의 편집부 스태프들에게 감사의 말을 전한다.

2001년 공경희

독자들에게

책장을 본격적으로 넘기기 전에 우선 옛 인용문을 과하다 싶게 게재한 것에 대해 이야기해야 할 듯싶다. 오랜 세월 뉴욕, 보스턴, 필라델피아에 있는 도서관에서 희귀본을 찾아 읽는 것이 내게는 큰 즐거움이었다. 도서관 서가에 가득 꽂힌 책의 글 중에서 지혜롭게 잘 쓴 글을 모아두는 일 또한 즐거웠다.

H. L. 멘켄H. L. Mencken은 "지나치게 다독하는 사람들이 있다. 독서 중독자들Bibliobibuli이다. 사람들이 술이나 종교에 취하듯, 그들은 책에 계속 취해 있다"라고 말했다.

그렇다면 나는 '도서관 중독증'에 걸린 셈이다. 술에 취하듯 함축성 있는 인용문에 취한다. 내가 생각하는 바를 다른 이가 먼저, 그것도 더욱 탁월하게 말한 대목이 있다면 독자들에게 소개하는 편이 좋지 않을까? 내가 대충 쓰는 대신 그들의 좋은 글을 인용하지 않을 이유가 있을까?

내가 다른 저자의 책에서 좋다고 생각해 모아놓은 인용문들을 기쁜 마음으로 독자 여러분과 나누고 싶다.

내가 그것들을 수집한 이유는 다름이 아니라 독자들을 즐겁게 하고, 이런 종류의 지식을 구축한 다른 저자들이 기록한 정보를 독자에게 주기 위함이다.

닥터 M. L. 레머리Dr. M. L. Lemery, 《모든 종류의 식품에 관한 논문A Treatise of All Sorts of Foods》 • 1745

옛 요리책이 부엌 서랍에 두고 필요할 때 참조하는 데 소용되는 것 외에 읽기에도 얼마나 즐거운 저작물인지 알려주고 싶다.

엘리자베스 로빈스 페넬Elizabeth Robbins Pennell, 《나의 요리책들My Cookery Books》 • 1903

나는 말할 때 인용을 많이 한다. 내 생각을 떠받쳐줄 빛나는 지혜의 구름떼를 불러들여 하고 싶은 말을 훨씬 강렬한 웅변조로 연출하는 것이다.

레오노라 스페이어Leonora Speyer, 《시의 가르침에 관하여On the Teaching of Poetry》 • 1946

1980년 헬렌 니어링

차례

디자인하우스는
생생한 삶의 숨결과 빛나는 정신의 세계를 열어 보이는,
세상에 꼭 필요한 좋은 책을 만듭니다.

오랜 세월 동안 보잘것없는 내 요리를 맛있게 먹어주고 조리법을 묻곤 하던 지인들과, 나로 하여금 요리책을 쓰도록 격려해주고 이 세상에 넘쳐나는 온갖 요리책 가운데 이런 특이한 요리책도 설 자리가 있노라고 북돋아준 많은 사람들, 그리고 더불어 조화로운 삶을 살아가는 수많은 젊은이와 노인들, 우리의 친구들에게 이 책을 드립니다.

1부

|

소박한 사람들을 위한
소박한 음식

나는 아무도 쓸 가치가 없다고 생각한 조리법을 기록하려 시도했다고 믿는다. 나와 동성인 여자들에게 좋은 평가를 받는다면 더 이상 바랄 게 없겠다. 그렇게 되면 모든 고초가 상쇄되고도 남을 것이다. 고상하고 예절 바른 문체가 아니라면 용서를 바란다. 서민층을 가르치려는 의도가 있기에 그들의 방식으로 접근할 수밖에 없는 것이다. 가여운 여자들은 표현할 줄 몰라 어쩔 줄 모르지만, 훌륭한 요리사라면 고매한 방법으로 자신을 잘 표현한다.

한나 글라세Hannah Glasse,

《간단하고 쉽게 만드는 요리법The Art of Cookery Made Plain & Easy》• 1747

내가 요리책을
쓰게 된 사연

오랜 경험을 통해 상당한 분량의 실험 관찰 결과가 나왔다. 살날이 얼마나 남았는지 모르지만 끝이 가까워지고 있음을 알기에 기꺼운 마음으로 내 냅킨을 펼쳐 어떤 이에게는 이익을, 어떤 이에게는 즐거움을 주기 위해 보잘것없는 나의 재능을 건네주기로 한다.

휴 플랫 경Sir Hugh Platt, 《꽃의 천국Floraes Paradise》 • 1608

나는 값싸고 쉬운 방법으로 가족을 부양함으로써 하층민에게 도움이 되는 작업을 해온 듯하다. 더 낫고 더 쉽게 효과를 거두기 위해 이 소책자를 출판했다. 아무리 죽음과 궁핍의 시기라 해도, 풍요로운 지금과 마찬가지로 누구나 훌륭하고 건강에 좋은 빵과 음식을 싼 비용으로 가족에게 먹일 수 있었을 것이다.

존 포스터John Forster, 《커가는 잉글랜드의 행복England's Happiness Increased》 • 1664

자유주의 교육을 받았으며, 젊은 시절에 성숙해질 경험을 누린 나로서는 나나 타인에게 이미 알려졌을 뿐 아니라 앞으로도 큰 도움을 줄 유용한 지식과 경험을 획득하는 데 태만하지 않았다. 아는 것을 출판함으로써 후대에 빚을 갚고 적적한 무덤에서 쉬려 한다. 시간이 살처럼 흐르므로 이승을 떠나기 전 내가 할 수 있는 모든 좋은 일을 해야 할 필요가 있다. 그래야 저승에서 평안을 얻을 테니.

어느 부인, 《여인의 의무The Whole Duty of a Woman》 • 1695

작가로서 책을 출판하게 된 것이 쑥스럽다. 이 나라에서 점차 부흥하는 여성 세대에 힘입어 이런 일을 벌일 용기를 얻었다. 이것은 돈 많은 멋쟁이 숙녀들을 위한 책이 아니라 더 소박한 생을 사는 이들을 위한 책이다. 만일 이 책자가 경험 없는 여성을 요리 예술의 세계로 안내하고, 이 책으로 그들이 당황하지 않아도 된다면 나의 노고는 큰 위로가 되겠다.

루시 에머슨Lucy Emerson, 《뉴잉글랜드 요리The New-England Cookery》 • 1808

1장

|

내가 요리책을 쓰게 된 사연

나는 음식 만들기에 열심이지도 않고 자격 있는 요리사도 아니건만, 이미 오래전 그것도 프랑스에서부터 - 프랑스야말로 요리사와 식도락가와 미식가의 본고장이 아닌가 - 요리책을 써보라는 제의를 받기 시작했다. 부엌에서 가능한 한 최소한의 시간을 보내고, 조리법이나 요리책 따위를 참조해서 음식을 만들지 않고, 그저 되는대로 재료들을 섞어 재빨리 식사 준비를 하는 사람이다. 더없이 간단한 재료와 절차로 음식을 준비하는 내가 요리책을 쓰라는 요청을 받다니…….

식탁에 특별히 맛 좋은 음식을 올렸는데 손님이 식사를 마치고 "수프 맛이 기가 막힌데요! 정말 맛 좋은 요리예요! 조리법 좀 가르쳐주시겠습니까? 꼭 요리책을 쓰셔야겠는데요"라고 칭찬한다면 누구나(남녀노소 불문하고) 기분이 좋을 것이다. 내게도 이런 작은 승리의 순간들이 있었다.

세상에는 두 부류의 인간이 존재한다는 얘기가 있다(아마도 훌륭한 요리사의 말이리라). 요리를 잘하는 사람과 요리를 잘하고 싶어 하는 사람. 그런데 나는 세 번째 부류에 속한다. 요리를 잘하지 못하면서 잘하려고 신경 쓰지 않는 사람! 난 행복하게도 그 부류에 속하는 인물이다. 그러니 내게 요리책을 쓸 마음이 있었을까? 그런데 일은 이렇게 벌어졌다.

1970년, 남편 스코트와 나는 남프랑스의 지중해 변에서 한동안 지내고 있었다. 그해 겨울 우리는 프랑스어 공부를 다시 시작했다. 우리가 살던 아파트에는 빌프랑슈 해안이 내다보이는 발코니가 있었고 작은 부엌이 딸려 있었다. 우리는 세계 각지의 지인들을 식사에 초대했다. 수프(그 지역에서 흔히 나는 야채만으로 만든)와 샐러드(늘 먹는 푸른 채소를 섞은 것)와 디저트(껍질 벗긴 사과와 구운 귀리, 건포도, 꿀, 레몬주스로 만든 것)를 대접하면 외국인 손님들은 탄성을 연발했다. 그러면 나는 "뭐가 그리 특별할 게 있나요? 이것저것 있는 재료를 섞었을 뿐인데요. 이렇게 간단한 음식은 또 없을걸요. 저는 요리사가 아니거든요"라며 시큰둥하게 대꾸하곤 했다. 하지만 손님들은 "어떻게 만드는지 얘기해줘요. 부인은 꼭 요리책을 쓰셔야 합니다. 흥미로운 세부 사항까지 다 밝혀주셔야 해요. 모든 게 정말로 특이합니다"라고 말했다.

아마 새로 사귄 프랑스, 남아프리카, 모로코, 일본, 인도 친구들에게는 특이했을 것이다. 그때 20년 전쯤 버몬트에서 프랑스인 부부가 우리와 함께 식사한 일이 기억났다. 그 품위 넘치는 신사는 이것저것 섞어 만든 음식에 열광했다. 그는 입가를 닦으면서 더욱 품위 있는 아내에게 "여보, 이 맛 좋은 음식의 조리법을 꼭 배워가도록 해요"라고 말했다. 그저 밀 씨앗을 구워서 메이플 시럽과 건포도로 단맛을 냈을 뿐이었는데, 그 신사는 그런 것은 생전 처음 구경했고 또 맛보았던 것이다. 나는 그보다 더 간단하게 대접할 수는 없다 싶게 대접했을 뿐이다. 아니, 손님에게 밀 씨앗을 날것으로 씹어 먹으라고 권하는 게 더 간단하긴 하겠지만. 사실 가끔 그런 일도 있다.

왜 요리책을 써서 출판하지 않느냐 하는 질문을 줄곧 받았다. 상당한 기간 동안 요리책이라는 이 과학적인 말은 내게 큰 두려움을 불러일으켰다. ……하나 존경하는 독자들이여, 우리의 연약한 아이디어란 인생을 지내며 얼마나 변화무쌍하고 불확실한지 인식해야 한다. 나는 수많은 음식에 대한 생각에 이끌렸으며, 그로 인해 그전의 견해가 완전히 바뀌게 되었다. 해서 대중 앞에 이 책을 내놓게까지 되었다. 책을 준비하면서 어떤 조리법이든 명료하게 이해하고 쉽게 만들어볼 수 있도록 간단히 기술한다는 원칙을 충실히 따랐다.

알렉시스 소이어Alexis Soyer, 《미식 개혁The Gastronomic Regenerator》 • 1846

대중에게 이 책을 내놓으면서 오래전에 수집한 자료를 순서대로 정리하기만 했다. 즐거운 작업이었으며 노년의 내게는 소중한 일이었다.

브리야-사바랭Brillat-Savarin, 《미각의 생리학La Physiologie du Goût》 • 1820

내가 이런 노고를 감당하게 된 이유는 이렇다. 우선 내 요리를 좋아하는 이들과 친구들을 만족시키기 위함이다. 그리고 내 안의 무거운 기억의 짐을 가뿐하게 덜기 위해서 이 조리법(요리에의 모험)을 기록했다. 마지막으로 이 시대의 젊은 여성들이 쉽고 편하고 저렴하게 음식을 준비할 수 있도록 하기 위해 이 책을 썼다.

저버스 마크햄Gervase Markham, 《전원의 만족Countrey Contentments》 • 1613

그 프랑스인 부부는 기어이 내 고집을 꺾었다. 어림으로 만드는 조리법을 글로 남기라고 나를 설득했다. 나는 무모한 구석이 있는 사람이어서 고금의 요리책 수천 권을 뒤져 다른 사람들이 뭘 적었는지, 또 뭘 적지 않았는지 살펴보기로 했다. (뉴욕 맨해튼 5번가와 42번가 교차로에 있는) 도서관 한 군데에만 1만4000종의 요리책 목록 카드가 9개의 서랍을 꽉 채우고 있었다. 거기에 매료당한 나는 우선 양피지에 적힌 기록부터 훑기 시작했다. 아피시우스Marcus Gavius Apicius 기원후 1세기경에 살았던 로마의 저술가. 《요리에 관하여De Re Coquinara》를 집필한 것으로 알려져 있다 - 편집자 주가 음식에 관해 쓴 논문은 모조피지에 인쇄되어 있었다. 《요리의 형태The Form of Cury》라는 제목의 모조피지 두루마리에는 14세기 리처드 2세가 통치하던 시기에 기록해 1780년 닥터 페기라는 사람이 출판한 조리법 196가지가 적혀 있었다. "가정에서 적절한 방식으로 솜씨 좋고 건강하게 평범한 죽과 고기 요리를 만들 수 있도록" 만든 조리법이라고 나와 있었다.

조리법을 연구하려고 책을 보는 게 아니어서 하루에 60권이나 훑어보는 경우도 많았다. 다른 저자들의 형식과 문체, 유쾌하거나 산만한 기술 방식에 관심을 갖고 책을 살폈다.

꿀벌이 꽃과 숲을 돌아다니며 꿀을 모으듯 나는 갖가지 책에서 얻은, 비록 완전히 새롭지는 않으나 다양한 지식을 독자 제현들에게 준다.

H. L. 바넘H. L. Barnum, 《가족 조리법Family Receipts》 • 1831

앞서 나온 요리 관련 글을 섭렵하며 (쉽지 않았지만) 인내심과 관심을 쏟아 부은 후에야 내 나름대로의 관찰 내용을 밝혀야겠다고 결심했다. 지금까지 나온 책들은 서문을 제외하면 별반 다를 게 없다. 이런 책 250종 이상을 살피는 지루한 여정에는 엄청난 노고가 필요했다.

닥터 윌리엄 키치너Dr. William Kitchiner, 《요리사의 경전The Cook's Oracle》 • 1817

고금의 요리책을 읽으면 (즐겁고 이로운 일이다) 고서가 흥미는 있을지언정 유용성은 덜하다는 사실을 깨닫게 된다. 하지만 옛 조리법은 어떤 기간의 형식과 방식을 조명해주며, 그 시대의 생활상을 그려볼 수 있도록 도와준다. 대체로 조리법 자체만 봐도 그들의 주요 관심사는 요리의 자연적인 이치가 아님을 알 수 있다. 우리는 그것들을 흥미로운 유물로 인식해야 한다. 옛 조리법은 분량이 엄청나고 조리 과정이 과장되었으며, 맛의 혼합은 놀랍고 농도는 믿기 힘들 정도다.

X. 마르셀 불레스탱X. Marcel Boulestin, 《고급 요리The Finer Cooking》 • 1937

옛 요리책 수백 권을 훑어보면서 수퇘지 스튜, 토끼 구이, 사슴 고기 파이, 종달새나 공작새 요리, 멧돼지 푸딩 같은 요리는 무시하고 넘어갔다.

나는 채식인이므로 가금류와 생선, 육류, 다진 고기 요리류, 구이 등은 건너뛰었다. 또 건강식을 선호하므로 파스타, 피자, 리솔 파이 껍질에 고기나 생선 등을 다 저 넣어 뭉쳐서 튀긴 프랑스 요리 - 역주, 튀김, 피클, 카나페, 도넛, 만두, 롤빵, 건포도 롤빵, 크래커, 케이크, 쿠키, 파이, 캔디, 젤리는 모른 척 외면할 수 있었다. 더 소박하고 건강에 좋은 음식을 추적해나갔다. 얼마나 맛 좋은 음식이냐가 아니라 얼마나 잘 영양을 공급하느냐가 나의 목표였다.

뉴욕 공공 도서관과 필라델피아, 보스턴에서 1920년대까지의 요리 관련서는 모조리 뒤져보았다. 1921년 유명한 프랑스 요리사 조르주 - 오귀스트 에스코피에George-Auguste Escoffier는 2973가지 조리법을 담은《요리 가이드Le Guide Culinaire》를 출판했는데, 나는 이 책을 마지막으로 요리 서적 조사를 마무리 지었다.

요리책을 쓴 사람(그리고 요리책을 써보려고 한 사람)은 누구나 자기 책이 요리책의 마지막이 되리라 생각하고 또 기대한다. 나도 이 책을 쓰면서 같은 소망을 품는다. 사실 이 책 이전에 마지막 요리책으로 삼을 책이 있었다면 좋았을 것이다. 그렇다면 이 책을 쓰느라 들인 시간과 공력을 아낄 수 있었을 테니까.

A. D. T. 휘트니 여사Mrs. A. D. T. Whitney는 1879년에 발간한《요리책들의 열쇠A Key to Cook Books》에서 올바른 아이디어를 제시했다. 그는 "요리 서적은 이미 방대하며 그 수는 어마어마하다. 거기 한 권 더 보태라는 요청은 하지 않으려다"라고 썼다. 하지만 지금 나는 바로 '한 권 더 보태는' 일을 하고 있다. 바보 같은 짓일까. 빅토리아 시대의 숙녀 둘이 차

를 마시면서 요리책 저술에 대해 나눈 이야기가 떠오른다.

> "요리책을 쓰다니! 제발 그러지 마, 케이트! 이미 도서관 하나를 채울 만큼
> 요리책이 있잖아. 요리책에 담긴 수십만 가지 조리법을 훑어보기만 해도
> 평생이 걸릴 텐데. 제발 그만둬!"
>
> "에멜린 언니, 언니는 제 목적을 잘 이해하지 못하시는군요. 저는 요리책이
> 라고 잘못 불리는 혐오스러운 것을 하나 더 늘리려는 게 아니랍니다. 제 요
> 리책에서는 음식에 관한 기본 사항들을 다루게 될 거예요. 지금까지 마구
> 쏟아져 나온, 기본적이지 않고 이것저것 섞어 소화도 되지 않는 허섭스레
> 기들은 과감히 생략할 거예요."

에마 P. 유잉Emma P. Ewing,《요리와 성 쌓기 Cooking and Castle - Building》• 1890

세상에는 요리책이 너무 많고, 요리사도 너무 많고, 요리도 너무
많다. 음식에 대해 다른 요리책과 완전히 다른 태도와 경향을 기반으로 쓰
지 않는다면 여기서 당장 그만둬야 할 것이다. 하지만 나는 독특한 책을 쓰
려 하고 그런 소망을 품고 있다. 내가 제안하고 기술할 식이요법은 영양가
있고 무해하며 간소한 음식이 될 것이다. 복잡하고 세련된 사람들을 위한
복잡한 음식이 아닌, 소박한 삶을 영위하는 이들을 위한 소박한 음식 말이다.
음식을 준비하고 만드는 데 경제적이고 간단한 것이 나의 목표이다. 만일
가로세로 9×15센티미터 카드에 다 적지 못할 조리법이라면 잊어버리자.
내 책의 주제는 이렇다. 대충 말고 철저하게 살자. 부드럽게 말고 단단하게

먹자. 음식에서도 생활에서도 견고함을 추구하자.

여기서 필자는 폭식의 기술이나 부유하고 게으른 자들에게 뚱뚱해지는 법을 가르치기 위해 요리법을 적은 게 아니다.

패트릭 램Patrick Lamb, 《왕실 요리 혹은 왕궁 요리 백서Royal Cookery: or the Compleat Court-Cook》 • 1726

유해한 호사 취미를 퍼뜨리려는 목적으로 쓴 책이 아니다.

보스턴의 어느 주부, 《요리사의 책The Cook's Own Book》 • 1854

나는 에드먼드 버크Edmund Burke가 1770년 《현재 불만의 이유에 관한 단상들Thoughts on the Cause of the Present Discontents》에서 썼듯 "대중의 입맛을 만족시키기 위해" 이 책을 쓰는 게 아니다. 이 책의 저자는 조리법을 참조하지 않고, 화려한 식탁을 차리지 않는 소박한 여성이다. 따라서 '뭘 해 먹을까' 걱정하며 먹는 것과 호사스러운 요리를 준비하는 것이 아닌, 다른 생각을 마음에 가득 담고 사는 소박한 삶을 즐기는 사람들을 위한 책이 될 것이다. 멋스럽게 먹는 데 관심 있는 사람들을 위한 책이 아니다. 이 책은 육신에 영양을 공급하기 위해 식사할 뿐 미식에 빠지지 않는 검소하고 절제하는 사람들을 위해 썼다.

내 여동생은 타고난 요리사이다. 그 애는 머리에서 공들인 요리를 생각해내 휙휙 만드는 데서 기쁨을 느낀다. 동생이라면 뛰어난 요리책을 쓸 수 있겠지만, 골프를 하느라 바빠서 그럴 짬을 못 낸다. 동생이 책을 쓴다면 '멋쟁이를 위한 멋진 음식'이라는 제목을 붙일 수 있을 것이다. 나는 소박한 마음을 지닌 사람이므로 내 책은 당연히 소박한 사람들을 위한 소박한 음식에 대한 기록이 될 것이다.

어떤 사람에게 음식은 생활에서 가장 흥미롭고 흥분되며 마음을 사로잡는 주제이다. 그런 사람은 음식 중독자이다. 또 어떤 이에게는 음식이 사소한 부분이다. 나도 그 부류에 속한다. 가끔 다른 이들처럼 좋은 것을 먹으며 즐거워할 수 있긴 하지만 말이다. 지상의 놀라운 창조물 중에서 아름답거나 공들인 것을 내가 왜 멸시하겠는가? 다만 쉽게 하자고, 우선시해야 할 다른 존귀한 것을 인식하자고 말하는 것뿐이다.

배 속에서 음식을 강력하고 즐거운 것으로 변화시킬 재주가 없는 자라면 음식 먹는 것을 수치스러워해야 할 것이다.

로버트 루이스 스티븐슨Robert Louis Stevenson, 《인간과 책Men and Books》 • 1888

식탁의 즐거움에 중요성을 부여하는 것을 못마땅히 여기는 사람이 많다. 하나 이런 도덕주의자들이 기회만 주어지면 제 입맛을 만족시키는 데 다른 사람들보다 더 탐욕스러운 꼴이 되는 건 차마 봐주기 어렵다. 쾌락과 즐거움의 의미를 감소시키는 것은 궁상스러운 철학의 목표일 뿐이다.

루이 외스타슈 위드Louis Eustache Ude, 《프랑스 요리The French Cook》 • 1828

보통 요리책은 음식을 과식하는 사람들, 시들해진 입맛을 자극하기 위해 맛 좋은 것을 찾는 사람들을 위해 만들어진다. 과하게 조리된 음식을 과식하는 것은 흡연이나 음주와 비슷한 것으로, 생리적인 욕구라기보다는 일종의 도락이다. 나는 바삭바삭하고 단단하고 씹히는 음식을 기왕이면 날것으로 꼭꼭 씹어 먹는 걸 좋아한다. 부드럽고 축축하고 미끌미끌한 음식은 질색이다.

어떤 음식이든 씹는 기관인 치아를 최대한 사용하도록 조리해야 한다. 하지만 조리라는 것에 드는 공력의 4분의 3은 치아의 사용을 막기 위해 행해지지 않던가.

윌리엄 A. 올컷William A. Alcott,《젊은 가정주부The Young Wife》• 1838

나는 건강한 몸을 만들기 위해 음식을 만들지, 포만감을 느낀 후에도 타락한 미뢰를 자극해 건강에 안 좋은 것을 포식하게 하려는 의도는 없다. 배가 부르면 그걸로 충분하며, 그 정도가 과식하는 것보다 이롭다. 과식하면 병이 나거나 비만해지니까.

음식이 입맛을 돋울수록 더 많이 소비되고, 건강에 더 해롭다. 날씬해지고 싶은 사람이라면 식사량을 줄이라고들 한다. 버터와 소금을 뿌리지 않은 팝콘보다 뿌린 팝콘을 두 배쯤 더 먹는다면 굳이 버터와 소금을 뿌릴 필요가 있을까? 아무것도 안 뿌린 팝콘을 적당량 먹으면 될 일이다. 소금을 넣지 않은 팝콘이나 버터와 잼을 바르지 않은 빵, 매콤한 소스를 뿌리지 않은 샐러드가 입맛을 당기지 않는다면 그만큼 배가 고프지 않다는 얘기다. 배가 고프지 않을 때는 굳이 먹을 필요가 없지 않은가. 배가 고플 때까지 기다렸다가 자극적인 양념을 넣지 않고도 음식을 맛있게 먹을 수 있으면 좋지 않을까. 소금과 양념이 음식을 더 많이 먹게 만든다면, 소금과 양념을 넣지 말고 음식을 적게 먹는 편이 좋다. 아주 간단하지 않은가.

인간은 제 이로 제 무덤을 파서 적의 무기보다 더 무서운 그 무기로 인해 죽는다.

토머스 모펏Thomas Moffett, 《건강 개선Health's Improvement》 • 1600

위가 감당할 수 없을 정도로 식욕이 왕성한 사람은 불행하다.

토머스 엘리엇 경Sir Thomas Elyot, 《지혜의 향연The Bankette of Sapience》 • 1545

음식은 몸의 연료이다. 옥탄을 과하게 주입하거나 엔진을 과부하하지 않아야 한다. 소화하기 쉬운 적당량의 음식을 몸에 공급해야 한다. 철철 흘러넘치게 공급하면 (위는 말하자면 카뷰레터이다) 엔진이 제대로 작동하지 않을 것이다. 내연기관이 역화하거나 아예 출발도 못 하게 된다.

프랑스 친구들 얘기로 돌아가자. 나는 그들에게 "난 요리사가 아니예요. 요리를 좋아하지도 않고요. 그냥 필요할 때만 음식을 만들어요. 그것도 동물 시체는 쓰지 않는다는 점을 잊지 마세요. 나는 날 때부터 채식인이었어요. 도축한 고기는 음식을 만들어 먹는 것은 고사하고 막대기를 들고 건드리지도 않을 거예요. 그런 마당이니 무슨 요리책이 나오겠어요?"

"그렇군요. 하지만 필요한 게 바로 그겁니다. 개화되지 못하고 부패한 미각을 지닌 요리사를 위한 안내서를 쓰는 거예요. '나는 왜 요리하지 않는가' 류의 책이라든가 '요리는 이제 그만' '반反 요리책' 같은 걸 쓰시지요."

그런 책을 쓰라는 요구를 이후에도 거듭해서 받았다. 요구의 형태는 다양했고, 또 다양한 나라에서 심지어 우리 부엌에서도 요리책 이야기가 나왔다. 우리와 소박한 식사를 함께 하면 친구든 잘 모르는 사람이든 모두들 비슷한 말을 했다. "이 맛 좋은 요리에 뭐가 들어갔는지 알려주세요. 조리법을 알려주시겠어요? 직접 만들어보고 싶네요. 부인께서 요리책을 쓰시지 그러세요."

그래서 차츰 내 안에 이상한 생각이 스며들기 시작했다. 우리가 먹는 방식을 종이 위에 적어봐야겠다는 생각이 든 것이다. 우리가 '말 먹이' '당근 요리' '스코트의 죽' '브라운 주교의 고무풀'이라고 이름 붙인 그런 음식들을 소개해야 할 것 같았다. 한데 이런 것이 일반 대중의 관심을 불러일으킬 만한 얘깃거리가 될까? 내가 자격이 충분할까? 어떤 남자에게 이러한 요리책을 어떻게 생각하냐고 물었더니, 그는 잠시 생각에 잠겼다가 "좋다기보다는 흥미롭다"라고 대답했다. 내 요리가 흥미로울지는 모르지만 좋은 요리인 체하지는 않겠다. 조지프 콘라드Jeseph Conrad가 아내 제시 콘라드의 요리책 《소가족을 위한 간단한 요리A Handful of Cookery for a Small House》(1923) 서문에 "좋은 요리라 함은 일상생활에서 소박한 음식을 성실하게 준비하는 것이지, 희귀한 요리를 기교 있게 꾸며내는 것을 말하지 않는다"라고 썼듯이.

여러 재료를 넣어 만드는 내 요리 방식은 정해진 것이 아니라 실험적이라 할 수 있다. 사실 모든 요리가 원래 실험적이었다. 필요가 반드시 발명의 어머니는 아니지만, 요리에서는 가끔 그렇게 되기도 한다. 나는 냉장고나 식료품 저장고에 꽉 차 있는 재료보다는 부족한 재료를 갖고 음식을 만드는 게 좋다. 상상력이 개발되니까.

지금 설명할 경우에서처럼 나는 머리를 굴려서 그 자리에서 즉석 요리를 만들어낸다. 재빨리 남편의 저녁 식사를 만들어야 했다. 더운 저녁이어서 불을 피우고 싶지 않았다. 삶은 쌀이 한 사발 있기에(부유한 친구가 준 호사스러운 선물이었다) 전날 먹다 남은 삶은 셀러리를 넣었다. 블랙 올리브 깡통을 따서(이것 역시 선물. 평소에 이런 고급 식품을 쌓아두지 않는다) 올리브를 건져 밥에 넣었다. 남편 스코트가 샐러드감으로 현관 앞에 놓아둔 붉은 무와 흰 무도 한 움큼 있었다. 무를 잘라서 밥에 섞어 색과 맛을 냈다. 밥과 야채 섞은 것에 올리브유를 휘휘 두르고 천일염을 솔솔 뿌리니 먹을 만한 간단하고 시원한 요리가 되었다. 하지만 요리책에 실을 만한 대단한 요리는 아니나.

이 책을 준비하느라 연구해볼 요량이 아니라면 요리책을 보거나 참조하는 일이 거의 없다. 1년에 요리책을 펼쳐보는 게 대여섯 번도 안 된다. 꽤 여러 권 갖고 있지만 보지는 않는다. 나는 먹기 직전, 식품실이나 지하실, 정원에 있는 재료를 이용해 손이 움직이는 대로 음식을 만든다. 그러면 보통 먹을 만하면서 영양이 풍부한 음식이 나오곤 한다. 그 자리에서 대충 만드는 조리법이다.

> 영감에 의존해야 한다는 점을 알아라. 온갖 종류의 요리책을 갖추고, 예술의 도움을 받고, 비평에 대해 알아도 영감 없이 요리하면 아무 소용이 없다.
>
> 카르투지오 수도회의 디오니시우스Dionysius • 1450

1930년대에 누군가로부터 애델 데이비스Adelle Davis의 《제대로 요리하자Let's Cook It Right》란 책을 받았다. 원래 주인이 한 페이지만 참조했는지 들장미 열매 조리법 부분에만 손때가 묻어 있었다. 우리는 메인 주州로 이사해서 해안에 들장미 열매가 많이 자라 있는 것을 보았다. 들장미 열매에 비타민 C가 풍부하다는 것은 알았지만, 어떻게 음식으로 만들지 알지는 못했다. 그런데 애델 데이비스의 조리법을 보고 나름대로 음식을 만들 수 있었다. 내가 애델에게 편지를 써서 그 손때 묻은 페이지에 대해 말하자, 그는 들장미 열매 요리 같은 데 관심을 기울이는 독자가 있다며 반가워했다.

나 자신이 책을 보고 요리하는 사람이 아니기에 여러분이 그러리라고 기대하지 않는다. 요리책을 볼 필요가 없다. 나는 누구에게도 요리하는 법을 배우지 않았고, 여러분도 다른 사람에게 배울 필요가 없다. 여러분도 나처럼 스스로 할 수 있고 스스로 배울 수 있다.

어머니는 네덜란드인으로 현모양처였는지 몰라도 어쨌든 요리는 잘하지 못했다. 어머니는 숙부의 양녀가 되었는데, 그 숙부는 암스테르담 왕립 미술관의 이사로, 미술관 뒤채 저택에 살았다. 그런데 어머니는 그 큰 집의 부엌살림은 전혀 몰랐다. 뉴저지의 우리 집에는 케이트, 버사, 매기 같은 이름의 하녀가 수없이 거쳐갔다. 아버지(유럽계라 부엌에 드나드는 일이 없었다)와 나(부엌일을 거들어야 할 때마다 바이올린 연습을 했다는 게 여동생의 얘기다)는 식탁에 차려진 음식을 먹는 것을 자연스럽고 당연하게 받아들였다. 20대 중반까지 내 요리 실력이란 일요일 아침 가족을 위해 머핀을 만드는 정도가 고작이었다. 일요일 새벽, 다른 사람이 일어나기 전의 고요와 평화를 좋아했기에 나는 자발적으로 나서서 빵을 구웠다. 그 외에는 부엌일을 하지 않고 줄곧 바이올린 연습을 했다. 20세기 초의 미국 젊은이들은 버릇없이 자란 세대였고, 나 역시 잡다한 살림을 하지 않고 성장했다. 그래서 내가 주부가 되어 가사를 책임지게 되었을 때는 살림 경험이 전무한 상태였다.

나는 무지하고, 경험 없고, 적당한 재료도 없는 불리한 상황에서 일을 시작했다. '제로'에서 출발한 게 아니라 '마이너스'에서 출발한 셈이었다.

세일라 케이-스미스Sheila Kaye-Smith,《부엌 노동Kitchen Fugue》• 1945

훌륭한 요리사는 만들어지는 게 아니라 타고나는 거라고들 한다. 나는 타고난 요리사가 아니며, 좋은 요리사가 되지도 않았고 지금도 그렇다. 하지만 대가족이나 수십 명의 방문객도 힘들이지 않고 빠르게, 경제적으로 먹일 수 있다. 여섯 명쯤 점심 식사를 하려고 앉았는데 자동차 몇 대가 우리 집 앞에 멈추더니 모르는 사람들이 들어온다. 그러면 수프에 물과 토마토, 양파, 파슬리를 더 넣고 메밀가루를 넣어 5분간 조리한다. 샐러드를 먹으려고 했다면, 셀러리 몇 대와 피망 몇 개를 넣고 양상추를 잘라 넣는다. 지하실에서 디저트용 사과나 사과 소스를 더 내온다. 열댓 명이 예고 없이 찾아와도 20분 정도만 지나면 함께 앉아 식사할 수 있다. 화려한 식탁은 아니지만 모두 배불리 먹는다. 늘 여분의 음식이 충분하다. 아무도 허기질 필요가 없다. 《돈키호테》에서 세르반테스가 말했듯이 "충분히 준비된 집에서는 식사가 빨리 나온다."

> 내가 힘들여 노력한 것은 값비싼 음식을 만들 수 없는 형편의 사람들에게 친족이나 친구들이 갑자기 들이닥쳐도, 시장에서 멀리 살아도 사시사철 적은 비용으로 맛 좋은 식사를 대접할 수 있게 하기 위해서이다.
>
> 로버트 메이Robert May, 《성공한 요리사The Accomplisht Cook》 • 1685

내 요리책에 포함될 조리법은 가능한 한 밭에서 딴 재료를 그대로 쓰고, 비타민과 효소를 파괴하지 않기 위해 가능한 한 낮은 온도에서 짧게 조리하고, 가능한 한 양념을 치지 않고, 접시나 팬 등의 기구를 최소한 사용한다는 방침을 고수하기로 결심했다. 음식은 소박할수록 좋다고 생각한다. 또 날것일수록 좋고, 섞지 않을수록 좋다. 이런 식으로 먹으면 준비가 간단해지고, 조리가 간소해지며, 소화가 쉬우면서 영양가는 더 높고, 건강에 더 좋고, 돈도 많이 절약된다.

그러니 소박하게 사는 사람들을 위해 소탈한 음식에 대해 기술하고, 문명화된 도시를 무리 지어 떠날 새로운 세상의 젊은이들을 위해 경험과 시간, 돈, 재료가 부족해도 영양을 잘 섭취하며 살아나갈 방법을 전수하는 게 이 책의 목적이 될 것이다.

필자는 이 책에서 재미와 유용성, 즐거움과 실용적인 정보가 어우러지기를 소망하며 이 글을 썼다.

존 팀스John Timbs, 《요리 힌트Hints for the Table》 • 1859

나는 '대중의 입맛을 만족시키기 위해' 이 책을 쓰는 게 아니다.

이 책의 저자는 조리법을 참조하지 않고

화려한 식탁을 차리지 않는 소박한 여성이다.

따라서 '뭘 해 먹을까' 걱정하며 먹고 사는 것과 호사스러운 요리를 준비하는 것이 아닌,

다른 생각을 마음에 가득 담고 사는

소박한 삶을 즐기는 사람들을 위한 책이 될 것이다.

요리라는 일,
꼭 수고스러워야만 할까?

책에는 크리스마스 전날 밤이었을 거라고 쓰여 있다. 요리사를 제외하곤 어느 누구
하나 움직이지 않았다고.

익명 • 시대 불명

남편이 농사를 위해 애쓰는 듯해도 주부의 노동 역시 다르지 않다. 날씨가 나쁘면
남편은 쉬지만 주부의 일은 끝이 없다. 설거지에 빵 반죽, 불 피우고 끄기, 문단속
후에나 잠자리에 든다.

토머스 투서Thomas Tusser, 《살림에 대한 500가지 힌트Five Hundred Pointes of Good Husbandry》 • 1557

식탁에서는 가장 관례적인 인습이 고수된다. 하루 종일 말을 세차게 몰며 일하지
않는 농부들도 하루에 세 번 파이를 먹을 것은 기대한다는 것!

엘라 H. 리처즈Ella H. Richards, 《건강한 농가The Healthful Farmhouse》 • 1906

좋은 음식은 - 재료가 아무리 간단하더라도 - 다소간 힘이 들게 마련이다.

레이디 바커Lady Barker, 《요리 기본 원칙의 첫 번째 교훈First Lessons in the Principles of Cooking》 • 1874

나는 요리를 좋아하지만, 그 준비로 긴 시간을 소비하고 싶지 않다.

앨런 후커Alan Hooker, 《채식주의 요리Vegetarian Gourmet Cookery》• 1970

일주일은 쳇바퀴처럼 돈다. 세탁, 빵 굽기, 다림질, 과실 말리기, 옷 거풍하기, 바느질, 청소, 다시 빵 굽고 치우기. 그렇게 한 주일 한 주일이 흘러간다. 우리는 요리해서 먹이고, 요리하고 치우고, 쓸고 닦으며 평생을 보낸다. 무덤가에 가서나 가재도구를 놓으려나! ……그대는 굽고, 끓이고, 튀기고, 국물을 내고, 걱정하고 힘들여 일한다. 마치 사람들이 얼마나 먹을 수 있는지 알아내는 게 세상 사는 목적인 것 같지 않은가.

제인 G. 스위스홀름Jane G. Swisshelm, 《시골 아낙들에게 보내는 편지Letters to Country Girls》• 1853

보아라. 나는 그의 집을 관리하며, 세탁하고, 비틀어 짜고, 즙을 내고, 굽고, 닦고, 옷을 짓고, 잠자리를 보살핀다. 모든 걸 나 혼자 한다. 이 모든 어마어마한 일들을 이 한 사람의 손으로 해냈다.

클라리사 패커드 부인Mrs. Clarissa Packard, 《한 가정 주부의 회상Recollections of a Housekeeper》• 1834

2장

|

요리라는 일,
꼭 수고스러워야만 할까?

스코틀랜드에는 "아침부터 밤까지 굽고 지지고 튀기고 끓이는 고단만이 있을 뿐"이라는 민요가 전해 내려온다. 요리하는 고역을 읊은 구절이다.

내가 하고 싶은 말은, 여성이 지킬 자리가 반드시 부엌은 아니라는 것이다. 여성도 어디든 있고 싶은 곳에서 만족스럽게 일해야 한다.

요리하는 게 좋다면 그 일에 매달려 굽고 지지고 튀기고 끓이면 된다. 요리하기를 좋아하는 사람에게는 이 과정이 일이나 고역이 아니라 즐거움이 될 것이다. 그런데 나는 그런 부류가 아니어서 어떤 일 때문이든 실내에서 보내는 시간을 아까워하는 타입이다. 당연히 음식 준비로 법석을 떨며 시간을 보내기는 싫다.

흔히 인간은 요리하는 동물이라고 한다(혹은 그렇게 되었다고 한다). 나는 요리하는 여성이 아니다. 나와 생각이 같은 다른 여성들을 위해 한마디 하자면, 나는 여성이 하루 시간의 대부분을 화덕 앞에 머물며 음식을 만들고 가사에 매여 있을 필요가 없다고 주장한다.

"만약 지금 당신이 다른 어떤 작업을 하는 것이 더 나은데도 그 일을 하고 있다면 그 일은 바로 '고역'일 뿐이다"라는 말이 있다. 나는 요리보다는 좋은 책 읽기(혹은 쓰기), 좋은 음악 연주, 벽 세우기, 정원 가꾸기, 수영, 스케이트, 산책 등 활동적이고 지성적이거나 정신을 고양시키는 일을 하고 싶다. 음식 만들기에는 시간을 최소한 투자하고, 밖으로 나가든지 음악이나 책에 몰두하고 싶다.

음식 준비에 최소한 힘을 들이는 게 내 목표이다. 먹을 만하고 영양가 있는 음식을 충분히 만들어서 식탁에 소박하게 차리고, 찾아온 사람들에게 "수프가 준비됐으니 와서 드세요"라고 말하고 싶다. 손님들이 맛있게 먹으면 좋다. 만족하지 못했다면 다른 곳에 가서 다른 방식으로 배를 채우면 그만이다. 어쨌거나 나는 할 바를 다했으니까.

한 농가의 부인이 일꾼 대여섯 명의 식사 준비로 하루를 다 보내다가 어느 날 오후 조용히 미쳐버렸다는 얘기를 들은 적이 있을 것이다. 정신병원으로 가는 마차에 타서도 그 부인은 계속 "인부들이 20분 만에 싹 먹어치웠어. 20분 만에 다 먹어치웠어"라고 되뇌었다는 것이다. 이 부인이 더 행복하고 창의적인 일을 하며 시간을 보냈더라면 그렇게 되지 않았으리라는 것은 분명하다.

윌리엄 A. 올컷William A. Alcott은 19세기 초 어느 소박한 농가의 식사에 초대를 받았다.

식사 준비랄 게 별로 없었다. 한 1분쯤 걸려 삶은 옥수수를 담은 그릇, 사과를 담은 그릇, 당밀을 담은 조그만 그릇, 우유컵, 접시 몇 개를 식탁에 올려놓으니 상차림이 끝났다. 사과의 말 같은 건 없었다. 평생 그렇게 간소한 식사는 처음 해보았지만, 건강에 좋고 먹을 만했다. 게다가 식사 준비는 또 얼마나 수월했는가!

《가족의 어머니The Mother in Her Family》• 1838

이 필자는 그 시대 여성이 가사에 매달리는 것이 못마땅하다.

적은 돈으로 사는 남자라면 식사도 소박하게 하도록 하라. 아내가 한 끼에 대여섯 가지 음식을 준비하는 노고가 얼마나 큰지 알도록 하라. 푸짐한 한 가지 음식이 먹을 만할 뿐만 아니라 건강에도, 경제에도 보탬이 되는 것을.

《적은 돈으로 사는 방법Ways of Living on Small Means》• 1837

난 고된 일도 마다하지 않지만, 그것이 더 장기적인 목적과 의도를 가진 일이면 좋겠다. 윌리엄 사로얀William Saroyan이 거기에 대해 간략히 잘 표현했다. "나는 음식을 식도로 넘겨 배 속으로 들어가게 하는 일을 놓고 야단법석 떠는 걸 좋아하지 않는다." '20세는 인생에서 가장 위대한 때Twenty is the Greatest Time in Any Man's Life', 〈새터데이 이브닝 포스트The Saturday Evening Post〉 (1977. 3) 15세기에 존 러셀John Russell은 같은 요지를 더 복잡한 말로 표현했다. "기발한 착상을 갖고 도마질을 하며 온종일 새로운 음식을 만드는 요리사는 결국 사람들을 위험에 몰아넣어 생을 마감하게 할 뿐이다." 《영양에 대하여The Boke of Nurture》(1452)

몸에 음식을 공급하는 일에 그리 공 들이고 시간과 힘을 그토록 많이 쏟아부을 필요가 있을까? 식사를 간단하고 쉽게 하면, 그 준비에 들이는 노고가 한결 줄어들 것이다. 화려하게 꾸미는 것을 최소화하자. 기본적인 것에 충실하자. 최소한의 노력으로 최대한의 영양을 내자. 몸에 어떤 음식이 필요한지 알아두자. 비타민, 무기질, 단백질이 필요할 것이다. 자연스럽고 적절한 식사법을 알아내서 꾸준히 실천하자.

나는 사람들을 먹이는 일을 아주 단순화해서 먹는 시간보다 준비하고 만드는 시간이 덜 걸리게 할 수 있다고 믿는다. 그게 합리적인 식사의 요건이 될 것이다. 30분이나 1시간 동안 식사를 한다면 음식 준비에 그만큼의(혹은 그보다 짧은) 시간만 들이지 더 길게는 들이지 말라. 소박한 음식으로 소박하게 사는 데 한결 가까워질 것이다.

사과 파이보다는 사과 소스나 사과를 날것으로 먹자. 감자를 먹으려 한다면 튀기거나 으깨려고 소란스럽게 애쓸 필요 없다. 튀기거나 으깨는 것은 불필요한 일이다. 감자를 씻어서 오븐에 넣고 굽는다. 그냥 구워도 좋고, 버터와 소금을 가미해도 좋다. 그보다 더 간단하고 맛 좋은 식사가 있을까? 롤드 오트 껍질을 벗겨 찐 다음 롤러로 으깬 귀리 - 역주를 끈적끈적한 덩어리로 만들기보다는 날귀리를 한두 컵 정도 그릇에 넣고 기름과 레몬즙, 건포도를 조금 넣으면 눈 깜짝할 새에 씹히는 맛이 좋고 영양도 좋은 음식이 준비된다. 우리는 이것을 '말 먹이'라고 부른다.

우리 집 식품 저장실에는 날것으로 먹거나 아주 간단히 조리할 수 있는 각종 곡물이 담긴 그릇과 깡통이 죽 놓여 있다. 나는 30분 이상 걸리는 음식은 만들지 않는다. 한 2분이면 기장이나 메밀, 밀 씨앗, 귀리로 영양분이 풍부한 식사를 가족에게 대접할 수 있는데 뭐하러 두어 시간씩이나 걸려서 빵을 구울까? 가루를 섞어 반죽하는 대신, 기장이나 메밀가루에 뜨거운 물을 붓고 10~15분가량 불 위에서 걸쭉하게 끓이면 맛 좋은 음식이 되니 그보다 쉬운 방법이 있을까? 짧은 시간에 간단히 준비하면 곡물을 뜨겁거나 차갑게 먹을 수 있다. 여기에 버터나 기름, 시럽이나 꿀, 땅콩버터, 건포도나 대추야자를 넣어도 좋다. 혹은 잘게 자른 사과나 바나나를 넣어 먹어도 그만이다.

굽기와 튀기기를 생략하면 냄비와 팬을 끝없이 닦아야 하는 고역도 줄어든다. 접시나 그릇 하나로 먹자. 음식 준비뿐 아니라 불필요한 도구와 그릇의 사용도 과감히 줄이자.

맛보다는 영양가가 우선이고, 경제성과 준비의 편리함을 우선으로 봐야 한다. 우리 집 메뉴는 간단하지만, 매일의 패턴은 다양하다. 아침에는 과일 또는 과일 주스, 직접 키운 허브를 우린 차를 마신다. 점심때는 야채 수프에 삶은 곡물, 땅콩버터, 꿀, 사과를 곁들인다. 저녁때는 샐러드와 채소밭에서 따서 만든 야채 요리, 과일을 디저트로 먹는다. 매일 다른 수프를 준비할 수도 있으며 곡물은 기장, 메밀, 귀리, 밀, 호밀이 될 수 있다. 샐러드 역시 다양할 수 있다. 계절에 따라 서로 다른 야채가 나온다. 디저트는 과일을 날것으로 먹거나 조리해서 먹는다. 하지만 일반적인 패턴은 유지되므로 먹기와 준비가 간단히 이루어진다.

우리의 식습관 일정표를 그려본다면 가능한 한 이런 비율에 따르려 노력한다고 말할 수 있겠다. 과일 35%, 야채 50%(1/3은 녹색 채소, 1/3은 황색 채소, 1/3은 수분이 많은 채소), 단백질 10%, 지방 5%. 물론 꼭 이렇게 하는 것은 아니고, 이런 식습관을 가진다는 목표이다.

남편 스코트는 세상에서 가장 음식 타박을 하지 않는 사람이다. 내가 간단하게만 하면 군소리가 없다. 시간을 많이 들여서 복잡하게 이것저것 섞은 음식을 줘도 그는 무덤덤하게 "오늘은 구운 감자가 아닌가?"라고 물을 것이다. 우리 부부는 1년 내내 야채 샐러드와 구운 감자로 저녁 식사를 한대도 만족할 것이다. 준비에도, 소화에도 그 이상 힘들일 게 뭐 있을까? 물론 어떤 경우 그렇게만 먹는 것이 지나치다는 점은 나도 인정한다.

한번은 도쿄에서 며칠간 일본 가족과 함께 지낸 적이 있었다. 첫날 저녁 식사를 하기 전, 수줍은 그 댁 부인은 우리에게 평소 어떻게 먹느냐고 물었다. 나는 그 정도면 부인이 최소한의 노력으로 준비하겠다 싶어 "그냥 샐러드랑 구운 감자를 먹지요"라고 대답했다. 그런데 그 부인은 우리가 거기 머무는 동안 매일같이 샐러드와 구운 감자만 주는 게 아닌가! 물론 더 못하게 대접할 수도 있고, 똑같이 먹는다고 아무 해도 없었지만. 아마도 그 부인은 미국 사람이 이상하게 음식을 먹는다고 생각했을 것이다.

헨리 데이비드 소로Henry David Thoreau 같은 이라면 훨씬 쉬운 손님이었을 것을. 에머슨이 어떤 음식을 좋아하느냐고 묻자, 소로는 덤덤하게 "가장 가까이 있는 것"이라고 대답했다고 한다. 1628년《우울의 분석The Anatomy of Melancholy》의 저자인 리처드 버턴Richard Burton은 소로보다 더 무덤덤한 사람이었는지, "배설물을 만들 것에 무엇하러 마음을 쓰겠소?"라고 쏘아붙였다고 한다.

내가 뉴잉글랜드가 아닌 따스한 지방에서 혼자 산다면 과일과 견과, 맛 좋은 녹색 채소를 날것으로 먹으며 살았을 것이다. 우리는 과일과 견과가 많이 나지 않는 추운 지방에 살기 때문에 나는 어느 정도 조리를 한다. 조리는 적게 할수록 좋다. 버몬트에서 메인주로 이사한 것이 어떤 면에서는 다행이었다. 버몬트에 살 때 쓰던 아주 좋은 오븐은 그냥 두고 새집에는 흰색 에나멜을 입힌 간이 스토브를 가져왔다. 화재 경보기까지 달린 이 스토브는 당시 시장에 나온 것 중 최고급 물건이었다. 중앙난방 주택에(우리 집은 아니었다) 잘 맞게 고안된 스토브로, 열도 나지 않고 빵도 구울 수 없었다. 그래서 그 스토브를 사용하면서부터는 빵을 거의 굽지 않고 대개 불위에서 조리하는 음식을 준비했다. 그러자 음식 준비가 한결 가뿐해졌다.

소로는 말하지 않았던가. "단출하게 하라. 욕구를 절제하면 짐이 가벼워질 것이다. 잔치하듯 먹지 말고 금식하듯 먹으라." 닥터 존 암스트롱Dr. John Armstrong은 이렇게 말했다. "생일잔치나 혼인 잔치 때일수록 마음을 끄는 식탁은 피하라." 《건강 유지법The Art of Preserving Health》(1804) 크리스마스, 추수감사절, 정월 초하루, 부활절 등의 축일이면 주부들은 녹초가 되도록 일하고, 과식한 이들은 배탈로 고생하지만, 우리 부부는 음식을 먹지 않고 물이나 주스만 마시는 것으로 위장과 음식 만드는 사람에게 휴식을 준다. 그런 날 우리는 어처구니없는 잔칫상에 항의하는 의미로 오히려 금식한다. 과식한 사람들의 폭식에 반대하고, 소화기 장애를 겪는 사람들과 음식 준비하는 사람에게 연민을 표하는 의미로 음식을 먹지 않는다. 그렇게 하면 주부뿐 아니라 위장도 휴식을 취할 수 있게 된다. 또 우리는 일주일에 하루는 (보통 일요일에) 금식한다. 그날은 음식을 만들지 않는다. 나는 1년 내내 아침 식사는 조리하지 않는다. 봄이면 우리는 위장 청소도 할 겸 열흘쯤 사과만 먹는다. 사과를 원하는 만큼 또 소화할 수 있을 만큼 먹는다. 그렇게 하면 금식할 때처럼 에너지가 고갈되지 않아서 좋다. 누구라도 해볼 수 있는 한 가지 음식만 먹는 다이어트인 셈이다.

> 과일 식이요법은 곡물과 야채 식이요법보다 양념도 덜 하고 조리도 덜 하고 준비하는 데 힘도 덜 든다……문명이 발전하면서 생활은 더 복잡해지고, 곡물과 야채에 양념도 더 많이 하고 혼합물도 더 많이 섞게 되었다. 결국 현대 조리법에서 요리사가 제 몫을 다하기 위한 목적은 오로지 고도로 복잡하고 교묘하게 양념한 요리와 소스를 만들어내는 능력을 키우는 데 있다.
>
> 닥터 에밋 덴스모어Dr. Emmet Densmore, 《자연이 치유하는 법How Nature Cures》• 1892

독자들이여, 요리를 많이 하지 않는 법을 배우기 위해 이 책을 읽으시길. 식사를 간단히, 더 간단히, 이루 말할 수 없이 간단히 - 빨리, 더 빨리, 이루 말할 수 없이 빨리 - 준비하자. 그리고 거기서 아낀 시간과 에너지는 시를 쓰고, 음악을 즐기고, 곱게 바느질하는 데 쓰자. 자연과 대화하고, 테니스를 치고, 친구를 만나는 데 쓰자. 생활에서 힘들고 지겨운 일은 몰아내자. 요리하기 좋아하는 사람에게는 요리가 힘들고 지루한 일이 아니다. 그렇다면 좋다. 가서 요리의 즐거움을 만끽하면 된다. 하지만 식사 준비가 고역인 사람이라면 그 지겨운 일을 그만두거나 노동량을 줄이자. 그러면서도 잘 먹을 수 있고 자기 일을 즐겁게 할 수 있을 것이다.

나는 여성이 지킬 자리가 반드시 부엌은 아니라고 말하고 싶다.

요리를 좋아한다면 요리의 즐거움을 만끽하라.

하지만 나는 요리를 좋아하는 부류가 아니다.

나는 요리에 최소한의 시간을 투자하고 나머지 시간에는

밖으로 나가든지 음악이나 책에 몰두하고 싶다.

익힐 것인가, 익히지 않을 것인가
생식生食 대 화식火食

배고프지 않을 때도 식욕을 자극하며 먹으라고 부추기는 음식들을 조심해야 한다.

소박하면서도 건강에 좋은 먹을거리가 - 야채, 근채류, 올리브, 허브, 우유, 치즈, 각

종 견과 - 있지 않은가? 불을 피우지 않고 즉석에서 먹을 수 있는 음식이 가장 적당

하다. 준비하기 쉬운 데다 이런 음식이야말로 가장 소박하기 때문이다.

티투스 플라비우스 클레멘스Titus Flavius Clemens, 《지도자The Instructor》 • 기원후 220

인류가 이성의 소리에 귀 기울인다면 병사처럼 요리사들도 불필요함을 깨닫게 될

것을.

세네카Seneca, 《루실리우스에게 보내는 편지Epistle to Lucilius》 • 기원후 62

왜 굳이 음식을 썰어야 하나? 왜 칼질을 해서 우리의 섬세한 귀를 거슬리게 하고,

단단한 접시에 상처를 내야 하나?

조엘 발로Joel Barlow, 《황급히 만든 푸딩The Hasty-Pudding》 • 1796

생식은 자연스럽고 쾌적하다. 노고 없이 준비할 수 있고 햇빛에 의해 자체 조리되어 있으므로 자연스럽다. 풍족하게 음식을 낼 수 있으니 모든 목적에 맞아떨어진다. 생식은 소화하지 못할 만큼 먹도록 식욕을 당기지도 않고 질병도 유발하지 않는다. 또 힘을 나게 하고 생명을 연장시킨다.

조지 매켄지 경Sir George Mackenzie, 《도덕 에세이, 번잡스러운 사회생활보다는 고독이 좋다A Moral Essay, Preferring Solitude to Public Employment》 • 1685

밭에서 나는 것을 먹으면 맛도 좋고 만족감도 주는 소박한 식사가 되며 또 대단히 편리하다. 끓일 땔감도 연료도 필요치 않고, 음식을 준비하는 노고나 시간도 필요치 않다. 그저 가까이 있는 것을 먹으면 되고, 소화도 쉬우면서 뇌에 손상을 입히지도, 감각기관을 둔하게 만들지도 않는다.

존 이블린John Evelyn, 《아세타리아Acetaria》 • 1699

자연이 차려놓은 향연을 맛보라.

새뮤얼 존슨Samuel Johnson, 《천국 이루기To Purchase Heaven》 • 1760

3장

|

익힐 것인가, 익히지 않을 것인가
생식生食 대 화식火食

주부의 가사 노동을 반으로 줄이는 방법은 식사의 일부나 전체를 날 것으로 먹는 것이다. 남국에서는 천연 과일과 견과만 따 먹고도 살 수 있다. 과일과 견과야말로 가장 먹기 쉽고, 가장 훌륭하고, 가장 자연적인 음식이다. 또한 조리 과정을 거치지 않아 활기 넘치고, 생명과 영양으로 충만한 음식이며, 식물이 주는 생명력과 인체의 생활력 사이에 틈이 거의 없는 음식이기도 하다.

생야채와 생과일 등 가열하지 않은 음식은 변형된 죽은 음식보다 비타민을 풍부히 제공한다. 가능한 한 살아 성장하는 상태에서 수확해 즉시 먹어야 한다. 자연은 우리를 위해 이런 먹을거리를 준비해주었다. 태양, 공기, 토양, 비가 나름의 역할을 한 덕분에 우리 인간은 즉석에서 이익을 얻게 되었다. 그것들이 살아 있는 음식, 즉 햇빛으로 익힌 음식이다.

태양은 에너지의 중심 근원이다. 따뜻한 태양 광선은 인간의 먹을거리를 익히고 조리해준다. 천천히 투사되는 광선이 과일에 색을 주고, 견과를 익게 하고, 야채의 잎사귀에 색조를 띠게 한다. 이런 것들은 그 자리에서 제공할 수 있게 만들어진다. 인공적인 방식으로 조리하는 것은 음식의 값어치를 떨어뜨리는 경향이 있다.

제임스 포크너James Faulkner, 《생식 식이요법The Unfired Food Diet》 • 1923

녹색 채소와 더불어 과일과 견과는 인체 기관에 필요한 모든 음식의 요소를 제공해준다. 날것은 혈액을 깨끗하고 건강하게 유지시킨다. 싱싱한 어린 야채는 맛이 좋다. 셀러리와 피망은(내가 가장 좋아하는 야채들이다) 날것으로 먹으면 아삭아삭한 맛이 그만이다. 이 야채들은 조리하면 싱싱한 기운이 빠져버리고 맛도 형편없이 변한다. 이런 야채들을 불 위에 올리는 것은 정말 유감스러운 일이다.

조리하는 것은, 심지어 보수적인 조리법까지도 음식의 생명력을 일부 파괴한다. 온도를 너무 올려서 생명력이 변질되거나 완전히 파괴된다. 조리한 콩에서는 새싹이 트지 않는다. 익히거나 통조림으로 만들거나 냉동한 음식은 방부제를 넣은 죽은 음식이다. 이것들은 몇 가지 열에 저항력이 있는 요소를 함유할지 모르지만, 효소는 다 파괴되어버린다. 조리는 파괴하는 것이요, 재로 만드는 것이다. 음식을 조리하면 정말로 음식이 죽을 수 있다. 까맣게 불에 그을린 음식이야말로 죽은 음식, 화장火葬한 음식이 되는 것이다. 오래 조리하면 재밖에 더 남을까.

생식 식이요법을 실천할수록 몸이 건강해지고 원기 왕성해질 것이다. 어떤 사람은 '날것'이란 용어 대신 '가열하지 않은 음식'이나 '생식'이라는 표현을 선호한다. 그런 사람에게 '날'이라는 의미는 조야함, 미완, 미성숙, 설익음 등을 뜻한다. 반대로 잘 익은 토마토나 바나나는 완전히 익은 과일이고 그 자체로 완벽하며, 더 이상의 첨가제나 감미료·양념 등 입맛을 자극할 것을 넣을 필요가 없다. 원래 먹을거리는 가능한 한 자랄 때의 형태와 비슷한 형태로 남아 있어야 한다. 조리한 음식의 경우 향신료나 소스 등 양념을 뿌렸기에 먹을 만하지, 그러지 않으면 싱싱한 날것이 훨씬 맛있다.

과일을 먹기에 가장 좋은 방법은 나무에서 따서 아무것도 더하지 않고 먹는 것이다. 껍질을 까거나 깎아서는 안 된다. 조리해서는 절대 안 된다.

레슬리 바인Lesley Vine, 《생태적인 먹을거리Ecological Eating》• 1971

살아 있는 나무에서 사과를 따거나 콩깍지에 든 신선한 콩을 까서 먹을 경우 우리의 소화기관은 조리한 음식을 먹을 때보다 현저히 플러스 요소를 얻게 되는 듯하다.

닥터 프레드 D. 밀러Dr. Fred D. Miller, 《건강을 향해 열린 문Open Door to Health》• 1971

우리는 살아 있는 조직으로 구성된, 산 음식을 먹어야 한다. 살아 있는 음식이라 할지라도 몸에 들어간 음식은 그 자체로 생명을 줄 수 없다. 인체와 인체의 활력이 음식에 작용해야 한다. 시체에 투입된 음식은 활력 있는 변화를 이루어내지 못한다. 음식은 시신과 함께 차츰 부패할 것이다. 음식을 흡수해서 소비시키는 것이야말로 신비한 생명력 혹은 활력이다. 죽은 세포가 살아 있는 몸에 어떻게 영양을 줄 수 있겠는가. 음식물 속의 살아 있는 조직과 인체의 조직 세포가 서로 에너지를 교환하면 건강을 주는 힘이 생성된다.

신선한 음식, 특히 야채에는 뭔가가 있다. 에너지 같은 것이. 아마 어떤 광선이나 전기 작용일지 모르겠다. 그것이 인체에 건강을 증진시키는 영향력을 발휘한다. 내가 고안해낸 어떤 식이요법도 자연이 주는 그대로의 신선한 먹을거리에 깃든 건강을 유지시키는 힘에는 필적할 수가 없다.

로버트 매카리슨 경Sir Robert Maccarrison, 《영양과 자연적인 건강Nutrition and Natural Health》
• 1944

중국인들은 부적절한 조리로 인해 야채의 활력이 파괴될 수 있음을 알았다. 그래서 그들은 날것 혹은 살짝 익힌 야채가 영양 면에서 우월하다는 점을 강조했다.

닥터 리 수 잔Dr. Lee Su Jan, 《중국요리 기술The Fine Art of Chinese Cooking》• 1962

내가 중국 음식을 좋아하는 것은 먹을 때 입안에서 나는 소리 때문이다. 야채의 아삭거리는 소리, 콩이 으깨지는 소리는 정말 신선하게 들린다.

〈보그Vogue〉• 1973. 6

무와 양배추, 완두콩을 먹게 해주오. 하지만 고기 스튜나 설탕에 절인 과일, 크림 등 조리한 음식은 먹지 않으려오. 조리에 싫증이 납니다. "날것을 주오"라고 외칩니다. 꽃 피는 나무에서 딸 때 혹은 정직한 대지에서 뽑을 때 말고는 사람 손을 타지 않은 것을 주오.

M. E. W. 셔우드M. E. W. Sherwood, 《접대의 기술The Art of Entertaining》• 1892

인간만이 음식을 먹기 전에 조리한다. 인류가 먹는 음식은 대부분 조리된 형태이다. 그렇다고 인간은 영리하기 때문에 조리된 음식을 먹고, 원숭이는 미련하기 때문에 날것을 먹을까? 초식동물에게 풀이 적당하고 육식동물에게는 고기가 적당하듯, 자연은 인간에게 적당한 형태의 먹을거리를 제공해준다. 그런데 우리는 왜 그것을 조리하느라 고생을 할까? 왜 그럴까? 우리만 건강하지 않은 게 아니라, 우리가 집에서 키우는 가축도 우리처럼 건강하지 못하게 몰고 갔다. 문명화된 인간이나 인간이 키우는 가축은 질병을 앓지만, 야생동물은 질병을 앓지 않는다. 야생동물은 조리 과정을 거치지 않은 날것을 그대로 먹는다.

동물은 여러 지역에서 끌어모은 다양한 요리가 가득 차려진 식탁에 앉아 먹지 않는다. 그들은 한 번에 한 가지 것을 먹으며, 그러므로 절대 과식하지 않는다. 오늘 풀과 물을 먹고, 내일도 풀과 물을 먹는다. 사는 동안 늘 그런 식으로 먹지만, 완벽한 건강 상태를 유지한다.

닥터 A. F. 라인홀트Dr. A. F. Reinhold, 《자연 대 약품Nature versus Drugs》• 1898

말에게 아삭아삭한 생사과를 먹이지 않고 구운 사과를 먹인다거나 날귀리 대신 조리한 죽을 먹인다고 상상해보자. 젖소나 기린, 코끼리는 조리한 풀을 먹고는 살 수가 없다. 토끼에게 삶은 양배추를 먹일 것인가? 만약 토끼가 삶은 야채를 먹고 거기 익숙해진다면 인간처럼 건강하지 않게 변할 것이다.

한데 대다수의 인간은 더 맛있는 음식을 먹기 위해 조리한다고 말한다. 조리해야 맛이 더 좋을까? 습관과 관습에 물든 미각에만 그렇게 느껴질 것이다. 씹는 담배를 즐기는 사람에게 그 시큼한 맛이 점점 좋아지고, 인디언에게 빈랑나무 열매의 톡 쏘는 냄새가 점점 좋게 느껴지는 것과 마찬가지이다. 조리한 당근이 생당근보다 맛이 더 좋을까? 인공 감미료를 넣거나 부자연스러운 양념을 할 때는 맛이 좋아질 것이다. 생사과에 소스를 뿌리는 사람은 없다. 하지만 사과를 구우면(조리해서 사과를 '죽이면') 그때는 계피나 너트메그, 설탕, 메이플 시럽, 건포도, 크림 등을 넣어 맛을 낸다.

세라 타이슨 로러Sarah Tyson Rorer 여사는 1898년《남은 재료 Left Overs》란 요리책에서 "요리의 목적은 음식을 만드는 데 사용하는 개개의 식재료에서 적당한 풍미를 끌어내고 소화되기 쉽게 하려는 것이다"라고 말했다. 하지만 조리는 개개 식재료의 풍미를 망친다. 그리고 소화 측면에서 보면, 콩이나 복숭아를 조리해서 먹는 것보다 날것으로 먹는 편이 소화가 더 쉽고 배설에도 도움이 된다. 한번 시험해보도록.

나는 감자와 호박처럼 단단한 것은 굽는다. 물론 생감자로 쓰는 경우도 있다. 생감자를 껍질을 벗기지 않은 채로 아주 얇게 저며 그 위에 크림

57

치즈와 올리브를 얹으면 맛 좋은 전채 요리가 된다. 이것을 동네 가든 클럽 여성 회원들에게 대접했더니 모두 맛있게 먹었다. 그들은 그것이 생감자인 줄 알아차리지 못했다. 줄기를 식용으로 쓰는 뚱딴지(혹은 돼지감자)라는 채소도 날것으로 얇게 저며 먹으면 아주 좋다.

손님이 오면 콩을 껍질째 큰 그릇에 담아 저녁 식탁에 내고, 직접 콩을 까서 먹게 하는 경우도 있다(콩이 어리고 연하면 우리는 껍질 그대로 먹기도 한다). 여름이면 오이, 무, 달래, 쪽파, 애호박, 방울토마토를 그릇마다 담아서 그냥 집어 먹는다. 가늘게 채 썬 당근과 셀러리, 피망, 콜리플라워를 그냥 먹는 것도 신선하다.

마구잡이로 섞어 과하게 조리한 음식을 피하고, 소박하면서 만들기 쉽고 건강에 좋은 음식을 좋아하도록 자신을 훈련시키자. 평소 요리해서 먹는 것을 날것으로 먹어보자. 곡물과 감자까지도 날것으로 먹어보자. 젊은이들에게 밀알 한 줌을 주면서 꼭꼭 씹으면 가게에서 산 껌보다도 더 맛 좋은 껌처럼 된다고 말한다. 처음에는 입안에서 거친 맛이 느껴지지만, 5~10분가량 씹다 보면 그 맛에 이끌리게 되고, 결국 그렇게 맛 좋은 껌은 처음이라고들 말한다.

이 나라에는 조리하지 않고도 과감하게 이용할 수 있는 식재료가 수백 가지쯤 되지만, 요리사들은 이런 재료를 굽고, 끓이고, 찌고, 삶고, 가열해서 결국 원래의 요소가 완전히 변해 대부분 완전히 무가치한 음식이 되게 한다. 원래의 풍미가 사라진 것들을 서로 뒤섞고 양념을 하고, '추출액'이라

부르는 즙을 가미해서 맛을 내는 것이다. 이런 재료의 특성에 대해 아무것도 모르는 요리사의 손을 거치면서 재료의 원래 특성이 변해 그 맛과 색, 풍미는 구분할 수 없게 된다.

유진 크리스천 부부Mr. & Mrs. Eugene Christian, 《조리하지 않은 음식과 그 이용법Uncooked Foods and How to Use Them》 • 1904

요리는 인위적인 행위이므로 분별력 있게 다루어야 한다. 기름지게 섞는 등 문명을 훼손하는 행위는 차라리 하지 않는 편이 훨씬 낫다.

C. C. & S. M. 퍼나스Furnas, 《인간과 빵과 운명Man, Bread and Destiny》 • 1937

허브야말로 숭고한 음식이므로 끓이는 음식보다 선호해야 한다. 허브의 순수한 성질은 불의 폭력을 견뎌내지 못한다. 날것일 때의 생생한 색조는 그 어떤 자연의 재료에서도 얻을 수 없다.

토머스 트라이언Thomas Tryon, 《건강과 장수와 행복에 이르는 길The Way to Health, Long Life & Happiness》 • 1683

자연이 준 푸성귀를 대체할 식품은 없다. 끓이기, 굽기, 튀기기, 냉동, 건조, 염장, 저장 등을 거친 식품은 날것으로 먹는 것과는 비교가 되지 않는다.

꼭 조리해야겠다면 불 위에서 최단시간 조리해서 즉시 음식을 낸다. 먹는 음식 중 최소한 절반은 날것으로 먹는 것을 목표로 세우자. 매 식사에 반드시 일정 분량 날것을 먹자. 이렇게 하면 조리해서 죽었거나 독성이 있는 음식을 먹는 데서 오는 폐해를 중화하는 데 도움이 된다. 조리할 때는 낮은 온도에서 하자. 굽거나 찌는 방법을 쓰되 극소량의 물로 '증기 조리' 하는 방식을 이용하자. 튀기기보다는 끓이는 편이 좋고, 끓이기보다는 굽기가 낫고, 그보다는 찌기가 더 낫다. 하지만 가장 좋은 것은 날것으로 먹는 것이다.

> 허브와 콩을 지나치게 삶으면 안 된다. 그렇게 하면 알코올을 함유한 부분과 진통 효과가 있는 부분이 곧 날아가버리고, 그 식품은 칙칙하게 되어버리기 때문이다. 순수한 자연의 색과 향, 미각을 잃게 되어 먹기에 즐겁고 건강에 좋은 면모를 잃는다. 허브는 연한 성질이 있으므로 과하게 조리하느니 덜 조리하는 게 낫다.
>
> 토머스 트라이언Thomas Tryon, 《건강과 장수와 행복에 이르는 길The Way to Health, Long Life & Happiness》 • 1683

날것으로 먹는 모험을 행하다가 몇 차례 낭패한 적이 있다. 들장미 열매잼을 읍내의 고급 상점에 팔러 갔을 때도 그랬다. 나는 농도를 진하게 하려고 할머니에게 배운 대로, 감자를 생으로 강판에 갈아서 잼에 넣었다. 상점의 구매 담당자가 "공들여 만든 제품이군요. 잼에 생강 간 것을 넣으셨나 보지요?"라고 물었다. 내가 감자를 갈아 넣었다고 말했더니, 구매 담당자는 주문하지 않았다. 입을 꽉 닫고 있는 편이 좋았을걸.

항해에 나선 뱃사람들이 먼 바다에 나가봐야 뱃길을 아는 것처럼 알려지지 않은 요리, 특히 스스로 만든 요리는 먹어봐야 그것에 대해 알게 된다.

윌리엄 킹William King 《요리의 기술The Art of Cookery》 • 1709

훌륭한 요리사라면 누구나 뛰어난 상상력과 그것을 이용하려는 의지를 지닌다. 그들은 한계를 넘어 모험을 하기도 하지만 결국 의기양양하게 웃으며 새로운 조리법을 개발해낸다. 메인주의 시인 로버트 트라이스트램 코핀Robert Tristram Coffin은 뛰어난 요리 솜씨를 지닌 어머니 슬하에서 태어났다. 그는 이런 글을 썼다.

어머니는 시각과 청각, 촉각, 환상, 영감으로 음식을 만들었다. 그 당시는 대가족이었으므로 요리책보다는 그런 것이 훨씬 도움이 됐다. 어머니는 평생 요리책을 들여다본 적이 없었다. 어머니의 요리책은 당신의 마음과 머리와 민첩한 손놀림이었다. 대가족을 이끄는 데서 비롯된 판단력과 좋은 솜씨야말로 어머니에겐 요리 지침서와 다름없었다. 어머니는 철학과 인간 본연의 성품으로 요리했다. 일을 마치고 잔뜩 허기져서 돌아와 어머니를 쳐다보는 그 눈길을 염두에 두고 요리했다.

《메인의 대들보Mainstays of Maine》 • 1944

시인 코핀의 어머니는 요리하기를 좋아하는 분이었을 것이다. 요리를 즐겼던 또 다른 여성으로 크레센트 드래건왜건Crescent Dragonwagon

이 있다. 그녀는《공동체의 요리책The Commune Cookbook》(1972)에서 요리의 기쁨을 이렇게 말한다.

정말이지 요리하는 게 좋다. 손에 가지나 당근, 양파 같은 야채를 들고 있는 게 좋다. 야채를 자를 때 나는 소리에 귀 기울이며 칼질하는 게 좋다. 겉과 속의 차이를 보고, 야채 안쪽의 아름다운 문양을 보고, 가지에 든 씨앗과 양파 껍질, 당근 안쪽의 오렌지빛 별꽃 문양을 보는 게 좋다. 음식을 젓고, 체질하고, 무게를 재고, 붓는 게 좋다. 싱싱한 재료를 한데 섞고, 그것들이 전혀 새로운 음식으로 변하는 광경을 지켜보는 게 좋다.

대단하지 않은가! 그래도 나는 '오늘 저녁 메뉴는 뭘로 할까?'라는 생각에 몰두하느라 더 중요한 생각을 놓치는 것을 개탄한다. 먹을 것을 강조하기보다는 가볍게 여기고 싶다.

프루던스 스미스Prudence Smith라는 여성이 1831년에 쓴《현대 미국의 요리Modern American Cookery》를 보면, 그녀는 음식에 대해 거의 편집증적인 관심을 가진 사람이었음을 알 수 있다. "말하자면 내 마음에는 요리의 정령이 들어 있다. 동물이나 야채를 볼 때마다 마음속으로 그것을 맛 좋은 요리로 만들 수 있겠다는 생각이 들지 않을 때가 없다." 내 경우 동물이나 야채를 볼 때마다 냄비에서 꺼내야 한다는 생각을 하지 않은 적이 없는데.

친한 친구 닥터 허버트 M. 셸턴Dr. Herbert M. Shelton은 수십 년

간 텍사스주 샌안토니오의 건강 센터에서 생식을 제공했다. 닥터 셸턴의 허락을 받아 그가 만든 〈조리, 사기Cookery, Crookery〉라는 소책자에 실린 항목을 여기 싣는다.

조리의 단점

1. 조리는 우유, 달걀, 육류 등 단백질을 응고시켜서 질기고(달걀 단백질을 제외하면) 소화하기 힘들게 만든다. 더구나 조리하면 영양가도 떨어진다.

2. 조리는 식품의 지방을 변화시켜 소화가 안 되게 하고, 일부는 독으로 변질시킨다.

3. 조리하면 식품의 수용성 미네랄이 많이 손실된다.

4. 조리는 기본적인 식물 형태를 파괴시킨다. 구조가 깨지고, 구성을 변화시켜 모든 식품의 기초 영양소에 파괴적인 변화를 일으킨다. 이런 요소의 일부, 특히 유기 염분을 무기 염분으로 만들어 무용한 상태가 되게 해서 결국 미네랄 성분을 손실시킨다.

5. 조리는 녹말의 소화력을 저하시키고 발효를 촉진한다.

6. 조리는 식품에 든 비타민을 파괴한다.

생식의 장점

1. 조리하지 않은 음식은 더 많이 씹어야 하므로 치아와 잇몸을 운동시킨다.

2. 씹으면 충분한 타액이 분비되므로 소화가 쉬워진다.

3. 오래 씹는 것은 과식을 막아주는 경향이 있다.

4. 조리하지 않은 음식은 뜨거운 음식으로 인해 생기는 치아와 위의 손상을 방지해준다.

5. 조리하지 않은 음식에는 적절한 비율의 영양분이 들어 있다.

6. 조리하지 않은 음식은 병조림, 피클 등 오늘날 많이 먹는 식품과 달리, 섞어서 품질이 떨어지는 일이 별로 없다.

7. 조리하지 않은 음식은 조리한 음식과 달리 상할 경우 쉽게 분간할 수 있으므로 상한 음식을 먹지 않게 된다.

8. 조리하지 않는 식사 방법은 시간과 음식물과 노동력을 절감시킨다.

이 항목들은 우리가 가능한 한 조금, 가능한 한 단시간 조리하고, 가능하다면 아예 조리하지 말아야 하는 이유를 잘 보여준다. 날것으로 먹으면 장점을 취할 수 있으니 부디 조리하지 말자!

조리한 콩에서는 새싹이 트지 않는다.

조리는 파괴하는 것이요, 재로 만드는 것이다.

죽은 음식, 화장火葬한 음식이 되는 것이다.

반면 생과일과 생야채는 햇빛으로 익힌 살아 있는 음식이다.

우리는 살아 있는 조직으로 구성된 산 음식을 먹어야 한다.

음식물 속의 살아 있는 조직과 인체의 조직 세포가 서로 에너지를

교환하면 건강을 주는 힘이 생긴다.

죽일 것인가, 죽이지 않을 것인가
육식 대 채식

아, 다른 동물을 취하여 탐욕스러운 몸이 비대해지는 것은 얼마나 큰 범죄인가. 살아 있는 생명체가 계속 살아가기 위해 다른 생명체를 죽이다니 말이다. ……다른 생물의 살을 음식으로 삼지 말고, 해가 덜하면서 영양분이 있는 것을 찾아라. …… 그대가 줄 수 없는 생명을 그대 손으로 취하지 말라. 모든 것은 살 권리를 공평하게 가졌느니.

오비디우스Ovidius, 《변신Metamorphoses》 • 기원후 10

마귀는 별난 요리로 무시무시한 향연을 치른다. 하지만 더 선한 영령은 자연의 정령이 조용히 준 맛 좋은 과일, 꽃이 가득한 정원과 과수원을 기뻐한다.

헨리 모어 경Sir Henry More, 《영혼의 불멸Immortality of the Soul》 • 1680

식인종이 서로 잡아먹는 것을 그만두었듯, 발전하는 가운데 육식을 중지하는 것이 인류의 운명이라고 믿는다. 인류에게 도움을 주는 사람이라면 더 고결하고 건강한 식습관을 가지라고 가르칠 것이다.

헨리 데이비드 소로Henry David Thoreau, 《월든Walden》 • 1854

인간은 다른 동물이 먹는 양을 다 합한 것보다 많은 고기를 게걸스레 소비한다.
그러므로 인간은 가장 큰 파괴자이며, 필요 이상으로 남용한다.

조르주 루이 레클레르 드 뷔퐁George Louis Leclerc de Buffon, 《자연사L'Histoire Naturelle》 • 1749

우리 입맛을 충족시키려고 그렇게 많은 생물의 목을 빼앗다니 지독하게 어리석은
짓이다.

윌리엄 펜William Penn, 《고독의 열매Some Fruits of Solitude》 • 1792

도살해서 시체를 구워 먹으려는 목적으로 수백만 두의 동물을 기르는 우리의 괴물
같은 습관이여.

조지 버나드 쇼George Bernard Shaw, 《교회로 가는 길On Going to Church》 • 1896

인간은 백정이며 형제 동물의 무덤이다.

알렉산더 포프Alexander Pope, 《순수의 시대Times of Innocence》 • 1733

야채가 풍부하면 고기가 필요 없다.

어느 부인, 《요리사의 완전 가이드The Cook's Complete Guide》 • 1827

4장

죽일 것인가, 죽이지 않을 것인가
육식 대 채식

소박한 음식을 다룬 이 책은 물론 채식을 골자로 한다. 채식이야말로 가장 간단하고 깨끗하고 쉬운 식사법이다. 나는 식물과 과실, 씨앗, 견과를 먹고 사는 것이 이성적이고 친절하며 지각 있는 사람이 사는 방식이라고 믿는다. 인류가 소박한 생활 방식으로 회귀할 즈음에는 식사법에서 육식은 제외될 것이고, 잔인할 정도로 비싼 식비는 '육식동물'이나 감당하게 될 것이다. 이 책의 독자들은 육식이라는 혐오스러운 관습에서 벗어난 분들일지 모르지만, 그렇지 않은 분이 있다면 채식주의야말로 타당성 있는 식이요법임을 분명히 해두고 싶다. 하지만 내 말이 야만적인 관습에 오래도록 길들여진 일반 대중에게 별반 영향을 미치지 못할 것임을 알고 있다.

동정심을 가진 사람이라면 살점을 볼 때 겁에 질리고 메스껍지 않을 수가 없다. 그러나 육식은 관습이 되어버렸고, 사람들의 동정심을 뭉개버렸다. 사람들의 미각은 비정상적으로 타락했으며, 죽은 음식의 맛과 냄새에 대한 취향이 자리 잡게 되었다. 도축된 동물을 먹는 사람들은 고기를 먹지 않으면 뭘 먹어야 할지 상상조차 못 한다. 그들은 원래 야채를 먹어야 하는데 그 대용으로 고기를 먹는다는 사실을 깨닫지 못하는 것이다.

요리사는 주인에게서 고기에 양념을 하라는 주문을 받자, 치즈와 오일로 소스를 만들겠다고 말한다. 그 요리사에게 주인은 대답한다. "이런 멍청이 같으니, 당장 나가게! 애초에 치즈나 오일이 있었다면 뭣하러 고기를 샀겠는가?"

토머스 모펏Thomas Moffett,《건강 개선Health's Improvement》• 1600

자연은 썩은 시체가 아닌 풍부한 영양을 주는 먹을거리를 충분히 인간에게 제공해주고 있다. 썩고 있는 시체를 먹는 것은 정결한 사람이라면 혐오할 만한 불쾌한 식사법이다. 물론 오래전부터 그것이 관습으로 자리 잡아, 사람들의 배 속을 죽은 동물의 무덤으로 만드는 기괴한 짓이 몸에 배긴 했지만.

먼저 제 입을 핏덩이로 더럽히고, 제 혀를 도축된 것의 살에 닿게 하다니 대체 인간은 어떤 감정이나 마음, 이성을 가졌는지 의아하다. 움직이고, 지각하고, 목소리를 가진 것들을 죽여 그 시체 덩이를 식탁에 펼쳐놓고 그걸 맛좋은 식사라고 말하는 인간이 아닌가?

플루타르크Plutarch,《육식에 대하여On the Eating of Flesh》• 기원후 70

죽은 고기를 요리로 부드럽게 위장하기 때문에 씹어 소화하는 게 가능하다. 피와 생살덩이를 보면 혐오스럽고 메스꺼워 먹지 못할 것을.

퍼시 바이시 셸리|Percy Bysshe Shelley, 《자연식의 옹호A Vindication of Natural Diet》 • 1813

하지만 나는 "엄격한 채식인이면서 아내를 구타하는 자보다는 육식을 하지만 친절하고 사려 깊은 사람이 낫다"는 간디의 말에 전적으로 동의한다. 한 엄격한 채식인(이제 막 열광적인 채식인이 된 사람이다)을 알았는데, 우리를 식사에 초대하면 아내와 딸을 심하게 무시해 식당에서 함께 식사하지 못하게 하고 혼자서 우리에게 식사를 대접했다. 이 고약한 강성론자는 먹는 법은 제대로 배웠는지 몰라도 사는 법은 아직 배울 게 많았다.

채식인Vegetarian이라는 낱말은 '온전한, 건강한, 싱싱한, 살아 있는'이라는 뜻의 라틴어 베게투스Vegetus에서 파생되었다. 인간이 먹는 고기는 온전하지도, 건강하지도, 싱싱하지도, 생생하지도 않다. 팔다리가 잘리고, 오염되고, 썩어가고, 죽어 있다. 푸른 잎채소와 근채류, 곡물, 열매, 견과, 과일로 구성된 식단은 신체에 힘과 안정을 가져다준다. 그것이 건강한 음식이자, 미학적이고, 경제적이며, 동물에게 무해하고, 경작과 준비와 소화가 쉬운 식단이다.

인간의 육식은 불필요하고, 비합리적이며, 해부학적으로 불건전하고, 건강하지 못하며, 비위생적이고, 비경제적이며, 미학적이지 않고, 무자비하며, 비윤리적이다. 하나하나 짚어가며 알아보기로 하자.

1. 불필요하다 | 고기는 반드시 필요한 것이 아니라 습관에 의해 필요성을 느끼게 된 식품이다. 우리는 먹을거리를 얻기 위해 동료 생물을 도살할 필요가 없다. 시대를 초월해 전 세계 수백만 명이 평생 채식으로 살아왔지만 그로 인한 폐해는 없었다. 사실 그들은 절식 덕분에 건강이 더 좋았다. 나는 운 좋게 채식인 집안에서 태어나 고기를 먹지 않고도 70대에 접어들도록 건강하고 힘차게 살고 있다. 남편 스코트는 30대 중반에 채식인이 되어 고기를 먹지 않고도 90대에 접어들도록 온전한 정신으로 활기찬 생활을 하고 있다. 조리한 고기를 먹을 필요가 없다는 증거가 충분한 셈이다.

채식인 친구인 헨리 베일리 스티븐스Henry Bailey Stevens가 쓴 《육식하는 자들에게 바치는 시Rhymes for Meat-Eaters》의 일부를 살펴보자.

> 콩과 토마토, 쌀, 올리브, 견과와 빵이 있는데,
> 어째서 피를 흘리고 죽는 것의 살점을 먹으려고 할까?
> 꿀과 바나나, 배, 오렌지, 옥수수, 무가 있는데,
> 어째서 시체 살점을 찢어야 하나?
> 시체를 먹기 위해 강탈하고 죽이고 싶어 하다니,
> 어떤 본능적 편견에서 헤매는 걸까?

2. 비합리적이다 | 우리가 동물을 죽여서 먹지 않는다면 동물이 낳아져 지구를 뒤덮어버릴 거라는 논란이 자주 오르내린다. 그런데 사실 그

렇지가 않다. 우리가 육식을 하지 않으면 야생동물들처럼 자연스러운 조절 과정이 일어날 것이다. 우리가 가축 키우기를 멈추면, 곧 가축의 수는 많이 감소할 것이다.

동물은 원래 키울 필요가 없고 죽일 필요도 없으며, 먹을 필요도 없다. 흔히 "하지만 우리가 동물을 먹는 것은 자연스러운 일이다. 동물은 우리를 위해 만들어진 피조물이다"라고들 한다. 그것은 논리적인 말이 아니다. 동물은 인간보다 훨씬 앞서 지구상에 출현했다. 그들이 영겁을 기다린 후에야 동물을 먹는 인간이 지구에 나타났다.

고기를 먹는 게 그렇게 자연스러운 일이라면, 왜 자기가 키우는 동물을 잡아먹지는 않을까? 죽여서 고기를 자르거나 산 짐승의 다리를 죽 찢어서 신선한 상태 그대로 '자연스럽게' 먹지 그럴까? 과일이나 야채는 그렇게 먹을 수 있지만, 애완견이나 고양이의 떨리는 살은 그렇게 먹지 않는다. 동물을 사랑한다고 주장하고 애완동물을 키우는 사람들은 집에서 키우는 토끼를 죽여서 먹지 않는다. 한데 다른 사람이 죽이거나 다른 사람이 키운 동물, 다른 동물의 자식과 부모는 국도 끓이고 구이도 해서 게걸스레 입에 넣을 수 있는 것이다.

그녀는 화가 나서 말했다. "고양이가 우리 새를 먹어버렸어." 그가 단호하게 말했다. "나쁜 녀석을 죽여버려야지." 말이 끝나자 그는 다시 메추라기 고기를, 그녀는 비둘기 파이를 먹기 시작했다.

동물에 관심을 쏟는 동물 애호가도 육식을 하는 경우가 많다. 고대의 2절판 책《목자의 달력The Shepherd's Calendar》(1493)에는 익명의 필자가 조리되려는 달팽이에게 다정하게 말을 거는 대목이 나온다. "롬바르드는 너를 먹을 때 우리가 만든 소스를 끼얹지 않아. 우리는 너를 큰 접시에 놓고 후추와 양파를 곁들여 먹지."

육식을 하는 자여, 그대는 사자·호랑이·구렁이를 야만스럽고 흉포하다고 말하면서, 하필이면 자기 손을 피로 물들이누나. 하지만 그런 동물에게는 살해가 생명 유지의 유일한 수단이다. 반면 그대에게 살해는 불필요한 사치이다. 왜 땅이 그대에게 먹이고 영양을 주지 못한다는 듯이 땅을 기만하는가? 그대는 존재하기 위해 필요한 것들을 넘치도록 갖고 있다. 사실 우리가 사자와 늑대를 죽이는 것은 자기방어를 위해서지 먹기 위함이 아니다. 반대로 우리는 그런 동물은 평온하게 내버려둔다. 그리고 결백하고 길들여진 무기력한 동물들을 죽이는 것이다.

플루타르크Plutarch, 《육식에 대하여On the Eating of Flesh》 • 기원후 70

어떤 사람들은 그들이 날마다 보아왔거나 키워온 집의 가축을 먹으려 하지 않는다. 또 어떤 이들은 그들에게 먹을 것을 제공해주고 그들을 돌봐주는 가축을 먹는 것을 거절하곤 한다. 그런데 이들 모두 시장에서 사 온 쇠고기, 양고기나 가금류는 아무런 거리낌 없이 맘껏 먹는다.

베르나르드 망드빌Bernard De Mandeville, 《꿀벌 이야기Fable of the Bees》 • 1723

육식을 하는 사람들도 대개는 까다로운 한계를 설정하고 그 선을 넘지 않으려 한다. 그들은 벌레, 민달팽이, 정원에 있는 달팽이(뛰어난 단백질 공급원이라고 알려져 있는데도)나 곤충, 쥐, 고양이나 개, 말, 인간은 먹지 않는다. "사모아인은 개고기는 먹지만 달걀과 닭고기는 안 먹는다. 유사하게 브라질의 키토토족은 쥐, 개구리, 뱀장어, 뱀, 자라, 파충류의 알은 먹지만 새알은 먹지 않는다." 마크 그로버드Mark Graubard,《인간의 음식, 그 연원과 이유Man's Food, Its Rhyme or Reason》(1943)

버나드 쇼는 육식을 가리켜 "가장 영웅적인 요리를 배제한 식인 풍습"이라고 말했다. 그리고 브론슨 올컷은 고기구이를 좋아하면서도 식인주의의 공포에 대해 글을 쓰는 에머슨에게 이런 말을 했다. "하나 에머슨 씨, 어차피 우리가 고기를 먹는 바에야 최고급 고기는 먹으면 안 될 이유가 있을까요?" 나도 그 견해에 동의한다. 사실 아기의 포동포동한 팔이 아주 맛있어 보이고 꽉 깨물고 싶다는 생각을 가끔 하니까.

3. 해부학적으로 불건전하다 | 동물은(인간도 동물의 일원이다) 각기 구조적으로 특별한 영양 공급 방식에 적응한다. 채식인을 얕볼 때 토끼 같다고 하는데, 토끼는 설치류로 완전히 채식만 한다. 돼지는 잡식성으로, 오늘날 잡식하는 인간과 가장 비슷한 식성을 갖고 있다. 집에서 키우는 돼지는 가리는 음식이 별로 없다. 현대인처럼 고기든 야채든 먹을 수 있는 것은 뭐든 먹는다.

생리학적으로 보면 과일과 야채를 먹는 것이 인간의 해부학적 구조와 더 일치한다. 인간의 치아, 소화기관, 손, 발, 유선은 상당 부분 영장류와 닮아 있다.

원시인이 과일을 상식常食하는 유인원과 비슷했음은 의심할 나위가 없다.

로베르 브리포Robert Briffault, 《어미들The Mothers》 • 1927

인간이 분비하는 소화액은 육식을 감당하기에 충분하지 않다. 육식동물은 인간보다 열 배는 강한 염산을 분비하며, 장이 아주 짧아서 고기를 빨리 소화한다. 인간의 소화 장기는 육식동물보다 세 배가 길며, 육식을 하면 2~3일간 음식을 장에 담고 변을 만든다.

치아 구조는 자연식을 해야 하는 중요한 단서이다. 육식동물은 송곳니가 있어 먹이를 잘게 찢는다. 초식동물은 먹이를 갈고 씹도록 부드러운 이를 가지고 있다. 인간과 유인원은 모두 과일 상식 동물류에 속한다. 앞니는 깨물고 뒷니는 뭉개서 걸쭉하게 만드는 데 쓴다. 그러므로 인간의 식사법은 유인원과 비슷해야 한다. 생과일, 생야채, 견과, 근채류 종류를 섭취해야 하는 것이다.

분명, 인간은 육식을 하도록 만들어지지 않았다. 송곳니와 굽은 갈퀴가 있어야 먹이를 잡아서 찢을 수 있는데, 인간은 그런 것을 갖고 태어나지 않는다. 인간의 부드러운 손은 과일과 야채를 따기에 적당하고, 치아는 그것을 씹어 삼키기에 적당하다.

존 레이John Ray, 《본초론Historia Plantarum》 • 1686

4. 건강하지 못하다 | 제2차 세계대전 중 덴마크에서 긴급 배급을 시행하면서 1년간 고기를 배급하지 않았다. 그해 덴마크는 세계 최저 사망률을 기록했고, 발병률도 눈에 띄게 낮아졌다. 하지만 이듬해 다시 고기를 먹게 되자, 전쟁 전의 사망률과 발병률로 환원되었다.

동물 가운데 가장 강인한 축에 속하는 황소, 코끼리, 고릴라, 하마는 모두 초식동물이다. 낙타 역시 풀만 먹는데, 인내심은 동물 중 으뜸이다. 말과 사슴 역시 뛰는 속도로 보면 동물 가운데 단연 선두 주자로 손꼽힌다.

> 한 농부가 내게 말했다. "야채만 먹고는 살 수 없지요. 뼈를 만들 만한 음식을 못 먹게 되니까요." 그래서 그는 뼈의 원료를 몸에 공급하는 데 하루의 일부를 충실하게 바친다. 그는 얘기를 하면서 쟁기질하는 소 뒤를 따라간다. 한데 채소만 먹는 소는 농부를 끌고 다니며 밭을 가는 것이다.
>
> 헨리 데이비드 소로Henry David Thoreau,《월든Walden》• 1854

고기에 함유된 고단백질이 건강을 유지하게 해준다며 단백질의 필요성을 요란하게 강조하는 사람이 있다. 분명 신체의 성장과 회복에 단백질이 필요하긴 하지만, 섭취 부족과 마찬가지로 과도한 섭취 역시 피해야 하지 않을까? 과도한 단백질 섭취는 신체 기관에 부담을 준다. 과도한 것은 쓰레기처럼 없애거나 근육에 보관되어야 하는데, 그렇게 되면 근육이 단단하게 굳는다. "단백질이 얼마나 많이 필요한 거야?"가 아니라 "단백질이 얼마나 있으면 되는 거야?"라고 물어야 할 것이다.

견과, 콩, 버섯, 치즈, 우유, 달걀, 곡식, 여러 녹색 채소류에는 단백질이 들어 있다. 사실 보통 음식물에는 약간의 단백질이 함유되어 있다. 식물은 공기 중의 질소에서 단백질을 합성한다. 식물류는 아주 단순한 단백질을 만들지만, 이것은 고기에 든 아미노산과 똑같다.

식물에 든 단백질은 고기에 든 단백질을 만드는 재료이다. 견과류가 고기를 대신하는 대체물이 아니라, 고기가 견과류를 대신하는 대체물이다. 모든 과일에는 모유에 들어 있는 평균 단백질만큼의 단백질이 있다. 바나나에는 모유보다 많은 단백질이 들어 있다. 야채는 평균 3%, 견과류는 15%, 씨앗류는 20%의 단백질을 함유한다.

신선한 야채와 과일, 견과, 씨앗을 충분히 먹는 사람은 고기와 유제품을 먹지 않고도 영양학자들이 추천하는 최소 섭취 권장량 이상의 단백질을 섭취할 수 있다.

5. 비위생적이다 | 부패한 고기보다는 신선한 야채와 과일을 먹는 쪽이 건강에 좋을 뿐 아니라 더 깨끗하다. 동물 시체는 독과 질병의 온상이며, 부패할 고기를 저장하거나 연화시키는 데 이용하는 식품첨가물과 화학약품이 함유되어 있다. 죽은 고기를 먹으면 이런 독소들이 인체에 들어간다. 육식을 하는 인간의 몸은 동물 질병의 무덤인 셈이다. 죽은 동물의 시체는 독성 폐기물과 유독성 박테리아 덩어리이며, 때로 종양, 암, 결핵, 돼지콜레라 같은 건강에 위험한 질병에 걸려 있기도 하다.

오늘날 우리가 구입하는 대부분의 고기는 방부제, 호르몬제, 진정제, 살충

제, 색소, 방사선 덩어리이다. ……도축 과정을 거친 고기의 대부분에는 방부제와 안정제, 플라스틱 잔여물을 비롯한 유해 물질이 함유되어 있다.

'고기는 좋은 게 아니다Meat Is No Treat', 〈마더 어스 뉴스The Mother Earth News〉 제2호

도살된 가축이 얼마나 많은 질병을 앓는지에 대해 육류 검사관 이상으로 잘 아는 사람은 없을 것이다. 어떤 여성이 연회에 참석해서 야채 요리를 주문했다. 곁에는 처음 보는 사람이 앉았는데, 그 남성 역시 야채 요리를 골랐다. 이 여성이 "선생님께서도 채식주의자이신가요?"라고 물었다. 그러자 그는 이렇게 대답했다. "아닙니다, 부인. 저는 육류 검사관입니다."

6. 비경제적이다 | 수천 에이커나 되는 비옥한 땅이 인간을 살찌울 동물들을 먹이기 위한 목초지로 쓰이고 있다. 미국의 경우 농지의 절반 이상이 그런 목초지로 바쳐진 상태다. 그 땅에 인간이 직접 먹을 농작물을 심는다면, 동물 고기를 통한 간접 방식보다 더 빠르고 경제적으로 음식을 얻을 수 있을 것이다. 세계 가축 사료의 약 40%가 사람의 먹을거리로 쓸 수 있는 야채에서 얻는다고 한다.

인구 1인에게 필요한 먹을거리 생산에 1에이커가 쓰인다고 한다. 그런데 육식을 하는 사람은 그들이 먹을 가축을 먹이기 위해 거의 2에이커를 쓰는 셈이다. 곡물과 콩 따위의 사료를 가축에게 주기보다는 비옥한 땅에서 나는 작물을 인간이 직접 먹는 편이 생태학적으로도, 경제적으로도 합당하다. 1에이커의 초지에 콩 작물을 심으면 43파운드의 단백질이 생산되며, 이 단백질은 영양 면에서 고기에 든 단백질과 똑같으면서 더 싸고, 지

방이 적고, 질병을 일으킬 확률이 낮다.

> 강낭콩이나 완두콩, 대두를 1에이커의 땅에 경작하면, 각각 한 사람이
> 1116일, 1785일, 2224일 동안 먹을 양을 수확할 수 있다. 쇠고기, 돼지고
> 기, 닭고기류의 경우에는 각각 77일, 129일, 185일간의 양이 생산된다.
>
> 〈바이오-다이내믹 매거진Bio-Dynamic Magazine〉 제126호

> 같은 경작지의 소출량을 따져볼 때 우리는 고기나 달걀, 우유, 치즈 형태로
> 얻을 수 있는 열량의 수십 배에 달하는 열량을 곡물이나 근채류 형태로 얻
> 을 수 있다.
>
> 닥터 존 유드킨Dr. John Yudkin,《달콤하고 위험한 것Sweet and Dangerous》• 1972

채식인들은 먹이사슬의 하위 부분을 먹기 때문에 세계 식량 문제
를 해결할 수 있다. 세계 인구를 더 풍족하게, 더 경제적으로 먹이려면 가축
에게 먹이는 막대한 양의 곡물과 콩을 과감히 줄이거나 완전히 없애야 할
것이다.

7. 미학적이지 않다 | 정육점에 고기 조각이나 덩어리가 걸린 혐오
스러운 광경이나 슈퍼마켓에 비닐 포장한 고기가 흉하게 진열된 것을 볼
때, 지각 있고 예술적인 사람이라면 누구나 충격을 받을 것이다. 미학적으
로 보면 잘라놓은 벌건 살덩이보다 과일과 야채가 훨씬 보기에 좋다. 발터
드 라 마르Walter de la Mare는 정육점에 대한 시를 썼다.

나는 정육점 주인장을 참을 수 없다. 나는 그의 고기를 참을 수 없다.

상점 중 가장 추한 상점은 정육점이다.

거리에서 가장 추한 곳이 바로 그곳인 것을.

빵 가게는 따뜻하다. 구두 수선소는 어둡다. 약국은 환하다.

하나, 아! 정육점 바닥의 톱밥 흩어진 광경은 추하고도 추하다!

러스킨Ruskin은 서정적으로 이렇게 말했다. "아름다운 행위나 고매한 사상의 기준은 노래에서 찾을 수 있다. 그리고 우리가 그 행위에 대해 시를 지을 수 없다면 그것은 인간에게 맞지 않는 행위이다." 그는 이런 기준을 고기 먹는 행위에도 적용했을까?

나는 고기를 거의 먹지 않는다. 그것은 지금까지 알게 된 고기의 단점 때문이 아니라, 내 상상력에 고기가 어울리지 않기 때문이다. 고기를 혐오하는 것은 경험의 효과가 아니라 본능인 것이다. 고매하고 시적인 재능을 최상의 상태로 유지하는 데 열심인 사람이라면 특히 고기를 멀리할 것임을 나는 믿는다.

헨리 데이비드 소로Henry David Thoreau, 《월든Walden》• 1854

8. 무자비하다 | 동물의 관점에서 육식을 바라보자. 동물에게도 침해받아서는 안 되는 권리가 있다. 동물도 자기 삶과 가족을 사랑한다. 인간은 동정심이라곤 없이 야생동물을 잔인하게 사냥해서 죽인다. 집에서 키

우는 동물은 그 가족에게서 떼어내 도살장으로 끌고 간다. 그곳에 간 동물은 다른 가축이 모여 있는 것을 보고 공포감에 얼어붙는다. 또 다른 동물들의 울음소리와 악취에 놀란다. 도살자는 동물을 도끼로 찍어 넘어뜨리고, 갈고리에 걸어 움직이는 벨트로 마지막 도축 과정이 이루어지는 곳으로 보낸다. 완전히 숨이 끊기기도 전에 목을 자르고, 비틀고, 가죽을 벗기고, 살을 자른다. 내가 그걸 아는 것은 25년 전, 그 끔찍한 시카고의 도살장에 두 번 가봤기 때문이다.

바바리아 지방의 한 베네딕트 수도원 도서관에서 13세기에 지은 슬픈 노래 한 수가 발견되었다. '백조가 그대에게 노래하네Cignus ustus Cantat'라는 노래의 가사는 이렇다.

전에 나는 호수에 살았네. 전에 나는 아름다운 백조였네.

아, 불쌍도 하지! 이제 나는 검게 구워졌네!

접시에 놓인 채 나는 날 수 없네.

나를 물어뜯는 이가 보이네.

아, 불쌍도 하지! 이제 나는 검게 구워졌네!

우리가 고기를 먹는 것은 무자비하고 폭력적이고 잔인할 수밖에 없다. 인간은 물고기를 무시무시하게 날카로운 고리에 걸어서 물속에서 끌어낸다. 몸집이 커다란 고래를 쫓아서 죽을 때까지 가차 없이 찔러댄다. 물개는 곤봉으로 때려 죽이며, 반쯤 살아 있는데도 껍질을 벗긴다. 게와 가재는 산 채로 끓인다.

> 게를 산 채로 뜨거운 물에 넣고, 가재를 쇠꼬챙이에 꿰어 구우면 비명이 들
> 리는 듯하다. 장어와 잉어는 뜨거운 팬을 피해 팔딱대다가 불구멍 속으로
> 떨어진다.
>
> 윌리엄 킹William King, 《요리의 기술The Art of Cookery》 • 1709

누군가 '인간적으로 죽이면' 되지 않느냐고 물을지 모르겠다. 어떻
게 하면 인간적이면서 잔인해질 수 있을까? 죽이는 것은 죽이는 것이다. 인
간이 하루에 죽이는 소의 수는 육식동물이 100년 동안 잡아먹는 동물의
수보다 많다고 한다. 우리와 같은 동물을 살해하고 먹는, 잔인하면서 잔학
한 관습에 대해 현인들이 한 말을 인용해보겠다.

> 방어력 없는 무고한 것들과 행하는 전쟁으로 인해 지구는 신음한다.
>
> 윌리엄 코퍼William Cowper

> 매일 수천 마리의 동물이 쓸데없이 도살된다. 후회의 빛이라곤 없이.
>
> 로맹 롤랑Romain Rolland

> 창자를 창자 속에 묻는 것이야말로 얼마나 기괴한 죄악인가. 탐욕스러운
> 몸이 그 안에 밀어 넣은 다른 동물의 몸을 취해 살찌는 것은 얼마나 기괴한

죄악인가. 살아 있는 생물이 다른 살아 있는 생물의 죽음으로 인해 살아야

하는 것은 얼마나 기괴한 죄악인가.

피타고라스Pythagoras

아무에게 해를 끼치지 않는 순한 것들을 왜 그리 잔인하게 죽이는가? 가축

들은 일을 덜어주고, 신의 있는 친구이며, 몸을 감쌀 옷을 주며, 먹을 젖을

주지 않던가. 그들에게 무얼 더 바라는가? 땅은 인간이 먹기에 충분한 과

실을 주지 않는가?

플루타르크Plutarch

실로 끔찍한 것은 동물의 고통과 죽음이 아니라, 인간이 아무 필요도 없이

생물에 대한 연민과 자비심을 짓뭉개고, 잔인한 폭력을 자신에게 행사한

다는 사실이다.

레프 톨스토이Leo Tolstoi

9. 비윤리적이다 | "어떻게 그런 직업을 선택할 수 있었나요?" 시카

고 도살장에서 겁에 질린 방문객이 도살자에게 물었다. 그러자 도살자는

"선생을 대신해 우리가 더러운 일을 하고 있을 따름입니다"라고 쏘아붙

였다. 방문객은 입을 다물 수밖에 없었다. 동물을 직접 죽이지 않고 고기를

먹는 사람은 누구나 도살자에게 그 일을 의뢰하고 있는 셈이다.

이 문제의 윤리에 내가 가장 무서워하는 게 뭔지 모르겠다. 불공평함인지, 잔인성인지, 고기를 먹는 행위의 더러움인지. 불공평함은 도살자에게, 잔인성은 동물에게, 더러움은 먹는 사람에게 관계될 것이다. 특히 마지막 부분에 대해 세련된 사람들, 심지어 정결한 사람들까지 고기를 대접받고도 모욕감을 느끼지 않는다는 것이 의아할 따름이다. 시체 일부를 먹으라고 내놓는데도 싫지 않다니! 침략을 당했을 때나 어려운 상황이라 양식을 구하지 못하는 궁핍한 시기라면 고기를 먹을 수 있겠지만, 맛 좋은 음식이 넘쳐나는 문명 공동체 한가운데서 손님 앞에 죽은 고기를 차려놓는 것은 모욕으로 받아들여야 마땅하다!

애너 킹스퍼드Anna Kingsford, 《채식주의에 대한 연설Addresses on Vegetarianism》 • 1912

우리는 살해자 정도가 아니다. 노예 감독관이며 착취자이고 음식 강도다. 우리는 벌에게서 꿀을, 닭에게서 달걀을 강탈하고, 젖소에게서 우유를 뺏는다. 야생 소는 송아지에게 15개월간 젖을 먹인다. 그런데 우리는 집에서 키우는 젖소가 송아지를 낳으면 새끼를 분리시키고, 새끼에게 먹여야 할 젖을 빼앗아 먹는다. 야생에서 대개의 조류는 1년에 4~5개의 알을 낳는다. 양계장에서 우리는 수백 개의 알을 낳도록 채근한다.

젖은 동물 새끼가 먹을 음식이다. 알 속의 양분은 부화할 새에게 꼭 필요한 것이다. 젖과 알 모두 인간 어른이 먹어서는 안 된다.

이집트 사람들은 오랫동안 알을 먹지 않았다. 그것이 불완전하거나 액체 덩어리였기 때문이었다. 그들은 오랫동안 어떤 젖도 먹지 않았다. 젖이 탈색한 피이기 때문이었다.

토머스 모펏Thomas Moffett, 《건강 개선Health's Improvement》 • 1600

모든 알에는 새끼가 들어 있다. 한 마리 새가 될 수 있는 물질이란 뜻이다. 자연적으로든 인공적으로든 온도를 조금만 올려주면 살아 있는 새가 거기서 나온다.

헨리 톰슨 경Sir Henry Thompson, 《음식과 섭생Food and Feeding》 • 1880

알 역시 마음을 갖고 있으며, 능력 있는 화학자들도 못할 일을 한다. 그것은 부화할 몸을 만들고, 단백질 중에서 어느 부분이 날개 근육이 되고, 어느 부분이 눈이 되며, 어느 부분이 날 수 있는 신경과 뇌가 될지 선택한다. 이렇듯 선택과 형성 작용이 일어나는 것이다. 제한적이지만 초인간적인 지성을 갖고 있다.

로빈슨 제퍼스Robinson Jeffers, 《사물의 덕에 관하여De Rerum Virtute》 • 1963

닭, 소를 비롯한 가축은 보호받으며 살지만 자연스럽지 못한 존재로 산다. 살고 죽는 것이 인간 손에 달린 채 사는 것이다. 그들의 삶을 간섭하고, 그들의 죽음에 참여하는 우리는 윤리적인 책임을 통감해야 한다.

우리의 형제인 동물을 전 세계적으로 남용한다는 사실을 인식하고 나서 채식인인 스코트와 나는 동물 생산물에 대한 의존도를 줄였다. 우리는 우유를 마시지 않고, 달걀도 먹지 않는다(객지에서 음식으로 나올 때는 제외). 또 동물 가죽이나 털로 된 옷은 입지 않고, 허리띠와 구두도 가죽이 아닌 것으로 사려고 노력한다. 우린 결벽주의자는 아니고, 늘 일관되게 동물에게 해를 끼치는 행위를 피하지는 못한다. 우리 둘 다 꿀을 먹으니, 벌에게서 꿀을 훔치는 셈이다. 스코트는 요구르트를 먹는다. 하지만 요즘은 콩제품인 두부로 바꾸고 있다. 우리는 채식인에게 비타민 B12가 필요하다는 것을 알기에 코티지치즈는 조금씩 먹는다. 나는 네덜란드산 치즈를 좋아하는 편이다. 오랫동안 네덜란드에 살았고, 어머니가 네덜란드 사람이어서 그렇다. 또 나는 (친구들 사이에서) 아이스크림 대장으로 유명하다. 어린 시절에 잘못 든 버릇이 남아 있기 때문이다. 생일이나 경사스러운 날이 되어 마음이 느슨해지면 이런 기호품에 탐닉한다. 또 버터를 빼고 난 우유를 사용해 케이크를 만들기도 하고, 가끔씩 야채 요리에 치즈를 넣기도 한다.

강경론자 친구들은 유제품을 사용하는 것을 비난하고, 우리를 못마땅하게 여긴다. 여행 중 달걀이나 우유가 든 음식이 나오면 우리는 그대로 먹을 것이다. 만약 고기가 있으면 먹지 않을 것이다. 일관성이 없다고? 그렇다. 하지만 안 그런 사람이 있을까? 매사에 일관성 있게 대처하는 사람이 있을까?

음식을 먹는 방식은 음식을 먹는 사람의 의식에 따라 상대적이다. 매사에 철저한 일관성을 유지하는 것은 불가능하다손 치더라도, 사람은 누구나 나름대로 세상에 가능한 한 최소의 피해를 끼치는 방법을 실천할 수는 있다. 어쨌거나 순수한 채식인처럼 순수하지 못하다고 해서, 야만적인 사람들과 똑같이 야만적으로 된다는 것은 아니지 않은가. 스코트와 나는 동물 착취를 최소한으로 줄이는 식이요법을 실천해왔다. 그러는 와중에 우리는 놀랄 만한 건강을 유지할 수 있었고, 배우고 실천함에 따라 식생활을 더욱 개선하는, 보다 적극적인 실험을 할 수 있는 여지가 생겼다.

이 책에 나온 조리법 중 일부는 강경한 채식주의를 바탕으로, 일부는 온건한 채식주의를 바탕으로 되어 있다. 달걀을 넣는 요리는 없고, 우유나 치즈를 사용하는 요리도 거의 없다. 우리가 다른 감미료보다 선호하는 꿀과 메이플 시럽을 사용하도록 권하는 요리는 있다. 버몬트에 살 때는 충분히 만들어 먹었지만 이제는 구입해야 하는 메이플 시럽의 경우, 고상한 단풍나무에서 수액을 빼낸 것을 먹으니 착취 행위라 하지 않을 수는 없을 것이다.

인간은 동물을 인간의 노예로 만든다. 또 인간은 자기 자신을 착취해서 동물의 노예가 된다. 목축업자, 우유 짜는 이, 양치기, 목동, 농부, 도살자 모두 가축의 시중을 드는 일과 관련한 노동을 한다. 키우고 돌보는 데 쓰는 시간과 노력을 더 나은 인간을 키우고 돌보는 데 쓰면 좋으련만.

우리 인간은 특권을 누리는 동물이다. 우리는 소의 저녁 식사감이 되지도 않고, 원숭이처럼 병의 원인을 찾기 위해 병원균을 주사 맞지도 않는다. 또 다람쥐처럼 웃음을 자아내기 위해 쳇바퀴 속에 들어가 계속 달리는 훈련을 받지도 않는다. 우리에 갇혀서, 저녁 식사 때 예쁘게 노래하라고 성대 수술을 받는 일도 없으며, 신기한 인간 표본으로 뽑혀 동물원 우리 속에 갇히지도 않는다. 우리의 젖을 짜내서 송아지에게 먹이지도 않고, 우리

아기들이 도살장으로 끌려가 잘려서 누군가의 저녁 식사 재료로 쓰이는 꼴을 당하지도 않는다.

"웨이터, 순대 좀 가져와요!"라고 앨리스가 외쳤다. 앨리스는 한 조각 잘라서 레드 퀸에게 주었다. 그러자 순대가 말했다. "뻔뻔하기는! 내가 당신을 자른다면 당신이 얼마나 좋아할지 궁금하군!"

루이스 캐럴Lewis Carroll, 《거울나라의 앨리스Through the Looking Glass》 • 1896

내가 좋아하는 작곡가 벤저민 브리튼Benjamin Britten이 '똑같이 해주리?Tit for Tat?'라는 곡을 썼는데, 가사도 그가 썼는지 모르겠지만 참 강렬한 내용을 담고 있다. 헤이그에서 열린 세계 채식인 회의에서 이 노래를 들었다.

물고기를 잡아봤나, 톰 노디?

흐느끼는 토끼를 올가미로 잡은 적 있나?

'산토끼 토끼야'를 부르면서 불쌍한 토끼에게 총질을 해봤나?

아니면 공중의 눈먼 새를 쏘아보았나?

초목 우거진 숲을 살인자처럼 뚜벅뚜벅 걸어

깊고 좁은 골짜기를 지날 때

작은 생물이 자연에게 비명 지르는 소리를 들었나?

"그가 온다! 달아나라! 달아나! 저기 그가 온다!"

나도 몹시 궁금하다네, 톰 노디.

그대 돌아다닐 때

도깨비가 가느다란 얼굴을 숙이고서

그대를 집으로 끌고 갈는지,

울타리를 넘어

그대 무릎을 총으로 찌르며

그대 머리를 매달고서 말이지.

톰 노디, 그대를 고리에 꿰어서

차가운 선반에 걸어놓을지

거기서 그대의 눈은 허공을 응시하겠지. 그대 몸이 요리될 때까지!

식습관이 인간의 습관 중 가장 끈질긴 습관이라 해도 그럼에도 개선의 여지는 있다. 이민자는 모국어를 버린 후에도 모국의 식습관은 계속 유지한다고 한다. 하지만 식사 패턴은 바뀌게 마련이다. 이제 우리는 다른 인간을 대량 학살하지만, 인간을 먹지는 않는다. 먹을 목적이 아니라면 무슨 목적으로 죽일까? 어느 아프리카 식인종은 많은 사람이 전쟁에서 죽는다는 말을 듣고 "왜 그렇게 많이 죽이지? 다 먹지도 못할 거면서!"라고 말했다나.

오늘날 젊은이들은 굳어져 내려온 사회 관습을 변화시키고, 음식을 준비하고 처리하는 새로운 방식을 시도하고 있다. 우리가 아는 사람 수백 명이 식습관을 채식주의로 바꾸고 있다.

물론 채식인의 선택을 일시적인 유행으로 간주하면서 그들을 가리켜 '토끼나 풀벌레들의 밥'을 먹는 족속이라고 비아냥거리는 사람들도 있다. 나 역시 육식을 고집하는 사람들이 앞의 글을 읽고 썩은 짐승 시체를 먹는 습관을 바꾸기는 힘들 거라고 믿는다. '채식의 건강성'을 신봉했던 존 이블린John Evelyn은《아세타리아Acetaria》(1699)에서 이런 말을 했다.

이 주제에 관해 어디까지 논의를 진전시켜야 할지 잘 안다. 한번 고기 맛을 본 사람은 아무리 듣기 좋게 설득해도 고기 먹는 습관을 버리지 못할 것이다. 이제는 아주 오래된 육식 습관을 저버리지 못한다. ……내가 건강에 좋은 채식주의를 실천하는 사람들이 얼마나 행복하게 장수하는지 예를 아무리 많이 제시하더라도 육식하는 사람들의 마음을 바꾸지는 못할 것이다.

육식 습관을 버리고 채식을 한다 해도 우리가 생명체를 꺾어서 삼키고 소화하게 된다는 것은 나도 인정한다. 그래서 식사할 때 무, 당근, 상추, 사과, 오렌지에게 사과한다. 어느 날인가 우리가 피부에 햇빛을 받고 맑은 공기를 깊이 들이마시는 것만으로도 살 수 있게 되기를 간절히 바란다. 그 역시 생명 형태의 미립자를 삼키는 것이 되겠지만.

지금까지 우리는 생존하기 위해 먹는다. 그러므로 덜 민감한 생명체를 취해야 한다. 우리가 섭취하는 먹을거리는 어떤 것이든 본래 생명을 갖고 태어났다. 그러므로 사과든 토마토든 풀 한 포기든 먹으려면 그것을 죽여야 한다. 우리가 무슨 권리로 자연의 경이를 소비할까? 식물은 땅에서 중요한 존재다. 나는 나무를 자를 때면 나무에게 인사를 보낸다. 데이지나 팬지꽃을 뽑을 때나 사과 또는 무를 깨물 때면 내 마음은 오그라든다. 내가 뭐길래 그들의 생명을 빼앗는단 말인가?

우리는 지상의 모든 것에 연민을 갖고, 최대한 많은 것에 유익을 주고, 최소한의 것에 해를 끼치도록 노력해야 한다. 유익과 해의 기준은 사람마다 다르다. 어떤 이는 쇠고기와 돼지고기는 삼가지만 생선과 닭고기는 먹는다. 또 어떤 이는 걷거나 기는 것은 먹지 않지만, 유제품은 먹는다. 어떤 이는 동물에서 나온 것은 아무것도 먹지 않는다. 달걀, 우유, 치즈, 꿀 모두를 말이다. 우리는 아기 양이든 사슴이든 파리든 콜리플라워든 다른 생물의 권리를 존중해야 한다. 열렸다가 저절로 생명 주기를 마치는 과일과 견과, 씨앗류를 먹는 이상적인 식습관에 가까워지도록 식습관을 바꿀 수 있을 것이다.

지금 고기를 안 먹는 남녀를 보면 기이하듯, 고기를 먹는 남녀를 보면 기이하게 여기는 때가 올 것이다.

랠프 왈도 트라인Ralph Waldo Trine, 《살아 있는 모든 것Every Living Creature》 • 1899

언젠가 동물 살해를 인간 살해와 똑같이 모는 때가 올 것이다.

레오나르도 다빈치Leonardo da Vinci

복잡한가, 간단한가
가공식품 대 신선한 음식

시장에서 사들인 것보다는 자기 집 마당에서 난 것으로 식사 준비를 하라. 그리고 다른 나라에서 가져온 이상하고 희귀한 것보다는 익숙한 음식을 더 높이 평가하라.

저버스 마크햄Gervase Markham, 《영국 가정주부The English House-wife》 • 1615

여름 과일을 따서 도시와 읍내의 더러운 공기에 노출시키면, 순수하게 활력을 주고 소화가 잘되는 성분이 파괴된다. 때로 푸른 먹을거리를 상당히 오래 두었다 먹는 경우가 있다. 특히 대도시나 큰 읍에서는 콩처럼 열을 가하는 경우가 있는데, 그러면 싱싱한 맛과 향내가 사라진다.

토머스 트라이언Thomas Tryon, 《건강과 장수와 행복에 이르는 길The Way to Health, Long Life & Happiness》 • 1683

멀리서 온 것이나 비싸게 산 것, 구하기 힘든 것만 가치 있게 생각하는 사람이 있다. 그런 생각이야말로 이 사악한 세상의 허영이다.

한나 울리Hannah Woolley, 《벽장 같은 여왕The Queen like Closet》 • 1684

우리는 조상들이 몰랐던 다양한 종류의 음식을 찾아내려고 애쓰다가, 결국 전혀 모르는 질병들을 얻게 되었다.

닥터 M. L. 레머리Dr. M. L. Lemery, 《모든 종류의 식품에 관한 논문A Treatise of All Sorts of Foods》• 1745

몸과 마음을 조화롭게 보존하라. 그러기 위해서는 식이요법이 큰 도움이 된다. 건강하면서도 비싸지 않은 음식을 먹어라.

윌리엄 펜William Penn, 《고독의 열매Some Fruits of Solitude》• 1792

시골에 살면서 자기 밭에서 채소를 따 먹을 수 있는 행복한 사람이라면, 채소를 따서 적절하게 요리해 먹을 것과 따서 다음 날 시장에 내다 팔 채소의 차이를 안다.

솔런 로빈슨Solon Robinson, 《농부를 위한 사실들Facts for Farmers》• 1866

재료와 솜씨가 좋을 때는 가장 단순하고 값싸게 만든 음식에서, 힘들여 만든 음식에서는 찾을 수 없는 매력이 느껴진다.

헨리 사우스게이트Henry Southgate, 《숙녀가 알고 싶을 것들Things a Lady Would Like to Know》• 1874

5장

|

복잡한가, 간단한가
가공식품 대 신선한 음식

감옥이나 병원에 있다면 먹는 것을 마음대로 선택할 수 없지만, 그렇지 않은 경우라면 우리는 먹을 것을 선택할 수 있다. 신선한 음식을 먹을 수도 있고, 가게에서 파는 반조리 제품을 사 먹을 수도 있다. 요즘 시장에서 파는 음식은 대개 무가치한 방식으로 뒤섞거나, 원재료의 중요한 성질이 빠져나간 것들이다. 이렇게 부자연스러운(저온 살균하고, 훈제하고, 소금에 절이고, 설탕을 뿌리고, 색소를 입힌) 가짜 음식에는 천연의 요소가 남아 있지 않다. 이런 것들은 자연 친화적인 식품이 아니라, 반反자연적인 식품이다.

음식 종류는 자연에서 찾을 수 있는 싱싱한 날것, 고온에 가열함으로써 생기가 빠져나간 조리된 음식, 제조되고 조리되어 죽고 독성이 든 음식, 이렇게 세 가지로 나눌 수 있다. 독성에 찌든 이 세상에서 안전한 식습관이란 바로 부패하지 않는 음식을 피하는 것이다. "썩거나 부패하는 것만 먹어라. 그러나 썩기 전에 먹어라." 존스 홉킨스 대학의 닥터 E. V. 매컬럼Dr. E. V. McCollum

흰 빵, 흰 크래커, 백설탕, 백미, 가공한 치즈 같은 죽고 변성된 음식은 피하라. "우리 문명을 파괴하는 네 가지 요소는 정제한 설탕, 정제한 밀가루, 경화유, 가솔린 매연이다." 닥터 칼 C. 월Dr. Carl C. Wahl, 《기초 건강 지식Essential Health knowledge》(1966)

살균 처리나 훈증, 건조, 가스 분해, 균질, 색소 처리, 표백, 지방 제거, 씨를 제거한 음식을 대하거나, 어떤 처리를 했는지 모르는 음식을 대할 때는 먹지 않는 것이 가장 안전하다.

내 친구 우디 칼러는 절임과 방부 처리한 음식이 얼마나 큰 대가를 요구하는지에 대한 글을 썼다. "그것은 연구소, 마약 거래업자, 의사, 병원을 먹여 살리고 있다. 그러고도 남은 돈이 있다면 심리 치료사까지. 그리고 장의사에게도 돈을 치른다." 우들랜드 칼러Woodland Kahler, 《욕망에의 갈망The Cravings of Desire》(1960) 그는 또 이렇게 말했다. "저장 음식은 치아를 상하게 한다."

문명이 발달할수록 식습관은 - 다른 많은 것과 함께 - 완전히 변하고 있다. 아직은 대기업이 공기와 햇빛, 잠, 휴식, 맑은 물을 독과점하지 않지만, 세계인이 먹는 음식은 많은 부분을 독과점하고 있다. 미국은 슈퍼마켓의 나라이다. 상점의 선반마다 방부 처리된 포장 음식이 손님을 기다리고 있다.

예전에는 식사 준비가 개인의 솜씨가 발휘되는 과정이었지만, 지금은 대량생산 형태로 변했다. 우리가 아는 수백 가구의 농가에서는 자급자족하면서 "먹을거리를 사지 말고 재배하라. 필요 없는 것을 사는 대신 가진 것을 이용하라"라고 말한다. 하지만 식품 광고는 아랑곳없이 주변에 난무한다. "쉽게 준비하는 음식을 사세요. 여기 있는 조리한 제품은 깨끗하고, 잘라놓았으며, 살균 소독했고, 색을 곱게 냈고, 조미료를 첨가했으며, 건조했습니다." J. 웬트워스 데이J. Wentworth Day의 보고에서처럼 "아침식사용 음식들이 빻고, 갈고, 굽고, 말리고, 대충 자르는 일련의 과정을 거친 뒤 대대적인 홍보 속에 팔리고 있다." 《농작 모험Farming Adventure》(1937)

쇼핑센터가 버섯 피듯 순식간에 늘어나면서 간편식이 시장에 봇물처럼 쏟아져 나오고 있다. 사람들의 마음을 현혹하는 제품을 만들 수 있다면, 고객이 구입하고 소비한 다음 다시 사러 온다면, 10센트를 들여서 1달러에 팔리는 제품을 만들 수 있다면……. 사업가는 큰 이익을 거두는 데만 정신을 팔 뿐 소비자의 건강 따위는 아랑곳하지 않는다. 큰 이익은 곧 대중에게 나쁜 영양분을 공급하는 것일 수도 있다.

식품업계에서는 신선한 재료에 화학물질과 조리 과정, 포장을 더한다. 고도로 인위적인 과정을 거친 생명력 없는 음식이 시장에 나온다. 슈퍼마켓과 상점은 빨리 재고를 처분하는 일에만 관심을 쏟는다. 소비자의 건강을 파괴하는 데는 신경 쓰지 않고 그저 미각과 눈을 현혹한다. 끔찍한 예로 블루베리 와플을 들 수 있다. 상점에서 파는 블루베리 와플의 재료는 '설탕, 면실유, 소금, 이산화규소, 색소, 구산염, 변형된 콩 단백질, 인공 향미료, 블루베리 덩어리 등'이라고 포장지에 적혀 있다.

1969년 미국의 식품업계는 9000만 파운드 이상의 조미료와 첨가물을 사용했다. 이 밖에 색깔과 감촉을 증진시키고 식품의 질을 보존하기 위해 8억 파운드 분량의 첨가물을 이용했다. ……미국 식품에는 몇 가지 발효제와 9가지 유화제, 30가지 농축제, 85가지 계면활성제, 7가지 응고 방지제, 28가지 산화 방지제, 열댓 가지 색소를 비롯해 30가지의 화학 방부제, 1100여 가지의 조미료 재료를 포함해 2500~3000 종류의 식품첨가물이 지금도 사용되고 있다. 신종 첨가물이 매년 소개된다. ……미국 제과업계는 연간 1600파운드 이상 분량의 화학물질을 사용하는데, 대개가 발효제와 방부제 등이다. ……1969년 여름, 한 영국 과학자는 빵의 풍미를 내게 할 새로운 첨가물의 특허를 출원했다.

제임스 트래거James Trager, 《식품서The Food Book》 • 1970

점점 다양한 화학 첨가물을 넣은 음식을 접하게 되는 것이 두려워진다. 우리는 왜 현재 식품에 사용하는 화학물질을 계속 소비해야 하는가? "사람들 속에서 살아야 한다 할지라도, 남들처럼 먹으면서 살 필요는 없다."

헨리 반 다이크Henry van Dyke, 《인생이라는 학교The School of Life》(1925)

하버드 공중 보건 대학의 마크 헤그스테드Mark Hegstead는 좀 온건하게 말한다. "오늘날 식료품점의 30%가 문을 닫는다고 해도 해를 입을 사람은 아무도 없다." 사실 해는커녕 모두에게 훨씬 득이 될 것이다.

인스턴트식품은 좋은 먹을거리가 될 수 없다. 이런 만화를 봤다. 뉴욕 센트럴 파크에 우주선이 내리고 거기서 작은 초록 인간들이 내린다. 대장은 "이 혹성이 지구라는 사실을 염두에 두도록. 여기서는 숨을 쉬지도,

물을 마시지도, 인스턴트식품을 먹지도 말아야 한다”라고 말한다.

이쯤에서 〈뉴욕 타임스〉에 식품 칼럼을 게재하는 저명한 문필가 미미 셰러턴Mimi Sheraton이 강한 어조로 쓴 글을 인용하고 싶다. 〈다이버전Diversion〉이라는 잡지(1974. 2)에 실은 기고문에서 미미 셰러턴은 합성 가공식품에 대해 이렇게 혹평했다.

양의 가죽을 쓴 채 슈퍼마켓과 레스토랑에서 팔리는 인스턴트식품의 양이 증가하면서 일반 가정에도 들어오고 있다. 슈퍼마켓의 통로를 오르락내리락하면서 이 가짜 식품이 미국인의 미각을 얼마나 단단히 붙들고 있는지 확인하게 된다. ……종이로 싸거나, 상자 포장하거나, 튜브에 넣거나, 깡통에 담거나, 얼리거나, 건조시키거나 하나같이 인공색소와 조미료가 첨가되어 있고 전혀 썩지 않을 정도의 방부제가 들어 있다. ……냉동고에는 인스턴트식품만 넘쳐난다. 끈적거리는 그레이비 소스를 넣고 찐 고기나 영양과 맛이 형편없는 걸레 같은 야채, 가루를 물에 녹여 만든 뒤 다시 냉동한 감자, 엄마라면 전혀 그렇게 만들지 않을 ‘엄마 손’ 파이 등이 냉동식품으로 팔린다. 아무리 솜씨가 없는 어머니라도 그따위 음식은 만들지 않을 것이다. ……케이크는 너무 촉촉하고, 너무 달고, 종이 장미처럼 인위적이다. ……깡통에 든 그레이비 소스는 기름기가 많고 꼭 개 사료 같은 맛이 나며, 마늘과 양파, 소금으로 만들었다는 병에 든 샐러드드레싱은 은 식기 광택제 같은 맛이 난다. ……구워 먹는 타르트는 마치 봉투 붙이는 풀 맛이 나는 마닐라지 사이에 잼을 바른 것 같다. ……종잇장처럼 얇은 햄버

거는……

미미 셰러턴은 이런 식품을 '인스턴트 찌꺼기'에 비유하며, 이 같은 식품의 일부를 '음식 범죄'로 규정한다. 이보다 더 강력하고 분명한 설명이 있을까? 셰러턴은 이렇게 설명을 덧붙인다. "내가 걱정하는 것은 이런 쓰레기 같은 음식을 먹을 만하다고 생각하는 수백만 명의 어른들이다."

〈에스콰이어Esquire〉 잡지(1974. 6)에 실린 오늘날의 음식에 관한 맹렬한 비평을 살펴보자. 로이 앙드리 드 그루Roy Andries de Groot가 식품점에서 판매하는 프렌치 드레싱과 스테이크 소스에 대해 적은 글이다.

이 사악한 업계 전체가 글루타민산 소다와 당분을 과도하게 사용할 뿐 아니라, 소스에서는 오래되어 썩기 직전인 달걀, 건초처럼 메마른 로즈메리, 5년쯤 선반에 놓여 있었던 것 같은 너트메그 가루, 하도 오래되어 까맣게 변한 개사철쑥(타라곤)을 섞어 만든 맛이 난다. 혀에 닿는 감촉은 끈적거리고, 화학 방부제 냄새가 풍긴다. 유령 집에 사는 늙은 쥐 냄새랄까. …… (소스의) 끔찍한 내용물을 맛보는 것은 무서운 경험이다. 곰팡이 같은 썩은 맛이다. 완전히 부패한 맛이랄까. 땀에 전 셔츠를 세탁물 바구니에 사흘쯤 던져둔 것 같은 그런 맛이 난다.

내 충고는 이렇다. 다른 사람들처럼 순간적으로 미각을 자극하는 것을 먹지 말도록. 또 TV나 라디오에 나오는 식품이나 신문에 대문짝만 하게 광고하는 음식에 빠지지 말자. 정크 푸드를 먹는 사람은 온전한 생활 방식에서 벗어난 사람이고 맛의 유행을 좇는 사람이지, 흔히 우리가 말하는 '건강식품에 중독된' 사람이 아니다. 맛의 유행에 비정상적으로 집착하는 사람은 기계에서 나오는 식품이나 공장에서 제조하는 음식을 사 먹고, 원료비보다 포장비가 더 많이 드는 뻣뻣한 피자나 톱밥 같은 콘플레이크를 즐긴다. 또 스펀지 같은 빵을 즐긴다.

현재 대부분의 미국인이 건강에 좋지 않고 수상쩍은 음식인 '간편식'을 매일 대한다는 게 큰 문제다. 슈퍼마켓에 갔을 때 조리된 감자나 도넛, 인스턴트 푸딩, 샐러드드레싱, 소금에 절인 음식, 탄산음료, 방부제, 피클, 튀긴 음식, 조미료, 흰 밀가루로 잔뜩 부풀린 빵, 백설탕, 사탕류는 구입하지 말자.

이제 가공과 보존 처리를 거치면서 재료 본연의 특성이 없어지지 않은, 자연적이고 간단한 음식을 선택하는 것이 기본 지식이 되어야 한다. 하지만 오늘날 미국과 전 세계 사람 대부분은 비자연적인 음식에 길들여지고, 그런 음식을 남용한다.

문명인들이 레스토랑이나 비행기나 바 같은, 인공조명 장치를 하고 커튼을 내려서 더러운 공기가 가득하며 소음이 요란한 곳에서 식사하는 이상한 식습관을 살펴보자. 오래전에 도축해 냉동 보관한 고기며, 몇 년은 선반에 놓여 있던, 방부 처리한 뒤 깡통 포장한 재료를 불 위에서 몇 시간씩 조리한 뒤 이 썩은 음식에 갖가지 소스를 뿌려댄다. 대단한 식사다!

상업적이고 복잡한 경제구조 따위는 내던지고, 우리는 더 간단하고 건강에 좋고 쉬운 방식으로 먹도록 노력하자. '저장된 썩은 것'을 먹느냐, '밭에서 갓 따 온 싱싱한 푸성귀'를 먹느냐의 선택권은 우리에게 있다.

품질이 완벽하고 신선하며, 간단히 준비하면서도 제맛이 강하게 나는 소박한 음식을 풍족히 먹는 게 내가 가장 좋아하는 일이다.

시빌 베드퍼드Sybille Bedford,《예술가 겸 저술가의 요리책The Artists' & Writers' Cook Book》
· 1961

나는 음식과 요리를 최소한의 분모로 줄여서 가장 간단하고 비용이 적게 드는 - 가장 쉽게 준비해서 내놓을 수 있는 - 식사를 만들고 싶다. 가장 간단하게 샐러드를 만들거나 야채를 다듬고 준비하는 법을 안다면 여러분에게 그대로 말하겠다. 여러분이 더 간단한 방법을 안다면 그 방법대로 요리하고, 내게도 방법을 알려주면 좋겠다. 더 복잡한 방식이 좋다면 그렇게 하면 된다. 하지만 내게 알려줄 필요는 없다. 내가 그렇게 해보지 않을 테니 알려줘봤자 시간 낭비가 될 뿐이다. 내겐 천연 상태에 가장 가까운 음식이 최고의 음식이다. 하지만 리즈에 사는 노인처럼 천연 그대로를 고집하지는 않는다. 그 노인은 "채소나 곡물이 땅에서 자라는 노고를 아끼기 위해 나는 씨앗을 먹겠다"라고 말했다나. 간단한 게 좋지만 그 정도는 지나치지 않을까.

몇 해 전, 남편과 나는 일본에 갔다. 꼭 필요한 경우에 쓸 일본어 구문집 한 권만 들고 단둘이서 시골을 돌아다녔다. 그러다가 후지산이 보이는 하코네 호수 근처의 작은 식당에 들어갔다. 우리는 일본어 구문집을 참고해서 고기 요리를 손짓하다가, 다시 손을 내젓고는 "아뇨, 아니에요! 우린 고기가 들어가지 않은 음식을 먹고 싶어요"라고 말하면서 '들어가지 않은'이라는 일본어를 가리켰다. 영어 실력이 우리의 일본어 실력만큼이나 보잘것없는 웨이터는 절을 하고 주문을 넣으려고 주방으로 들어갔다. 한참 기다리는 사이, 주방과 홀 사이에 이런저런 대화가 오가더니 식당 주인이나 주방장쯤 되는 사람이 나와서 엉터리 영어로 "손님이 원하시는 음식을 드리고 싶은데, 도대체 '고기가 들어가지 않은' 고기 요리를 어떻게 만듭니까?"라고 말하는 게 아닌가.

　　이 요리책은 '들어가지 않는' 게 많은 책이다. 물론 고기나 생선, 닭고기류가 들어가지 않는다. 또 백설탕, 흰 밀가루, 베이킹 소다와 파우더가 들어가지 않는다. 후추와 소금(다만 천일염은 예외이다), 달걀과 우유도 들어가지 않는다. 또 폭신한 빵과 파이, 페이스트리도 없다. 그럼 남는 게 뭐냐고 물을 것이다. 다 빼고 남는 걸로 음식을 만들기 어려울 거라고들 생각하리라.

　　이 선한 부인은 언제나 풀만 먹는 들판의 동물들처럼 사람들을 먹이고 싶어 한다. 매일의 허기가 되풀이된다면 오늘도 내일도 사람들은 만족할 것이다. 그 이상의 미각은 추구하지 않을 것이다.

　　어느 여인, 《숙녀의 동반자The Lady's Companion》 • 1851

무엇이 남는가? 온갖 과일과 야채, 건강에 좋은 곡물이 있다. 유익한 것이 너무 많아 고르기가 어려울 정도다. 지면만 충분하다면, 이 책에 내가 쓰려는 조리법의 두 배는 게재할 수 있다. 분명히 말하건대 우리는 집에서 굶지 않는다. 우리 부부는 잘 먹고, 심지어 과식하기도 한다.

1년 365일 어떻게 똑같이 간단한 음식만 먹고 살겠느냐고 거부감을 보이는 사람도 있을 것이다. 하지만 이 나라에 살았던 건장한 선조들 가운데는 그렇게 먹고 산 사람이 많다. 《옛 온타리오의 개척자들The Pioneers of Old Ontario》(1923)의 저자인 W. L. 스미스W. L. Smith는 그 저작에서 이렇게 쓰고 있다. "북쪽 끝에 사는 백인들은 하루는 감자와 양배추를, 그다음 날은 양배추와 감자를 먹으며 지냈다."

또 다른 저자는 다음과 같이 기술했다. "궁핍한 시기에 서부 개척지에 사는 보통 주부들은 솜씨가 좋아서, 최소한의 재료로 맛있고 만족스러운 식사를 준비했다." 에드워드 에브렛 데일Edward Everett Dale, 《서부 개척지의 음식The Food of the Frontier》(1947)

계절에 따라 음식이 다양할 수 있다. 겨울에는 단단하고 무거운 음식이 좋다. 근채류가 더 많이 나오고, 말린 콩, 감자, 무도 많은 시기다. 봄과 여름이면 더 가벼운 먹을거리가 좋겠다. 아스파라거스, 식용 민들레, 완두콩, 토마토, 오이가 좋다. 그 계절에 갓 나온 것을 쓰는 게 가장 좋다. 스코틀랜드에는 이런 격언이 있다. "한 번에 한 가지 요리를 먹는 사람에겐 의사가 필요 없다." 한 번에 제철 식품으로 한 가지 음식을 만들어 먹는 것도 좋은 식습관이다.

남편 스코트로부터 친구인 존 홈스 목사 이야기를 들은 적이 있다. 존 홈스는 뉴욕과 보스턴에서 활동하는 목회자로, 어느 날 멋진 호텔 식당에서 아침 식사를 하면서 노동자 신문인 〈데일리 워커Daily Worker〉의 기자와 인터뷰를 했다. 2월인데 딸기와 크림이 나왔다. 프롤레타리아 계급인 사람 앞에서 제철 식품이 아닌 희귀한 것을 먹는 장면을 목격당하자 당황한 홈스는 기자에게 먹어보라고 권했다. 그랬더니 기자는 무뚝뚝한 태도로 이렇게 말했다고 한다. "아닙니다. 곧 자두를 먹을 텐데, 공연히 입맛만 버릴 수야 없지요."

〈데일리 워커〉와 프롤레타리아 얘기를 하다 보니 이런 말을 하지 않을 수 없겠다. 이 책이 마치 모든 사람에게 먹을 것이 풍부해서 우린 가장 영양가 높은 것으로 고르기만 하면 된다는 식으로 읽힐 수도 있을 것이다. 하지만 오늘날 세계에는 기아 상태에 있거나 그 직전 상태에 처한 사람이 수백만 명이나 있으며, 그들은 빈속을 채울 수 있는 것이라면 무엇이든 먹으리란 사실을 나는 잘 안다. 누가 그들에게 에밀리 디킨슨이 어느 시에 쓴 것처럼 '음식이 굶주린 사람에게 의미하는 것처럼 중차대한'이라는 냉소적인 형용사를 사용할 수 있을까.

소박하게 먹는다고 해서 반드시 단조로운 식단을 구성할 필요는 없다. 매일 매끼 다양하게 먹을 수도 있다. 하지만 같은 음식을 먹는 것을 두려워하지 말자. 마음에 드는 것을 찾으면 계속 그것을 고수하자. 인생이나 요리에서 다양성이 반드시 필요한 것이라고 볼 수는 없지 않은가. 다양한 음식이 있으면 과식하게 된다. 이것저것 손대다가 다시 처음 것으로 돌아오고, 처음부터 다시 먹기 시작해서 필요 이상으로 많이 먹기 십상이다. 제대로 씹지 않고 그냥 목구멍으로 넘겨버리게 되고, 먹을 때처럼 요리할 때도 가짓수가 줄어들면 그것에 집중하게 되고 그것을 높이 평가하게 된다.

> 단순하라. 단순하게 하라. 하루에 세끼를 먹지 말고 필요하다면 한 끼만 먹자. 수백 가지 요리 대신 다섯 가지만 먹자. 다른 것도 그렇게 줄이자.
>
> 헨리 데이비드 소로Henry David Thoreau,《월든Walden》• 1854

음식은 선택과 준비와 대접을 간단히 할 수 있을 뿐 아니라, 자기 집의 텃밭에서 간단히 생산할 수도 있다. 야채와 과일만 먹는다면 작은 땅에서 별다른 비용이나 노고 없이도 먹을거리를 생산할 수 있다. 가을에는 텃밭에 건초나 해초, 낙엽 등으로 두툼한 짚을 만들어 깔거나 동물의 거름을 준다. 짚은 겨우내 땅에 깔아둔다. 이른 봄, 그 위에 퇴비를 덮고 땅을 판다. 씨를 뿌리고 가꾸면 시간이 흐르면서 야채가 잘 익는다. 살충제나 화학비료를 쓰지 말도록. 여름이 되면 그날 필요한 재료를 밭에서 딴다. 아무런 조리 과정을 거치지 말고 야채를 싱싱한 그대로 먹는다. 텃밭에서 따서 곧 식탁에 올리고, 조리를 해야 한다면 10분 이상 가열하지 않는다.

> 저절로 자라 통째 먹을 수 있는 먹을거리는 이국적이고 맛이 풍부한 그 어떤 것보다 - 온갖 양념을 해서 교묘하게 맛을 변조한 음식보다 - 입에 맞고 생명력을 준다.

1824년에 발간된 어느 책에 요리의 의의가 잘 나와 있다. "1. 유익을 극대화하고 그것이 지닌 영양학적 가치를 보존하기 위해 음식물을 준비한다. 2. 이것을 낭비 없이 가장 경제적인 방식으로 조리한다. 3. 가장 입맛에 맞으면서 건강에도 좋도록 조리한다." 토머스 쿠퍼Thomas Cooper, 《가정 요리의 실질적인 시스템A Practical System of Domestic Cookery》(1824)

나는 여기에 다음과 같이 덧붙이고 싶다. 4. 요리하는 소란을 줄이고 최소한으로 먹는다. 5. 집에서 기른 것을 거두어 먹는 생활양식을 만든다. 먹을거리가 집에서 나면 운반 과정이 없어도 되고, 따라서 중간 상인의 이익과 과도한 생산비를 덜게 되며, 즉석에서 신선한 것을 먹을 수 있다.

단순한 먹을거리(과일, 견과, 야채), 간단한(유기농법) 재배 방식, 간단한 준비(껍질을 벗기거나 자르지 않는), 간단한 조리(살짝 볶은 후 끓이거나 뜨거운 물에 넣어 껍질을 벗기기, 혹은 찌기나 굽기), 간단한 장식(어린잎을 다져서. 소스나 그레이비는 뿌리지 않고), 간단한 차림(냄비째 스토브에서 식탁으로. 식사 내내 각자 나무 사발 하나면 충분), 아니면 더 좋은 것은 날것으로 먹는 것이다. 선 채로 나무에서 따 먹지 않는 바에야 그보다 간단한 게 어디 있을까?

여기, 이곳에서, 최소한의 비용으로 먹고 산다네.

진수성찬은 아닐지라도, 이 정도면 나는 만족스러워.

콩이든 맥아즙이든 사탕무든

뭐든 달게 느껴지지.

다른 이의 노고를 먹지 않고

우리가 공들인 것을 먹고 사니까.

로버트 헤릭Robert Herrick, 《완벽한 풍자시Epigram Complete》 • 1670

2부

|

소박한 음식 만들기

저마다 입맛이 다르므로, 그렇고 그런 내 조리법 가운데 과연 무엇이 독자의 구미에 맞을지 모르겠다. 어쨌든 여러 가지 조리법 중 각자 마음에 드는 게 있으리라 믿는다. 내가 쓴 조리법 중에는 다른 데서 많이 다룬 것도 있고, 다른 조리법이 더 장점이 많은 경우도 있지만, 나는 지나치게 꼼꼼하거나 혹은 덤덤하게 말하는 것은 피했다. 다른 이의 책과 비교할 때 충분한 설명이 되어 있고, 무가치한 내용이 없으며, 남의 것을 모방한 대목이 없기를 바랄 뿐이다. 또 모든 것을 내가 개발했다고 주장하지 않으련다. 다른 사람들의 우수함 덕을 봤고, 그분들에게 감사드린다.

저버스 마크햄Gervase Markham,
《홉슨의 무수한 편지들Hobson's Horse-Lord of Letters》• 1613

조리법에 대한
일반 사실

나의 충고보다 나은 방법을 안다면 솔직히 말해달라. 그렇지 않다면 나처럼 해보라.

퀸투스 호라티우스 플라쿠스Quintus Horatius Flaccus, 《풍자Satires》 • 기원전 35

혹여 내 조리법이 부적절하거나 충분치 못하다는 불만이 있는 사람이라도(다른 사람이 해놓은 것을 고치기보다는 비난하기가 더 쉽다는 점을 고려해서) 더 나은 조리법을 만들거나, 보다 훌륭한 생각이 떠오르기 전까지는 내 것을 디딤돌로 쓰기 바란다.

D. 랑베르 도도앵D. Rembert Dodoens, 《본초서A Nievve Herball》 • 1578

각 항목의 조리법들은 어떤 계층의 사람이든 구입할 수 있는 범위 내에서 쉽고 싸게 만들도록 계획했다.

윌리엄 아우구스투스 헨더슨William Augustus Henderson, 《가정주부의 가르침The Housekeeper's Instructor》 • 1800

경험 많은 노련한 주부나 나보다 뛰어난 지식을 가진 사람을 가르치려 들지 않겠다.

하지만 이 책에 그런 이들에게도 도움이 되는 점이 있다면 내게는 크나큰 기쁨일

것이다. 젊고 경험 없는 이들을 염두에 두고 쓴 이 지침들이 주제 넘은 내용으로 치

부되지 않으리라 믿는다.

한나 글라세Hannah Glasse, 《하인의 지침서The Servant's Directory》 • 1760

내가 만든 조리법 중에 실패작도 몇 가지 있다. 하지만 거기에도 감각과 가능성이

모두 있으니, 독자 제현께서 소소한 부분은 양해해주기를 바라는 바이다. 나머지

부분에서는 상당한 만족을 찾게 되리라 믿기 때문이다.

휴 플랫 경Sir Hugh Platt, 《꽃의 천국Floraes Paradise》 • 1613

살림을 잘하는 데 꼭 필요한 내용이 기록되어 있으니 책 전체를 주의 깊게 공부하라.

젊은 주부라면 많은 경험을 통해서만 얻을 수 있는 내용들이다.

줄리엣 코슨Juliet Corson, 《1년에 500달러로 살림 꾸리기Family Living on $500 a Year》 • 1888

6장

|

조리법에 대한 일반 사실

　　이제 설명할 조리법 중 일부는 순전히 내 머리에서 나온 내용이고, 일부는 다른 이의 뛰어난 아이디어를 응용한 것, 또 일부는 예전부터 전해 내려오던 방법 - 우리 할머니나 증조할머니가 해오시던 간단하고 훌륭한 조리법 - 이다.

　　아무리 초보자라 해도 기본적인 음식 조리법은 알고 있을 테니, 여기 실을 필요가 없을 듯하다. 내가 검토한 어떤 책에는 심지어 '내가 만드는 땅콩버터 샌드위치'라는 항목까지 실려 있었다. 그 내용은 "땅콩버터 두 큰술을 빵 한쪽에 바른 다음, 그 위에 빵을 한 조각 덮는다. 그것을 반으로 자른다. 접시에 담아 대접한다"였다.

　　내 조리법은 간단하지만, 아무 생각 없이 하는 요리는 아니다. 감자 구이 하는 법을 몰라서 가르쳐줘야 할 사람이 있을까? 감자를 깨끗이 씻어서 오븐에 넣고 포크로 찌르면 들어갈 때까지 굽는다. 아니면 옥수수 찌는 법을 모르는 사람이 있을까? 껍질을 벗겨서 끓는 물에 넣고 2분가량 찐다. 혹은 사과 소스 만드는 법도 가르쳐줘야 할까? 충분한 양의 사과를 반으로 갈라 씨를 빼낸다. 과육을 잘라서 약간의 물에 넣고 말랑말랑해질 때까지 조린 다음, 식탁에 내기 직전 필요하면 감미료를 넣는다. ……라는 식으로?

이 책에서는 음식을 간단히 만드는 일반 조리법을 다루려고 한다. 그러므로 조리법이 간결한 경향이 있을 것이다. 재료의 정확한 분량을 밝히지 않는 경우도 있을 것이다. 더 간단하다고 해서 더 시시콜콜 말해야 한다는 법은 없다. 내가 대강의 지침만 말하면 여러분이 자기 기호에 맞게 음식을 만들 수 있을 것이다.

편집자가 허용한다면, 조리법을 "이것 한 줌, 저것 약간" 식으로 쓰고 싶다. "양파 작은 것 2개"가 아니라 "양파 조금" 하는 식으로 표현하고 싶다. 집에 레몬즙이 있으면 넣도록. 허브도 가까이 있는 것을 쓰면 된다. 만드는 사람이 요량대로 할 수 있는 여지가 있다. 먹고 싶은 만큼의 감자를 준비하라. 파슬리가 많으면 파슬리를 넣고, 별로 없으면 적게 넣도록. 감미료도 원하는 대로 넣자. 조금 넣든 많이 넣든 기호에 따라 조절하자. ……라는 식으로 적고 싶다.

분량이 애매하면, 이렇게 하거나 저렇게 하거나 좋은 음식이 만들어질 수 있는 여지가 많기 때문이다. 실험해보자. 놀이하듯 음식을 만들자. 좋아하는 조리법에 몇 가지 색다른 요소를 첨가해보자. 그렇게 만든 음식이 마음에 안 든다면 다시는 안 만들면 되지 않는가.

모험심이 적은 사람이라면, 잘 만들 수 있는 음식을 한두 가지 정해서 솜씨가 좋다는 명성을 얻으면 된다. 그 요리의 전문가가 되면 다른 음식은 잘 만들지 못한다는 사실을 아무도 모른다. 내가 잘하는 요리는 야채 수프이다. 수프에 강하기 때문에 사람들은 내 요리 솜씨가 뛰어나다고 생각한다. 하지만 수프 만드는 법을 어떻게 말해야 할지 모르겠다. 그냥 어떤 종류의 야채든 적당한 분량을 잘라서 별다른 순서 없이(단단한 것을 먼저 넣어야 하긴 하지만) 넣는다. 양파 약간을 살짝 볶아 넣고 이것저것 조금씩 넣어 끓이면 된다.

내 생각에 조리법은 의도적으로 모호하게 표현해야 할 것 같다. 그래야 있는 재료를 응용해서 만들 수 있다. 옛 요리책을 보면 재료나 분량이 막연하고 불분명하게 표현되어 있다. "버터를 호두알 크기만큼"이라는 표현이 정확한 분량을 말하려는 첫 시도였을 것이다. 대영박물관에 소장된 15세기 요리책에는 이런 대목이 나온다. "다량의 우유를 넣고, ……냄비에 설탕을 넣는다. ……오트밀 가루를 넣고 ……향신료로 맛을 낸다. ……한 동안 끓인 후 접시에 담는다."

옛날 조리법의 가장 큰 특징은 애매모호한 표현이다. ……대체로 옛날 책에는 고기나 생선 등 재료의 정확한 분량을 언급하지 않고 요리사의 판단에 맡긴다. 그 결과 요리사의 경험이 꼭 필요한 요소로 작용해서 위험을 무릅쓰지 않게 된다.

윌리엄 E. 미드William E. Mead, 《영국 중세 연회The English Medieval Feast》· 1931

당근을 원하는 만큼 꺼내서 껍질을 잘 벗겨 자른 다음 요리한다.

파리의 한 시민, 《파리의 살림꾼Le Ménagier de Paris》 • 1393

푹 익을 때까지 끓여라. ……쌀은 알갱이가 퍼질 때까지 끓게 놔둔다. ……
그리고 양파가 다 익으면 꺼낸다.

토머스 도슨Thomas Dawson, 《훌륭한 주부의 보석The Good Housewife 's Jewel》 • 1587

버터 1파운드, 또는 넣고 싶은 만큼 넣어라.

윌리엄 펜 주니어William Penn Jr., 《어머니의 조리법My Mother's Receipts for Cookerys》 • 1702

옛 스코틀랜드 요리책에 수록된 내용을 보면 얼마나 애매모호하게
기록되어 있는지 확연히 알 수 있다. "밀가루를 조금 준비한다. 오트밀과
버터와 설탕을 조금 준비한다." 또 아일랜드 요리책에는 이렇게 나와 있다.
"밀가루를 생각보다 많이 준비해야 한다. 생각한 만큼 버터를 준비하고 약
간의 베이킹파우더와 작은 병들이 한 병 분량의 우유를 준비한다."

암호처럼 쓴 조리법에 대해 이런 대화가 오가기도 했다. "달걀을
갖고 있다면 몇 개나 넣을 것인가?"라고 엘리자베스가 물었다. "그것은 상
황에 따라 다르다. 12개가 있으면 12개를 다 쓰면 된다." "밀가루는 얼마
나 들어가는가?" "달걀이 몇 개인가에 따라 다르다." 이런 요리사들은 조
리법을 남에게 알려주기 싫었던 것 같다.

저마다 나름대로 지닌 요리법으로 음식을 만들었다는 것을 잘 보여주는 실제 사건이 19세기 중반 버지니아에서 일어났다. 어느 아가씨가 집안 요리사에게 "클로에 아주머니, 저녁 식사 때 먹은 케이크는 어떻게 만드는지 알려주시면 좋겠는데요"라고 했다. 그러자 요리사는 이렇게 대답했다. "아 그네스 아가씨, 무슨 말씀을 드려야 할지 모르겠군요. 달걀이 있다면 대여 섯 개 넣고, 그다음에는 평소 아는 대로 만드시면 됩니다."

윌리엄 촌시 랭던William Chauncy Langdon, 《미국의 일상생활Everyday Things in American Life》
• 1941

아마 가장 애매한 조리법은 《늙은 농부의 달력Old Farmer's Almanac》에 나오는 생강 과자 만드는 법이리라. "나는 언제나 밀가루를 준비한다. 굽고 싶은 케이크를 만들기에 충분한 양이어야 한다. 버터밀크가 있다면 밀가루에 섞는다. 충분한 양이어야 한다. 그런 다음 생강을 준비한다. 더 많이 넣고 싶으면 그렇게 하고 덜 넣고 싶으면 그렇게 한다. 나는 소금과 진주회 약간을 넣고, 그런 다음 존을 시켜 당밀을 내가 그만 넣으라고 말할 때까지 붓게 한다."

또 다른 생강 과자 조리법이 있는데(15세기 문헌에서 발췌했다), 여기서는 생강이란 말조차 나오지 않는다.

꿀을 1리터 정도 준비해서 끓인 다음 웃더껑이를 걷어낸다. 사프란과 후춧가루를 준비해서 뿌린다. 거기에 반죽이 되다 싶을 만큼 빵가루를 넣는다.

그런 다음 계핏가루를 충분히 넣는다. 그다음에는 반죽을 사각형으로 만든다. 반죽을 과자 모양으로 자를 때 너트메그를 넣는다.

옛날 요리책에 나오는 조리법을 한 가지 더 싣고 싶다. "구스베리, 대황, 크랜베리를 달게 만드는 법은 설탕을 적당량 넣은 다음 젓고 뒤집으면서 더 많이 넣으면 된다."

재료가 몇 가지 안 되고 간단하면 조리법도 단순하고 간단할 수 있다. 이런 오트밀 요리법이 기록된 책이 있다. "충분한 분량의 오트밀을 물에 넣고 끓인다. 걸쭉해지면 조리가 끝난 것이다." 아마 가장 간단한 조리법은 '완성될 때까지 조리하라'일 것이다.

현대의 음식 전문가 중에도 옛날 사람처럼 애매하게 표현하는 사람이 있다. 전에 스코트의 친구이던 맥스 이스트만의 글에서도 나타난다. "물을 준비해서 - 양은 상관없다. 나중에 부족하면 더 넣으면 된다 - 소금을 두 손가락으로 집어 뿌린다." 《예술가 겸 저술가의 요리책The Artists' & Writers' Cook Book》 두 손가락으로 집는 양은 딱히 얼마라고 정할 수가 없다. 그냥 규정하지 않고 남겨둬야 할 것이다(요리책에 '규정' 같은 어휘가 처음 등장한 것이 틀림없이 여기서일 것이다).

'뻣뻣한' '얇은' '단단한' '부드러운' 같은 상태는 융통성이 있으며, 요리사의 관점에 따라 달라진다.

케이트 더글러스 위긴Kate Douglas Wiggin, 《도커스 요리와 가족 조리서A Book of Dorcas Dishes :

117

Family Recipes》 · 1911

그는 숙부에게 "대충 말해서 조리 시간이 얼마나 걸리나요?"라고 물었다.
"글쎄, 나도 모르지. 식품점에 갔다가 돌아오는 데 걸리는 시간쯤 되려나?"

X. 마르셀 불레스탱X. Marcel Boulestin, 《최근 런던에서A Londres Naguère》 · 1930

"몇 술이나 넣어야 할까요?" 그렇게 물으면 어머니는 "글쎄다, 알맞다고
생각되는 양을 넣으렴. 필요한 양만큼 넣어. 충분히 넣어라. 그러면 되니
까"라고 대답하곤 하셨다.

로버트 P. 트라이스트램 코핀Robert P. Tristram Coffin, 《메인의 대들보Mainstays of Maine》 · 1944

조리법은 기록하기 위한 것이고, 실제 상황에서는 그 순간의 영감과 재료
에 따라 변형된다. ······최고 전문가는 심지어 자기 조리법의 분량도 정확
히 따르지 않는다.

플레처 프랫 &로버슨 베일리Fletcher Pratt & Robeson Bailey, 《인간과 식사A Man and His Meals》
· 1947

분량이 애매하게 나오는 것은 훌륭한 음식이 만들어질 수 있는 범위가 넓
기 때문이다. 초심자도 어느 정도 요리를 익히면 현명해져서 나름대로 실
험을 하게 된다.

윌슨 미드글레이Wilson Midgley, 《인간만을 위한 요리Cookery for Men Only》 · 1948

요리에서 모든 탐험은 새로운 시작이며, 이런저런 재료를 얼마나 갖고 있느냐에 따라 상황은 매번 달라진다. 준비한 사과나 양파가 큰가, 작은가? 올리브유가 있는가, 물만 있는가? 화력이 센가, 약한가? 가족이 마늘을 싫어하지 않아서 음식에 조금 넣을 수 있는가, 싫어해서 못 넣는가? 집에 밀가루가 있는가? 없으면 대신 뭘 쓸 수 있는가? 어떻게 임시변통할 수 있는가? 재료를 충분히 넣었는가? 좋은 요리사라면 얼마나 넣을지 알아야 한다.

이 책에는 매우 쉽게 준비하지 못하는 것, 미각을 즐겁게 하지 못하는 것, 주머니 사정에 맞지 않는 것은 하나도 싣지 않았다. 여기 실린 케이크와 음식들은 최소한의 비용과 시간이 허락하는 한도 안에서 자유롭게 만들 수 있는 것들이기 때문이다.

M. 마넷M. Marnette,《완벽한 요리사The Perfect Cook》 • 1656

여기 나온 것들을 구할 수 없다면, 판단에 따라 다른 것으로 대체하라.

존 머렐John Murrell,《두 권의 요리책Two Books of Cookerie》 • 1631

내 조리법의 분량은 대개 식욕이 좋은 사람 3~4인분으로 적당할 것이다. 배고픈 사람들을 대접할 때는 분량을 두 배로 잡으면 된다. 한편 입맛이 까다로운 사람들이라면 5~6인분의 양이 될 것이다. 어떤 사람들이 먹는가에 따라 다르다. 야외에서 노동하는 사람들인지, 은행 직원인지, 하루 종일 앉아서 일하는 사람인지, 앉아서 텔레비전만 보는 사람인지에 따라 먹는 양이 다를 것이다. 또 스키나 스케이트 같은 운동을 하고 돌아온 사람인지, 티파티에서 돌아오는 사람인지에 따라서도 다르다. 건강하고 식욕이 좋은 사람인지, 입이 짧고 식성이 까다로운 사람인지에 따라서도 다르다. 뚱뚱한 사람인지, 마른 사람인지에 따라서도 다를 것이다. 요리가 얼마나 훌륭한가에 따라서도 다를 테고. 또 좋은 기분으로 요리하는지, 아닌지에 따라서도 다르다. 만드는 음식 외에 어떤 것을 대접할지에 따라서도 다르다. 몇 사람이 예고 없이 더 찾아올지에 따라서도 준비할 양이 달라진다. 두 사람이 더 올 수도 있고 스무 명이 들이닥치는 일도 있을 것이다. 누가 언제 찾아올지 어떻게 알까? 나는 짐작을 못 한다. 그래서 음식을 준비할 때는 넉넉히 만든다.

　　나와 편집자는 가까운 사이로 좋은 관계를 유지하고 있지만, 이 책에 관한 몇 가지 점에 대해서는 상반된 견해를 갖고 있다. 조리법의 세부 내용 기술에 관해 둘의 주장이 다른 것이다. 나는 약식으로 조리법을 기술했지만, 편집자는 더 자세한 내용까지 쓰길 원했다. 나는 거부했다. 특히 각각 조리법이 몇 인분이냐는 것에 대해서는 정확히 기술할 수 없다고 버텼다. 결국 우리는 다른 언급이 없으면, 각각의 조리법은 허기진 보통 사람 서넛이 먹을 수 있는 양으로 보자는 데 합의했다.

　　준비 시간 역시 못 박아 말할 수 없다. 다른 사람의 사정을 어찌 알수 있을까? 어떤 사람은 느긋하게 천천히 일하고, 어떤 사람은 민첩하게 일한다. 어떤 사람은 조직적으로 착착 움직이고, 어떤 사람은 허둥지둥댄다.

어떤 사람은 느릿느릿 타는 장작 스토브를 쓸 테고, 어떤 사람은 순식간에 화력이 세지는 전기 스토브나 가스 스토브를 사용해서 음식을 만들 것이다. 조리 시간은 어떤 불을 쓰느냐에 따라 다르다. 장작불로 조리할 경우에도 나무 상태에 따라 다르다. 끓이기와 굽기는 사용하는 나무 종류에 따라 시간이 달라진다. 조리법을 기술하는 데에는 분량과 시간보다 더 중요한 요소들이 있는 것이다.

요리하는 데 사용하는 불과 스토브에 대해서는 아무런 언급을 하지 않았다. 구식으로 장작불에 요리하는 법은 익혀서 알고 있으며, 한 번도 가스와 전기 스토브를 써본 적이 없다. 가스나 전기 스토브는 속도가 빠르다는 장점이 있겠지만, 장작불로 천천히 조리할 때 보전하는 것을 잃게 된다.

천천히 조리하는 것이 훌륭한 음식의 비법이다. 요즘처럼 세계적으로 불을 빨리 피우는 스토브와 얇은 냄비와 팬을 사용하면, 음식의 원래 맛과 연함을 잃게 된다. 어머니가 잘 만드시던 음식 중에는(콩구이는 제외하고) 몇 시간이고 천천히 조리는 것들이 있었다. 스토브의 뒷면, 즉 오븐의 서늘한 윗부분이 뜨거운 아랫부분보다 더 중요한 경우가 많다. 현대에는 음식이 빨리, 또 어느 한 온도에서만 조리되기 때문에 맛의 절반은 달아나버린다. 그걸 조리라고 할 수 있을까? 차라리 재료를 감전사시킨다고 하는 편이 정확하다. 훌륭한 요리는 천천히 가열하는 요리이다. 장미 봉오리가 맺혔다 피어나는 것처럼 몇 시간이고 천천히 익어야 한다. 그러므로 두툼한 쇠로 만들어 열을 골고루 퍼뜨리는 구식 솥이 가장 좋다. 최고의 프라이팬은 손

두께만큼 두툼한 프라이팬이다.

로버트 P. 트라이트램 코핀Robert P. Tristram Coffin, 《메인의 대들보Mainstays of Maine》 • 1944

현대적인 스토브를 사용하는 경우, 누구라도 1~2분만 배우면 어느 단추를 누르면 불꽃이 일어나는지 안다. 하지만 옛날에는 조리에 적절한 온도를 맞추는 법을 배우려면 손목을 돌리는 정도만으로는 턱도 없었다.

"어떤 음식은 약한 불에서 익혀야 하고, 어떤 것은 오래 조려야 하며, 어떤 것은 타지 않도록 센 불에서 빨리 조리해야 하고, 어떤 것은 불을 갑자기 꺼야 한다."

저버스 마크햄Gervase Markham, 《영국 가정주부The English Hus-wife》 • 1615

빵을 구울 때는 오븐에 20초 혹은 20을 헤아릴 때까지 손을 넣고 있을 수 있는 온도라야 한다. 센 불이라 하면 손을 넣고 25 이상 헤아리지 못해야 한다. 약한 불은 손을 넣고 30까지 헤아릴 수 있을 정도를 말한다.

T. J. 크로웬 여사Mrs. T. J. Crowen, 《모든 여인의 요리책Every Lady's Cook Book》 • 1854

나는 정확한 오븐 온도에 따라 조리해본 적은 없지만, 다른 사람들은 아래에 적힌 것처럼 온도를 분류한다. 내가 짐작해보니 이 책의 조리법에서 제시하는 화력은 아래와 같다.

약한 불 200~250℃

중간 불 250~300℃

약간 센 불 350℃

센 불 400℃ 이상

훌륭한 요리의 기본 원칙은 아래와 같다. 가장 품질이 뛰어나고 신선한 재료를 준비할 것, 가능한 한 간단하게 준비할 것, 식거나 김이 빠지지 않도록 음식을 내기 직전에 조리할 것. 세부 사항으로 야채의 껍질이 특별히 질기지 않다면 벗기는 것보다는 껍질째 깨끗이 씻는다. 끓이기보다는 굽거나 찐다. 튀기기보다는 재빨리 끓여낸다. 스튜를 하거나 볶을 때는 기름을 흥건히 두르고 튀기듯이 조리하지 말고 소량의 물이나 기름을 두르고 살짝 볶는다. 큼직하게 썰기보다는 잘게 자르거나 채를 친다. 버터나 양념은 가열할 때 넣지 말고 식탁에서 먹을 때 넣는다. 이런 사항이 음식을 만들면서 배우게 되는 내용이다.

모든 사람은 직접 한 실험에 가장 만족한다. 그러므로 나는 요리 연습을 하려는 사람들에게 자기 방법에 의존하기 전에 내 방법을 거듭 시도해보라고 충고한다. 그것은 그들의 솜씨를 못 믿어서가 아니라, 내가 해본 과정에 따라 만들면 나처럼 성공하리라 장담하기 때문이다. 그리고 나보다 더 많은 것을 얻을 것이다.

제스로 털Jethro Tull, 《말편자를 대는 살림살이The Horse-Hoeing Husbandry》 • 1751

어떤 조리 도구가 가장 편리하냐는 질문을 자주 받는다. 전기 블렌더를 최고로 꼽고 싶다. 소박한 생활을 영위하고 또 좋아하는 사람에게 전기 블렌더는 어울리지 않는 도구일 것이다. 나는 버몬트에서 20년 동안 전기가 들어오지 않는 집에서 행복하게 살았다. 우리가 메인주에 낡은 집을 사서 이사해보니 전기가 들어왔다. 전기 블렌더를 선물로 받았다. 처음에는 밀쳐놓았지만, 한번 써보고서는 질긴 야채를 갈아 수프를 만들기에 아주 편리한 도구임을 알게 되었다. 또 농익은 바나나 등으로 마실 것을 빨리 만들 수 있었다. 지금은 블렌더를 대단히 쓸모 있는 도구로 손꼽는다. 전기가 들어오지 않는다면 다른 것보다 블렌더를 못 쓰는 게 가장 아쉬울 것 같다. 블렌더를 사용하면 수프를 몇 분 안에 만들 수 있고, 비타민과 열, 시간을 아낄 수 있다. 물론 블렌더 없이도 얼마든지 살겠지만, 지금은 그걸 갖고 있으니 유용하게 쓰는 것이다. 내 조리법에서 "블렌더에 간다"라고 되어 있는 부분은 으깨거나 체에 걸러도 좋다.

편리한 전기 제품을 하나 더 꼽자면 주서이다. 우리는 당근, 비트, 셀러리, 사과를 많이 먹는데, 주서에 갈아 즙은 마시고, 걸러진 찌꺼기는 음식 만들 때 넣는다. 또 견과와 씨앗을 갈 때는 프랑스제 전기 절구를 사용하는데 아주 편리한 전기 제품이다.

이 세 가지 전기 제품을 제외하면, 나머지 조리 도구는 평범하다. 나무 스푼, 그릇, 체, 국자, 칼, 큼직한 편수 냄비, 중국식 프라이팬, 10리터들이 냄비, 2리터들이 냄비 같은 것들이다.

내 조리법을 디딤돌로 삼아 여러분 나름의 음식을 만들게 되길 바란다. 내 조리법으로 만든 음식이 여러분의 입에 맞고 건강에도 좋다면 더 할 나위 없겠다. 하지만 내 조리법이 여러분 입에 맞지 않는다고 해도 몸에 해롭지는 않을 것이다. 이 책에 실린 조리법 가운데 괜찮은 것이 있다면 거기에 덧붙여 여러분이 각자 조리법을 만들어야 한다. 자기 조리법으로 바꾸고 개발하면 다른 사람에게 알리는 데 인색하지 말도록. 진실한 사랑이 그렇듯 훌륭한 조리법은 사는 것보다 거저 얻는 게 더 좋으니까.

조리법은 누구의 전유물이 아니다. 내게 가르쳐주면 나도 가르쳐주겠다. 그것은 안내서요, 뼈대일 뿐이다. 각자 성격과 욕구에 따라 살을 붙여야 한다.

에드워드 E. 브라운Edward E. Brown, 《타사하라 브레드 북The Tassajara Bread Book》• 1970

미각이 뛰어나고 입맛이 좋은 건강한 사람이라 합리적으로 재창조한 조리법을 존경스럽게 받아들일 것이다. 한 손에는 국자를, 다른 손에는 펜을 들고 적은 조리법이 바로 그런 조리법이다.

닥터 윌리엄 키치너Dr. William Kitchiner, 《요리사의 경전The Cook's Oracle》• 1817

이제 숙녀들은 소매를 걷어붙이고, 반지와 팔찌를 빼고, 스스로 시도하게 될 것이다.

레이디 바커Lady Barker, 《요리 기본 원칙의 첫 번째 교훈First Lesson in the Principles of Cooking》
• 1874

아침 식사Breakfast로
금식을 깬다Break Fast?

이 세상에서는 아침 식사가 필요하리라 생각한다. 나이 들지 않고, 배설의 문제 없이 위가 가볍고, 밤이면 곤히 잘 자고, 아침이면 몸이 가볍고, 호흡을 잘하는 사람들은 신의 이름으로 금식Fast을 깨게Break 하고, 아침 식사Breakfast를 할지어다.

토머스 엘리엇 경Sir Thomas Elyot, 《건강의 성The Castle of Health》 • 1534

아침 식사를 위한 주부의 첫 의무는 그날의 지시를 내리는 것이므로 당연히 요리사와 일을 시작하게 된다. 부엌에 들어서면서 주부는 "잘 잤어, 요리사?"라고 인사하게 된다(아랫사람들에게 예의를 지키는 게 중요하다).

이사벨라 M. 비턴Isabella M. Beeton, 《매일의 요리Every-Day Cookery》 • 1872

아침 식탁에 모일 때 어머니, 아버지, 자녀 모두 행복한 마음이어야 한다. 그것은 겸손한 감사의 원천이어야 하며, 우리의 가장 따뜻한 품성을 깨워줘야 한다. 심술궂은 기분으로 식탁에 오지 않는 것을 습관으로 하라.

솔런 로빈슨Solon Robinson, 《농부를 위한 사실들Facts for Farmers》 • 1866

일찍 일어나 금식하고, 아침을 먹더라도 부담 없이 조금만 먹자.

헨리 데이비드 소로Henry David Thoreau, 《월든Walden》 • 1854

손님에게 아침 식사를 대접할 때는 방에서 차 한잔을 마시고, 식사는 점심때 해도 된다는 선택권을 주는 편이 더 좋을 것이다.

M. E. W. 셔우드M. E. W. Sherwood, 《접대의 기술The Art of Entertaining》 • 1892

캠튼 허프가 말했다. "말도 안 돼! 그 여자가 요리할 줄 모른다고 하나님 이름으로 맹세하면 나도 그 말을 믿겠어. 하지만 그건 아룬델 지역의, 아니 메인주 전역의 불명예라고! 요리를 못한다니! 세상에! 내 생전에 메인주의 여자로부터 요리를 못한다는 말을 듣게 될 날이 오리라곤 짐작하지 못했는데!" 나는 허프에게 말했다. "어쨌든 그건 당신이 상관할 바가 아니잖아요? 메인주에도 요리를 못하는 여자가 많아요. 그리고 자기들은 그걸 요리라고 말하지만 다람쥐보다 나을 게 없는 솜씨를 가진 여자 또한 많다고요. 아침 식사는 스스로 준비하지 그래요?"

케네스 로버츠Kenneth Roberts, 《아룬델Arundel》 • 1930

아침 식사를 할 때는 식사할 의도로 하지 말고, 금식을 깨는Break Fast 게 아닌 듯 먹으라.

딕 후멜베르기우스Dick Humelbergius, 《식탁과 부엌과 저장실의 이야기Tales of the Table, Kitchen & Larder》 • 1836

7장

|

아침 식사Breakfast로
금식을 깬다Break Fast?

우리 부부는 아침 식사를 하지 않고도 잘 지낸다. 대개 우리가 키워 말린 허브로 차를 만들어 마시거나, 직접 키워 병조림해놓은 로즈힙 들장미 열매 - 역주주스로 아침 식사를 한다. 손님들과 대화하며 식사할 때는 사과나 바나나를 내놓거나 해바라기 씨앗이나 건포도, 견과류를 한 움큼 씹어 먹기도 한다. 하지만 평상시에 일을 시작하기 전에는, 꿀을 탄 허브 차와 비타민 C가 풍부한 로즈힙 주스를 마신다. 식사를 하는 것보다 몸이 가볍고 기분이 밝고, 더 활기 차고, 민첩하다.

그는 아직 아침 식사를 하지 않았지만, 꼬리 둘 달린 올챙이처럼 힘이 나고 무슨 일이든 할 준비가 된 기분이었다. 오히려 아침 식사를 하지 않은 것 때문에 그런 활기가 느껴진 걸까.

쿠르트 아놀트 핀다이젠Kurt Arnold Findeisen, 《삶에 대한 사색Abglanz des Lebens》 • 1950

우리는 식사법을 실험하면서 - 늘 시도하고 있다 - 아침에 과일만 먹은 적도 있고, 아침 식사를 전혀 하지 않은 때도 있었다. 그것은 육체가 밤 내내 휴식할 뿐 아무 일도 하지 않았으므로 먹을 필요가 없으며, 바깥 활동을 한 다음에야 금식 상태를 깰 권리가 생긴다는 이유에서였다.

식욕도 소화력도 왕성한 사람이 아침에 금식하면 배불리 먹을 때보다 생각이 빨라지고, 판단력이 완벽해지며, 말이 술술 나올 뿐만 아니라 분별력이 또렷해지고, 귀가 밝아지며, 기억력이 확실해지고, 모든 힘과 재치에서 더 능률적이고 나은 상태가 된다는 사실을 현명한 사람이라면 이해할 것이다.

토머스 엘리엇 경Sir Thomas Elyot, 《가버너라는 책The Boke Named The Governour》 • 1531

다른 근육 기관처럼 위도 휴식할 시간을 필요로 한다.

윌리엄 A. 올컷William A. Alcott, 《젊은 가정주부The Young Housekeeper》 • 1842

육체는 수면 시간을 이용해 전날 먹은 음식을 소화시키므로 다음 날 아침에 다시 음식을 가득 채우지 않아도 된다. 밤 시간 동안 에너지를 거의 쓰지 않으므로 몸이 필요로 하는 에너지는 거의 없다. 인체 기관, 특히 위의 경우 아침 식사를 하지 않으면 약 16시간 동안(오후 6시에 먹는 저녁에서 다음 날 정오의 점심까지) 휴식하게 된다.

우리의 이론은 이렇다. 음식은 덜 먹을수록 좋다. 기본적으로 필요한 양은 먹는 한 그렇다는 얘기다. 몸이 매일 푸짐한 아침 식사를 요구하도록 길들일 수도 있고, 아주 조금이나 전혀 먹지 않아도 되도록 길들일 수도 있다. 아침 식사를 전혀 하지 않는 것 또한 아주 많이 먹는 것처럼 습관이 될 수 있다.

우리는 소로의 "가장 좋은 아침 식사는 아침 공기와 긴 산책이다"라는 말에 동의한다. 로버트 루이스 스티븐슨은 소로에 관한 글에서, 그가 차와 커피부터 절제했다고 말한다. "소로는 차와 커피를 마시는 게 경제 면으로도 나쁘고, 탁한 자극으로 자연이 주는 아침의 환희를 망치는 무가치한 행위라고 생각했다." 《인간과 책Men and Books》(1888)

알렉상드르 뒤마는 18세기 말의 프랑스 정치가였던 탈레랑에 대한 글에서 "그는 저녁 식사만 했다. 아침에 일을 시작하기 전에는 캐머마일 차를 서너 잔 마실 뿐이었다"라고 쓰고 있다.

전날의 식사 시간부터 아침 기상 시간까지 공백이 있음에도, 자리에서 일어나자마자 식사하는 것을 내켜 하지 않는 경향이 뚜렷하다. 간밤의 휴식 후 위 상태가 그렇다. 밤 시간 동안 남은 음식을 소화하는 위는 아침이면 정지 상태가 된다. 그래서 운동이나 위에 남은 음식에 의해 자극받을 때까지 허기란 존재하지 않는다.

존 싱클레어 경Sir John Sinclair, 《건강과 장수의 비밀The Code of Health and Longevity》 • 1542

보통 사람은 하루 두 끼로 충분하며, 노동자는 하루 세 끼를 먹어야 한다.

자주 먹는 사람은 괴로운 삶을 산다.

앤드루 부르드Andrew Boorde, 《건강 식이요법A Dyetary of Health》 • 1542

흔히 아침 식사는 관습에 따른다. 프랑스 사람은 카페오레에 크루아상을 먹고, 영국 사람은 죽·베이컨·달걀에 언제나 커피나 홍차를 마신다. 네덜란드 사람은 빵과 치즈 조각, 밀크 커피를 먹고 마신다. 인도에서는 바나나를 먹고, 중국에서는 밥과 차를 먹고 마신다. 대부분의 미국인은 오렌지주스, 토스트와 커피를 먹고, 상점에서 구입해 보관하기 편하고 준비하는 데 손이 가지 않는 상자 포장 시리얼을 먹는 경우도 흔하다. 풍습과 관습에 따라 아침 식사 습관이 결정된다.

줄기에서 갓 따서 향기롭고 맛 좋은 딸기 한 바구니나 한 접시보다 더 우아한 아침 식사를 어찌 준비할 수 있을까. 이처럼 모든 것을 윤택하게 창조하신 신에 대한 감사의 기도를 드리게 하는 은혜로운 식사가 또 어디 있을까. 이것저것 섞어 뜨겁고 기름진 아침 식사를 하는 사람이라면 가족에게 이렇게 간단하고 영양가 있고 시원하고 건강에 좋으며 철학적인 음식을 먹이는 이 운 좋은 이웃을 질투(질투가 용인된다면)하지 않을 이가 어디 있을까?

윌리엄 A. 올컷William A. Alcott, 《젊은 가정주부The Young Housekeeper》 • 1842

우리는 어느 나라를 가든 한 가지 과일로 아침 식사를 하곤 했다. 싱가포르에서는 잘 익어 즙이 뚝뚝 떨어지는 파인애플을 먹었고, 인도에서는 망고나 손가락 마디만 한 바나나를 먹었다. 중국에서는 홍시를, 남부 프랑스에서는 온갖 종류의 멜론을 먹었고, 남아메리카에서는 파파야를 먹었다. 오리건주와 워싱턴주에서는 체리를, 플로리다와 캘리포니아에서는 그레이프프루트나 오렌지·자두·배를 아침 식사로 먹었다. 우리가 뉴잉글랜드에서 키우는 딸기, 라즈베리, 블랙베리는 훌륭한 아침 식사거리이다. 하지만 과일 중 으뜸이며 싫증 나지 않는 과일은 사과다. 아무리 먹어도 물리지 않는다. 너무 달지도 너무 시지도 않다. 많이 먹어도 탈이 나지 않는다.

완벽한 입맛을 가진 개인에게는(어디에 가야 그런 사람을 찾을 수 있을는지 모르지만) 이따금 아침 식사로 사과만 먹는 것이 가장 좋은 방법이다.

윌리엄 A. 올컷William A. Alcott, 《젊은 가정주부The Young Housekeeper》 • 1842

우리는 과일을 섞어 먹지 않는 것을 목표로 삼고 있다. 한자리에서 복숭아나 딸기 한 종류를 많이 먹는다. 한 종류만 배불리 먹는 것이다. 여러 가지를 내놓고 이것저것 손대다 보면 과식하는 경향이 있다. 먹을 수 있는 만큼 혹은 먹고 싶은 만큼 한 가지만 먹다가 그치면 된다. 소화도 쉽고 체중 유지에도 좋을 것이다.

우리 부부는 정오까지 허브 차 한두 잔만 마시고 아침 일을 하지만, 아침부터 밤까지 집에 머무르며 점심을 잘 챙겨 먹을 수 있는 시골 사람이기에 그렇게 할 수 있다는 것을 안다. 점심 시간에 급히 샌드위치 한 쪽과 음료수 한 잔밖에 먹을 여유가 없는 사람도 많다. 그런 사람이라면 우리와는 다른 식의 식사를 해야 한다. 아침 식사가 꼭 필요한 이들은 "선량하고 정직하며, 건강에 좋고 허기진 아침 식사" 아이작 월턴Izzak Walton,《완벽한 낚시꾼The Compleat Angler》(1653)를 하기 바란다.

팝콘

콘플레이크 등 상자 포장해서 파는 시리얼을 아침 식사로 먹지 말고, 팝콘을 먹으면 빠르고 쉽고 돈도 들지 않는 아침 식사가 되지 않을까? 갓 튀긴 팝콘 한 그릇을 손으로 집어 먹으면서 다른 손에는 잘 익은 바나나를 들고 먹는다면 훌륭하고 배부른 아침 식사가 될 것이다. 그리고 가족 중 누군가 자원해서 팝콘을 튀긴다면 식사 준비가 더 수월해질 수 있다.

우리는 옥수수 낟알을 20킬로그램들이 포대로 사며, 1년에 두 포대 정도 소비한다. 아침에서 점심, 저녁에 이르기까지 어떤 경우에나 팝콘을 자주 상에 올리기 때문에 소비량이 많다. 어떤 상점에서나 450그램들이나 더 작은 깡통에 포장된 옥수수 낟알을 쉽게 살 수 있다.

초기에 팝콘을 만들던 방법은, 옥수수 낟알 한 컵을 팬에 넣은 다음 기름을 약간 두르고 꼭 맞는 뚜껑을 덮어 뜨거운 불에 올리는 식이었다. 팬을 앞뒤로 움직여 옥수수 알갱이가 움직이게 해야 한다. 그 과정은 짧다. 한 친구는 전기 스토브에 큼직한 알루미늄 냄비를 올리고 거기에서 팝콘을 손쉽게 튀겨낸다. 또 팝콘 튀기는 용도로 고안된 긴 손잡이가 달린 철사 바구니를 장작불이나 스토브에 올려도 된다. 우리는 전기 팝콘 기계를 사용하는데, 아주 간편하다. 튀긴 다음에 녹인 버터와 소금을 뿌려도 좋지만, 스코트와 나는 아무것도 안 넣거나 천일염만 약간 뿌려 먹기를 좋아한다.

말 먹이

롤드 오트 (껍질을 벗겨 찐 다음 롤러로 으깬 귀리) 4컵

건포도 1/2컵

레몬 (즙) 1개

천일염 약간

올리브유나 식용유

1930년대 초반 건강식품이니 생식이라는 말을 일반 가정에서 사용하기 전, 나는 '말 먹이'라는 이름의 음식을 생각해냈다. 당시 미국에서는 귀리를 생으로 먹는 사람이 없었다. 내가 만든 '말 먹이'가 최초의 가장 간단한 곡물 생식일 것 같다. 이 음식을 만든 것은 오스트리아 티롤 지방에서 겨울 한 철을 보낼 때였다. 우리는 상점에서 멀리 떨어진 곳에 살았고, 비축해놓은 식품도 별로 없었지만 식욕은 왕성했다. 그래서 만든 음식이다.

위의 재료를 한데 섞는다. 롤드 오트는 쉽게 무르는 것 말고 옛날식 귀리를 쓰면 좋다. 우리는 나무 그릇에 담아 나무 숟가락으로

먹는다.

뮈슬리

귀리 (쉽게 무르지 않는 것) 2컵

사과 (껍질 벗기지 않고 간 것) 4컵

견과 (갈거나 다진 것) 또는 해바라기 씨앗 1/2컵

건포도 1/4컵

레몬즙 (껍질 간 것을 첨가해도 좋다) 1큰술

지난 10년간 미국에서 유행한 곡식 생식은 유럽에서는 그 전에 널리 퍼진 식사법이다. 우리는 1930년대에 취리히의 비르케르 - 벤네르 병원에서 이 음식을 맛보았다. 40년 전, 버몬트로 돌아와서 내가 이 음식을 선보이자 사람들은 맛있게 먹었지만 '비르케르 - 벤네르 뮈슬리'라는 발음조차 제대로 못했다. 원래 조리법에는 귀리 대신 롤드 오트를 밤새 물에 불리라고 되어 있지만, 내가 해본 결과 그럴 필요가 없었다.

사과는 잘게 썬다. 재료를 모두 섞어 즉석에서 먹는다.

응용 | 단맛을 좋아한다면 꿀이나 메이플 시럽 약간을 넣는다. 또는 사과 주스나 오렌지 주스로 약간 촉촉하게 만들어도 된다.

우리의 식습관이 후대에게 영향을 미친다는 사실을 자각하지 못하던 시절에는 가끔 생일 아침이나 특별한 일이 있을 때면 뮈슬리에 설탕이든 연유 몇 숟가락을 넣고, 얇게 썬 바나나, 딸기, 라즈베리,

블루베리를 뿌려 먹기도 했다. 손님에게 디저트로 낼 경우 '사과 아이스크림'이라는 이름을 붙이기도 했다. 하지만 아침 식사로 먹기에는 너무 맛이 진해서 1년에 한두 차례쯤 먹을 만하다.

기적의 죽

사과 (껍질 벗기지 않은 것) 2개

당근 1개

비트 (껍질 벗긴 것) 1개

견과 (간 것) 1/4컵

사과와 당근, 비트를 갈아서 섞는다. 거기에 곱게 다진 견과를 뿌린다.

응용ㅣ너무 뻑뻑할 경우, 사과 주스나 오렌지 주스를 넣어 부드럽게 만든다.

직접 만드는 그래놀라

롤드 오트 3컵

롤드 소맥 3컵

맥아 2컵

대추야자나 살구 (말린 것) 1/2컵

견과 (다진 것) 1컵

건포도 1컵

그래놀라(귀리에 건포도나 붉은 설탕을 섞은 건강식)는 열댓 가지 재료를 넣어 다양한 방식으로 만들 수 있다. 여기서는 간단한 조리 법을 소개한다.

재료를 모두 한데 섞어 찬 곳이나 냉장고에 넣어둔다. 바삭바삭해 질 때까지 오븐에 넣어둬도 된다. 식탁에 낼 때는 우유를 차거나 따 뜻하게 해서 곁들인다.

응용 | 재료를 한두 가지 더 넣어도 좋다. 참깨 1~2큰술, 아마 씨, 코 코넛 저민 것, 맥주 효모, 호박씨, 향신료 등.

곱게 간 옥수수

끓는 물 6컵

옥수숫가루 (물에 1시간쯤 푹 불린 것) 3컵

버터 3큰술

천일염 약간

꿀이나 메이플 시럽

이중 냄비에 옥수숫가루를 넣은 다음 끓는 물을 부어 걸쭉해질 때 까지 30분가량 끓인다. 버터, 소금, 꿀이나 메이플 시럽을 넣는다. 뜨거울 때 상에 낸다.

응용 | 상에 내기 전 다지거나 간 무화과 또는 대추야자를 넣어도 좋다.

간단한 곡물구이

옥수숫가루 1½컵

롤드 오트 2컵

맥아 1컵

코코넛 가루 1컵

식물성 기름 1/2컵

꿀 1/2컵

천일염 1작은술(선택 사항)

물 1컵

마른 재료를 모두 큰 그릇에 담은 다음 젖은 재료를 넣는다. 깊지 않은 큰 팬에 재료를 넣고 30분쯤 굽는다. 1인용 그릇에 나누어 담고, 꿀과 우유를 곁들여 낸다.

응용 | 참깨와 건포도, 다진 대추야자를 조금 넣어도 좋다.

맛좋은 보리

보리 1컵에 물 4컵을 붓고 밤새 불린다. 아침에 이것을 끓인 다음 15분간 천천히 졸인다. 물이 흥건하면 버린다. 이 물은 수프용 국물로 사용해도 좋다. 꿀이나 메이플 시럽을 넣어 상에 낸다. 차갑게 해서 디저트로 먹어도 좋고, 크림과 감미료를 넣어도 괜찮다.

브로즈

이 스코틀랜드식 '오트밀 죽'은 가열하지 않는 음식이다. 오트밀에 끓는 물을 붓고, 걸쭉해질 때까지 재빨리 젓는다. 오트밀과 물의 양은 적당한 농도가 될 만큼 넣으면 된다. 끓는 물 대신 뜨거운 육수나 버터, 오일을 넣기도 하는데 이 경우 스코틀랜드에서는 '팻 브로즈Fat Brose'라고 부른다. 또 뜨거운 곡물 요리를 컵이나 작은 틀에 넣어서 차갑게 식혀 먹을 경우 '버드램'이라고 한다. 브로즈든 버드램이든 꿀, 메이플 시럽, 우유를 넣어 먹어도 좋다.

곡물 잔치

밀 (빻은 것) 2컵

대추 야자 (다진 것) 6컵

해바라기 씨앗 2큰술

참깨 2큰술

잘 익은 바나나 (자른 것) 1개

꿀이나 메이플 시럽, 사과 소스

빻은 밀을 3컵의 냉수에 넣고 부드러워질 때까지 젓는다. 약한 불에서 15~20분간 조리하며 자주 저어준다. 불에서 내린 다음 대추 야자, 해바라기 씨앗, 참깨, 바나나를 넣는다. 원하면 꿀이나 메이플 시럽으로 단맛을 낸다. 농도가 너무 될 경우 사과 소스를 넣고 저으면 된다.

브렉퍼스트 워머

밀 (빻은 것) 1컵

사과(다진 것) 1개

버터 4큰술

견과(껍질 벗긴 것) 1/2컵

건포도 1/4컵

팔팔 끓는 물 4컵을 준비한다. 밀을 한꺼번에 넣지 말고 저으면서 조금씩 넣는다. 밀이 씹힐 때까지 15~20분쯤 은근한 불에서 끓인다. 너무 오래 가열하지 않는다. 스토브에서 내린 다음 저으면서 사과, 버터, 견과, 건포도를 넣는다.

옛날식 곡물 요리

기장 1/2컵

롤드 오트 1/2컵

메밀가루 1/2컵

건포도 1컵

버터 2큰술

해바라기 씨앗 1/4컵

꿀이나 메이플 시럽

버터와 해바라기 씨앗을 제외한 재료를 넉넉한 물에 넣고 밤새 불린다. 아침에 끓이는데, 필요하다면 물을 더 넣고 끓인다. 팔팔 끓으면 곡물이 뭉치지 않고 풀어진다. 음식을 낼 때 버터를 넣고 해바라기 씨앗을 한 움큼 뿌린다. 꿀이나 메이플 시럽으로 맛을 낸다.

8장

소박하고
든든한 수프

벌레 먹지 않고 썩지 않은 싱싱하고 깨끗한 허브를 진한 수프에 넣으면 많은 사람에게 위로를 준다. 귀리와 허브는 불쾌감 없이 배를 편안하게 해줄 수 있다.

앤드루 부르드Andrew Boorde, 《건강 식이요법A Dyetary of Health》• 1542

그 어떤 음식보다 맛있는 수프 한 그릇으로 허기는 금방 가신다.

J. B. & L. E. 라이먼J. B. & L. E. Lyman, 《사는 법How to Live》• 1882

일하는 남편에게 따뜻한 수프 한 그릇이 얼마나 위로가 되는지!

마리아 엘리자 룬델Maria Eliza Rundell, 《가정 요리의 새로운 방법A New System of Domestic Cookery》• 1807

레이디 블레싱턴의 만찬 파티에서는 수프가 게 눈 감추듯 없어졌다.

너대니얼 파커 윌리스Nathaniel Parker Willis, 《이곳저곳의 삶Life Here & There》• 1850

맛 좋은 수프가 요란하게 끓는 소리는 정말 듣기 좋다.

버트 밀턴Bert Milton, 《연회에서 처신하는 법How to Behave at a Banquet》• 1912

수프는 어느 집에서나 먹을 수 있다. 많이 찾지 않아도, 일단 맛을 보면 어떤 음식보다 풍부하다는 사실을 알게 된다.

익명, 《적은 수입으로 잘사는 법How a Small Income Suffices》 • 1745

우리는 경제적 이유 때문에 매일 수프를 먹는다. 또 우리는 건강의 이유 때문에 매일 수프를 먹는다.

익명, 《식사 관례Table Observances》 • 1854

미국 가정주부들이 맛 좋은 수프보다는 섬세하고 호사스러운 케이크를 더 잘 굽는다는 건 심히 유감이다.

매리언 할랜드Marion Harland, 《초보자를 위한 조리Cookery for Beginners》 • 1884

수프를 잘 끓이는 요리사를 두는 것은 엄청난 보석을 갖는 것과 같다. 수프를 잘 끓이지 못하는 여자는 시집보내선 안 된다.

P. 모턴 샌드P. Morton Shand, 《음식에 대한 책A Book of Food》 • 1928

8장

|

소박하고 든든한 수프

나는 지금까지 특히 수프를 좋아했고, 앞으로도 생식 옹호론자의 관점에서 빗나가지 않는 한도 내에서 수프를 좋아할 것이다. 내 경우 양친 모두 유럽 출신이다. 유럽에서는 식탁에 늘 수프 단지가 올랐다. 두 분께서는 우리가 수프를 좋아하도록 키웠고, 매일 한 끼는 수프를 먹게 하셨다. 내 살림을 시작한 후에도 그것은 습관이 되었다. 사실 내가 음식을 잘한다고 알려졌다면, 그것은 여러 사람에게 수프를 대접한 데서 기인한 것이다. 우리 시골집에 오는 손님들은 보통 한 끼 정도는 함께 식사를 한다. 내 수프가 먹을 만한 것 같다. 그리고 내 자신이 생각하기에도 이따금 수프는 요리사 못지않게 썩 잘 끓이는 것 같다.

뛰어난 수프를, 친구들이 좋아할 만한 수프를 만드는 사람이라면 요리사라 할 수 있다.

수프는 위로를 주는 음식이다. 만들기 쉽고 소화하기 쉬워서 누구에게나 어디서나 환영받을 만하다. 남은 재료를 이것저것 섞어 아주 적은 비용으로 준비할 수 있는 음식이 수프다. 쓰고 남은 재료와 야채 우린 물만 있으면 행복한 식탁을 마련할 수 있다. 근채류 약간과 푸른 잎채소 한두 잎, 한두 가지 허브, 전날 먹고 남은 음식 조금에 물을 붓고 끓이면 수프가 준비된다. 나는 수프를 많이 끓이면서 1/3은 재료, 1/3은 있는 재료로 음식을 만드는 솜씨, 1/3은 행운이라는 걸 터득했다.

매번 남아 있는 재료가 다르기 때문에 수프 맛이 어떨지는 나도 모른다. 어떤 때는 정말 맛 좋은 수프가 되기도 하는데(보통 남은 재료로 만들 때), 입에 맴돌다 잊히는 선율처럼 다시는 그대로 재현할 수가 없다. 어떤 다른 재료가 들어갔기에 유달리 맛이 좋을까? 그 재료가 마법을 부렸는데……. "이 수프에 뭐가 들어갔나요? 저는 일러주신 재료를 다 넣었는데, 이런 맛이 안 나더라고요." 이렇게 무얼 넣었느냐고 묻는 사람이 많지만, 나도 썩 만족스러운 대답을 해주진 못한다.

그저 내가 끓이고도 놀랄 때가 있다고 말할 수 있겠다. 어떤 때는 아주 맛있고, 어떤 때는 맛이 없다. 하지만 늘 배부르고 영양가가 있다. 먹을 수 있는 깨끗한 재료라면 뭐든 수프를 끓이기에 좋은 재료다. 난 수프를 '만들지' 않는다. 그때그때 텃밭에서 자란 것, 식품 저장실에서 건조된 것, 전날 먹고 남은 재료, 지하실에 저장된 것이 어우러져 저절로 수프가 완성

된다. 저장해놓은 것이나 텃밭에서 나는 재료가 많다면 수프를 만들기 수월하고 또 비용도 아주 적게 든다.

수프에는 또 다른 이점이 있다. 수프가 입맛을 무뎌지게 해서 다른 음식이 부족해도 크게 느껴지지 않게 한다는 점이다. 또 미리 만들어두었다가 데워서 식탁에 올릴 수도 있다. 물만 좋으면 큰 단지에 끓여서 여러 사람이 먹을 수 있다. 그건 내 경험으로 잘 안다. 우리 집에는 곧잘 예고도 없이 대여섯 명에서 스무 명 정도의 손님이 몰려온다. 1년의 절반은 우리 부부 둘이 지낸다. 나머지 절반 동안은(5월~10월) 많은 손님을 - 어떤 때는 스물일곱 명이 식사한 적도 있다 - 먹여야 한다. 수프야말로 날 구해주는 은인이다.

수프보다 더 건강에 좋고 영양가 있고 경제적인 음식은 없다. 지체 높은 집, 낮은 집을 불문하고 어떤 가정에서든, 특히 노동자 가정에서는 수프를 먹어야 한다. 프랑스, 스위스, 독일 농부들은 매일 한 끼 혹은 두 끼씩 수프를 먹는다. 수프가 없다면 세상도 끝이 날 것이다.

존 T. 월터스John T. Walters, 《절약 교훈Thrift Lessons》• 1881

계절마다 어울리는 다양한 수프가 있다. 적은 수입으로 쾌적하게 사는 법을 아는 시골 가정에서는 일주일에 서너 차례 분위기에 맞게 수프를 만들고, 상황에 따라 다른 음식을 가볍게 곁들여 먹는다.

익명, 《적은 돈으로 사는 법How a Small Income Suffices》• 1745

뛰어난 육감과 활기찬 상상력을 지닌 요리사라면 1년 내내 같은 수프를
두 번 내지 않는다. ……아플 때나 건강할 때나, 여행지에서나, 집에 있을
때나, 그 언제 어디서나 안성맞춤인 수프는 왜 제 값어치만큼 칭송을 받지
못할까?

엘리자베스 로빈스 페넬Elizabeth Robbins Pennell,《탐욕스러운 자를 위한 안내A Guide for the
Greedy》• 1896

오늘날 식비가 기막히게 높은 이때, 훌륭한 수프, 유용한 수프야말로 식사
의 근간이 될 수 있다.

마리 A. 에시포프Marie A. Essipoff,《조리 시간 이용하기Making the Most of Your Cooking Time》
• 1952

수프는 어떤 재료로도 만들 수 있고, 거의 재료 없이도 만들 수 있다.
오래전 '돌멩이 수프'에 대한 이야기를 읽은 적이 있다. 프랑스의 한 떠돌
이가 시골집에 가서 아낙에게 수프를 끓일 냄비를 빌려달라고 부탁한다.
아낙이 수프 만들 재료가 있느냐고 묻자, 떠돌이는 돌멩이가 하나 있다고
대답한다. 호기심이 동한 아낙은 "돌멩이로 어떻게 수프를 끓여요?"라고
묻는다. 그러자 떠돌이는 "아니요, 할 수 있습니다. 냄비랑 물을 빌려주시
면 수프를 만들어 보이지요"라고 말한다. 그래서 아낙은 부탁을 들어주고,
떠돌이는 불을 지피기 시작한다. 그는 반들거리는 돌을 냄비 밑바닥에 넣
고 물을 끓인다. 물이 끓자 그는 "혹시 밭에서 세이지 좀 따주실 수 있을까

요?"라고 묻는다.

아낙은 세이지를 따준다. "문 앞에서 자라는 민들레를 꺾어서 씨앗을 넣어도 되겠습니까?" 그 역시 허락받는다. 그는 민들레 꼬투리에서 씨앗을 털어 냄비에 넣는다. 그가 다시 작은 감자 한 개랑 국물을 우려내고 남은 뼈 한 개만 줄 수 있는지 묻자 아낙은 그제야 '돌'수프의 정체를 깨닫는다. 돌멩이가 끓는 수프에 이 모든 재료를 다 넣은 후, 떠돌이는 말한다. "이제 다 됐군요! 수프가 다 끓었습니다. 맛 좀 보시렵니까?" 그는 돌멩이 국물로 맛 좋은 수프를 만들었다.

훌륭한 수프에는 조건이 있다. 아주 뜨겁거나 차거나 둘 중 하나여야 한다. 미지근한 수프보다 형편없는 것은 없다.

> 레스토랑에서 젊은 웨이터가 수프 그릇을 식탁으로 가져왔다. 그가 그릇을 내려놓기 전에 손님이 말했다. "젊은이, 수프를 주방으로 다시 가져가게. 미지근해서 안 돼." 놀란 웨이터가 말했다. "하지만 아직 맛도 보지 않으셨잖습니까." 그러자 화가 난 손님이 말했다. "맞는 말이야. 하지만 맛볼 필요가 없지. 자네가 손가락으로 집을 수 있을 정도면 충분히 뜨거운 게 아니라네."

M. E. W. 셔우드M. E. W. Sherwood, 《접대의 기술The Art of Entertaining》• 1892

수프는 과하다 싶을 정도로 맛이 진하고 걸쭉하게 만들 수도 있고, 국물이 흥건하게 끓일 수도 있다. 로버트 루이스 스티븐슨의 작품 《발라드의 대가The Master of Ballantrae》(1899)에 이런 대목이 나온다. "이 멀건 국은 떠먹느니 차라리 들어가서 헤엄을 치는 편이 더 낫겠구나."

수프를 너무 진하지도 너무 묽지도 않게 만들도록. 존 키츠가 읊은 대로 "농도가 너무 묽으면 줄줄 흐르고, 너무 진하면 마실 수가 없다."

앨프리드 테니슨의 어릴 적 일화가 있다. 어린 테니슨은 아버지가 내온 수프를 먹고는 황홀경에 도취되어 말했다. "아버지 정말 드물게 맛 좋은 수프네요." 그러자 청교도적이었던 아버지는 수프를 맛본 후 이렇게 말했다. "맞는 말이구나. 수프가 너무 맛있구나." 그리고 그는 수프 그릇에 물을 타서 농도를 묽게 만들었다.

수프를 묽게 만들기는 쉽다. 예상보다 식사할 인원이 많으면 수프에 물이나 토마토 주스를 넣으면 된다. 진하게 만들려면 밀가루와 물을 섞어 뜨거운 수프에 넣고 저으면 된다. 나는 곱게 간 견과를 넣기도 한다. 또 불에서 꺼내기 몇 분 전에 당근 간 것을 넣으면 맛과 색과 질감이 풍부해진다. 사과를 잘게 잘라서 넣거나 찐 감자를 으깨서 넣으면 비트 수프가 진해진다.

수프에 소금을 넣을 때는 야채와 함께 오래 끓이지 말도록. 불을 끄기 몇 분 전에 넣으면 된다. 수프가 너무 짜면 생감자 반 개를 넣고 몇 분 더 끓인다. 감자에 소금이 흡수되면 수프를 상에 내기 전에 건져버린다.

수프에 크루통 작게 자른 빵 조각 - 역주을 띄우고 싶은데 마른 빵이 없다면, 쌀이나 밀을 오븐에서 바삭바삭하게 구운 것이나 팝콘을 띄우면 된다.

곱게 다진 갯보리나 다진 컴프리로 수프를 장식해보자. 양배추나 양파, 파슬리를 곱게 다져서 조리 마지막 과정에 넣으면 2~3일 된 수프도 갓 끓인 수프처럼 된다. 보통 파슬리나 골파를 솔솔 뿌려 장식하지만 알팔파나 곱게 다진 셀러리, 피망 다진 것을 뿌려도 좋다. 검은콩 수프에는 레몬즙과 레몬 한 조각을 곁들이자.

수프 맛이 제대로 나지 않으면 나는 상점에서 파는 토마토 주스 한 깡통을 수프에 섞는다. 갑자기 뭔가 부족한 것 같을 때 그렇게 하면 맛이 깊어지고 양도 많아진다. 나보다 더 까다로운 사람은 이 말을 듣자 "먼저 깡통부터 따는 걸 잊지 말아요, 헬렌" 하고 말했다.

마늘을 썬 칼로 국물이 진한 야채 수프를 휘휘 저으면 맛이 좋아진다고 들었다. 또는 수프를 담기 전 그릇 바닥을 마늘 저민 것으로 문지르면 풍미가 좋아진다고 한다. 글쎄, 매트리스 밑에 깔린 콩 한 알 때문에 밤새 뒤척인 동화 속 공주님처럼 예민한 사람이나 그 맛의 차이를 느끼지 않을까. 나는 그 정도로 미묘한 차이를 느끼지는 못한다. 다진 마늘 한두 쪽을 수프에 넣으면 되지 않을까.

골파는 마늘처럼 강렬하고 고집스러운 성격이 없다. 또 양파처럼 수줍게 자기를 드러내지도 않는다. 골파는 더 섬세한 장치에 의해 더 부드러운 수단으로 호소하며, 따라서 나름의 가치를 지닌다.

엘리자베스 로빈스 페넬Elizabeth Robbins Pennell, 《탐욕스러운 자를 위한 안내A Guide for the Greedy》 • 1896

고기 맛을 볼 수 없거나 의도적으로 고기를 먹지 않을 때는 강한 야채 맛으로 미각에의 욕구를 만족시키면 된다. 그런 목적을 위해 선택할 재료는 양파이다. 하지만 예민한 사람이라면 주위를 썩은 공기로 에워싸는 강한 풍미의 식사는 피하게 된다. 그런 음식은 격리되어 있거나 야외에 있는 사람에게나 적당하다. 그런 음식을 만듦으로 해서 심미적인 후각을 지닌 사람에게 영향을 줘서는 안 된다. 주로 양파로 만든 수프와 요리의 경우, 예의를 갖춘 친교에 어울리려면 맛을 완화시켜야 한다.

J. L. W. 서디컴J. L. W. Thudichum, 《요리의 정신The Spirit of Cookery》 • 1895

내 생각에 훌륭한 수프는 모두 다진 양파를 기름에 볶는 데서 시작하는 것 같다. 갈색이 도는 수프를 만들려면 기름에 양파나 마늘을 볶고, 다진 야채와 허브를 넣어 기름이 흡수되고 야채가 갈색이 날 때까지 볶는다. 거기에 끓는 물을(야채 분량의 세 배쯤) 부으면 수프가 된다. 양파는 어떤 야채나 향신채, 야채 우린 물과도 잘 어울린다. 내 비법은 처음과 마지막에 양파를 넣는 것이다. 먼저 양파를 기름에 볶는 사이 야채들을 자르고, 불을 끄기 5분 전 다진 생양파를 뿌리는 것으로 요리를 마친다.

어떤 종류의 수프를 끓이든지 아주 약한 불에 양파, 향신채, 근채류를 작게 잘라 넣고, 버터 덩어리를 넣고 조리한다. 이렇게 하면 다른 재료들에서 좋은 점을 끌어내게 되어 맛 좋은 그레이비가 되고, 처음부터 물을 붓는 것보다 풍미가 훨씬 좋다. 양파가 갈색이 돌면 냄비에 물을 붓고, 먹고 싶은 종류의 수프를 만드는 방식에 따라 끓이면 된다.

프레더릭 너트Frederic Nutt, 《귀빈과 왕실 요리사The Important & Royal Cook》 • 1809

나는 매일 블렌더를 이용해 끓이지 않은 수프나 가볍게 조리한 수
프를 만든다. 조리를 덜할수록 비타민 파괴가 줄어들기 때문에 살짝만 익
힌 다음 그것을 블렌더에 넣고 야채즙을 뿌려 돌린다. 이렇게 만든 수프는
다시 가열하거나 차게 식혀 먹는다. 시금치, 셀러리, 삶은 감자, 토마토, 부
드러운 야채라면 몇 초 만에 퓌레 야채나 고기를 삶아서 거른 진한 수프 - 역주가 된다. 남
은 샐러드를 블렌더에 넣고 야채즙을 넣어서 갈면 맛있는 수프가 된다. 혹
은 끓여놓은 수프에 그걸 넣어도 좋다.

내 할머니는 독일계여서 언제나 냉수로 야채 맛을 우려내 수프를
만들기 시작했다. 조리한 야채를 끓는 물에 넣어 풍미가 빠져나가지 않도
록 했다.

어떤 상태든지 재료를 찬물에 넣어 가열한다. 적어도 처음 1시간 동안은
약한 불에서 은근히 익혀야 한다. 수프를 우리는 비결은 오랫동안 천천히
조리하는 데 있다. 서두르면 망치게 된다. 참지 못하고 급히 만들면 완전히
망친다. 2시간 동안 냄비 뚜껑을 닫고 푹 곤다. 그런 다음 불을 올려서 부글
부글 끓인다. 처음부터 끝까지 센 불로 끓여봤자 좋을 게 하나도 없다. 그
건 실패를 자초하는 짓이다.

매리언 할랜드Marion Harland, 《오두막집 부엌The Cottage Kitchen》 • 1883

어떤 요리 과정에서든 마구 끓이는 것은 아주 잘못된 판단이다. ……수프는 뜨겁게 끓이되 부글부글 끓지 않도록 하면 훨씬 좋다.

럼퍼드 백작Count Rumford,《가난한 이들을 먹이는 것에 관한 소고Essays on Feeding the Poor》
· 1798

수프를 아주 천천히 데워서, 몇 분간 끓으면 불을 줄여 완성될 때까지 뭉근한 불에서 익힌다. 훌륭한 수프가 되느냐 여부가 여기 달려 있다. 훌륭한 요리사라면 빨리 끓이는 것과 천천히 졸이는 것의 차이를 잘 안다. 당연히 후자를 고수할 것이다.

엘리자 액턴Eliza Acton,《가정을 위한 현대 요리Modern Cookery for Private Families》· 1845

어떤 프랑스 사람은 "훌륭한 수프를 만들려면 냄비가 미소 지어선 안 된다"라고 말했다. 냉수를 천천히 끓여서 재료의 맛이 충분히 빠져나오게 하라는 뜻이다.

이렇게 천천히 오래 조리하면 수프의 풍미가 풍부해진다. 나무를 때는 스토브의 경우 그렇게 하기가 수월하다. 스토브에 올려놓고 수프가 저절로 조리될 동안 집 안팎에서 다른 일을 할 수 있다. 마지막 순간에 불을 키워 수프가 부글부글 끓는 것을 지켜보지 않아도 된다. 점심 먹을 생각도 없이 밖에 나가서 일하다가 정오쯤 돌아와보면 함께 일한 사람 대여섯 명이 먹을 수프가 준비되어 있다.

수프는 오래될수록 더 맛있어진다. 첫날은 그냥 시험 삼아 끓여본다.

이튿날은 맛이 더 좋을 것이다. 사흘째 되는 날, 감칠맛이 나면서 수프 맛이 가장 좋은 경우가 많다. 하지만 요즘은 냉장고 덕분에 며칠 동안 음식을 신선하게 먹을 수 있다손 치더라도, 이렇게 수프 농도가 묽어지거나 진해지면서 맛이 최고로 좋아진 무렵이 지나면 맛이 더 좋아지기는 힘들다.

> 수프는 전날 밤에 준비하라. 그러면 다음 날 다른 음식에 전념할 시간이 많아진다.
>
> N. K. M. 리Mrs. N. K. M. Lee, 《요리사의 책The Cook's Own Book》 • 1832

> 수프나 그레이비를 보관하려면 매일 새 냄비에 옮겨 담아야 한다.
>
> 토머스 쿠퍼Thomas Cooper, 《가정 요리의 실질적인 시스템A Practical System of Domestic Cookery》 • 1824

수프를 많이 끓여 다 먹지 못했을 때 바로 위의 경고가 대단히 유용하다. 수프는 사나흘 보관할 수 있고 시간이 흐를수록 맛이 좋아지긴 하지만 상하는 시점이 있다. 그러므로 깨끗한 냄비를 사용하고, 음식을 내기 전에 뜨겁게 끓이는 것이 현명하다.

수프는 그 자체만으로 식사가 되기도 하고, 식사의 시작 과정이 되기도 한다. 예의를 차린 모임에서 수프는 식사의 서곡에 불과하다. 덜 세련된 시골 사람들은 그것을 이해하기 힘들 것이다.

남편에게 들은 이야기. 한 시골 사람이 국회의원으로 선출되어 워싱턴으로 갔다. 그는 성대한 만찬에 참석해서 첫 코스로 나온 수프를 굉장히 맛있게 먹었다. 너무나 맛있어서 일곱 그릇이나 더 먹었다(남편은 믿기 어려워도 그랬다고 한다). 그 국회의원은 이렇게 말했다고 한다. "그다음에 생전 처음 보는 멋진 음식을 갖고 오지 뭡니까. 그런데 나는 수프로 배가 불룩 튀어나와 그냥 앉아 있기만 했지요."

손님에게 식사를 처음부터 끝까지 제대로 대접하고 싶은 여주인이라면, 처음부터 농도 짙은 수프를 내놓지 않을 것이다. 수프 역할은 식욕을 충족시키기보다 가볍게 자극하는 것이다. 농도 짙은 수프는 입맛을 앗아가므로 손님은 식사 내내 제대로 즐기지 못하고 요리가 왔다갔다하는 것만 보게 될 것이다.

익명, 《젊은 숙녀의 소중한 책The Young Ladies' Treasure Book》• 1885

프랑스 지방에 사는 시골 농부들은 아직도 '저녁 식사'를 '라 수프La Soupe'라고 부른다. 그것만 먹기 때문이다.

클레르 드 프라츠Claire de Pratz, 《프랑스 가정 요리French Home Cooking》• 1856

수프를 맛있게 만들려면 반드시 고기 국물을 써야 한다고 믿는 사람이 있다. 물론 그렇지 않다. 나를 비롯한 수많은 채식인이 매일 경험하는 일이다. 야채 데친 물을 수프 국물로 쓰면 좋다. 밤새 콩이나 밀을 불린 물도 국물로 쓰면 그만이다. 셀러리 줄기나 잎, 벗겨낸 감자 껍질, 양배추나 상추잎, 브로콜리 줄기, 파 뿌리, 양파 속껍질을 버리지 말고 보관하자. 깨끗이 씻어 자른 후, 찬물에 넣고 적어도 1시간 정도 약한 불에서 끓인 다음 체에 거른다. 계절에 따라 양파나 당근, 무, 셀러리, 당귀잎, 바질, 타임, 세이지 등 신선한 허브나 말린 허브를 써도 좋다. 수프 국물에 레몬즙이나 월계수잎을 넣으면 상큼한 맛이 난다.

비트나 근대, 시금치, 셀러리, 대파, 향신채, 빵 두세 조각과 버터, 소금 약간을 준비한다. 재료를 냄비에 담고 물을 넉넉하게 부어 1시간 30분쯤 끓인 다음 체에 거르면 훌륭한 수프 국물이 된다.

어느 여인, 《숙녀의 동반자The Lady's Companion》 · 1753

부엌이 있는 집이라면 아무리 가난해도 수프 냄비 하나는 갖고 있다.

레이디 바커Lady Barker, 《가정과 살림Houses & Housekeeping》 · 1876

치체로Cicero는 "내 요리사는 다른 요리는 몰라도 수프만큼은 제법 잘 끓인다"라고 말했다. 혹시 난 전생에 치체로의 요리사였을까? 지금도 수프를 가장 자주 끓인다. 또 수프 만드는 일이 즐겁다. 그래서 다른 음식보다 만드는 솜씨가 나은가 보다.

풍미가 좋은 수프를 만들려면 몇 가지 재료가 어우러지되 특별히 한 가지 맛이 두드러지면 안 된다. 여러 재료가 조화롭게 맛을 내야 맛 좋은 수프가

된다. 주방장의 경험과 노하우로 이루어진 엄정한 재료의 배분과 조합이
관건이다.

N. K. M. 리|Mrs. N. K. M. Lee, 《요리사의 책The Cook's Own Book》 • 1832

매일 야채 수프

버터나 식용유 2~3큰술

양파(다진 것) 3개

감자(껍질 벗겨서 깍둑썰기) 4개

당근(얇게 저민 것) 4개

무(깍둑썰기) 2개

양배추(잘게 찢거나 다진 것) 1/4통

토마토 주스 4컵

파슬리나 골파(다진 것) 1컵

큰 냄비에 버터나 식용유를 녹인 다음 양파를 넣고 말랑말랑해질
때까지 볶는다. 야채를 넣고 재료가 잠기게 물을 붓는다. 감자와 무
가 익을 때까지 1시간 30분쯤 끓인다. 토마토 주스를 넣고 수프 전
체가 뜨거워질 때까지 가열한다. 다진 파슬리나 골파를 뿌려 상에
낸다.

응용ㅣ걸쭉한 야채 수프를 만들고 싶으면 위의 설명대로 양파를 볶
는다. 다진 야채와 국물을 (한 번에 절반씩) 블렌더에 갈아 양파에
넣고 30분 동안 익힌다. 간장을 조금 넣고 상에 내기 직전 파슬리를
뿌린다.

멋진 저녁 수프

마른 콩 (물 8컵을 붓고 밤새 불린 것) 1컵

버터나 식용유 2~3큰술

양파나 대파 (다진 것) 2개

감자 (씻어서 큼직하게 썬 것) 2개

셀러리 (다진 것) 2대

당근 (다진 것) 3개

무 (깍둑썰기) 2개

마늘 (간 것) 1쪽

타임, 박하 약간

콩에 물을 붓고 한소끔 끓인 후 불을 약하게 해서 콩이 무를 때까지 뭉근히 1시간쯤 끓인다. 큰 냄비에 버터나 식용유를 두른 후 달구어지면 야채를 넣고 무를 때까지 볶는다. 무른 콩에 볶은 야채를 넣고 양념을 넣는다. 30분간 뭉근히 끓인다. 6~8인분.

봄의 수프

버터나 식용유 2~3큰술

부추 (다진 것) 2다발

당근 (얇게 저민 것) 2개

완두콩 2컵

아스파라거스 (2센티미터 길이로 자른 것) 적당히

셀러리잎이나 다진 시금치 한 줌

국물 6컵

큰 냄비에 버터나 식용유를 달군 후 부추와 당근을 넣고 몇 분간 볶는다. 완두콩, 아스파라거스, 푸른 잎채소를 넣고 가열하면서 가끔 젓는다. 다른 냄비에 국물이나 물을 데운다. 뜨거워지면 야채를 넣고 팔팔 끓인다. 끓어오르면 냄비 뚜껑을 덮고 15~20분쯤 뭉근히 끓인다. 첫 잎이 고개 내미는 봄, 새로운 계절을 맞이하는 데 맞춤한 수프이다.

여름에 먹는 생토마토 수프

잘 익은 토마토 (4등분) 6개

양파 (다진 것) 1개

올리브유 1큰술

물 2컵

신선한 바질이나 오레가노잎

골파나 파슬리 (다진 것)

모든 재료를 두 번에 나눠 블렌더에 간다. 간 것을 그릇에 담아 차갑게 해서 상에 올린다. 다진 골파나 파슬리로 장식한다.

가을의 수프

양배추 (곱게 자른 것) 1컵

셀러리 (다진 것) 1컵

브로콜리 (다진 것) 1컵

파슬리 (다진 것) 1/2컵

끓는 물(대략) 4컵

간장이나 소금, 레몬즙 약간

냄비에 야채를 넣고 끓는 물을 붓는다. 간장이나 소금 혹은 레몬즙을 뿌린다. 냄비 뚜껑을 덮고 30분간 가열한다.

수프는 온종일 끓여야 제맛이 난다고 누가 말했던가? 이 수프는 끓는 물을 부어서 만들기 때문에 가열하는 시간이 짧다.

겨울의 수프

보리(찬물 4컵을 부어 밤새 불린 것) 1/2컵

버터나 식용유 2큰술

셀러리(다진 것) 2대

당근(다진 것) 2개

감자(껍질 벗겨서 깍둑썰기) 2개

양파(다진 것) 2개

대파(어슷썰기) 2대

연한 케일잎(다진 것) 한 줌

버터나 사워크림 1/4컵

너트메그 약간

보리와 물을 넣고 익을 때까지 1시간가량 끓인다. 한편 버터나 식용유를 냄비에 넣고 달군 다음 셀러리와 당근, 감자, 양파, 대파를 넣고 무를 때까지 볶는다. 익힌 보리에 볶은 야채를 넣고, 맑은 수프를 원하면 물을 더 붓는다. 5분간 끓인다. 케일을 넣어서 15분간 뭉근한 불에서 끓인다. 상에 내기 직전 버터나 사워크림, 너트메그를 넣는다.

추운 겨울, 헛헛한 속을 뜨뜻하게 데워주는 풍미 짙은 수프이다.

초간편 수프

감자 (껍질 벗기지 않은 것) 4~6개

버터 2~3큰술

천일염

파슬리 (다진 것) 1/2컵

감자를 깨끗이 씻어서 큼직하게 썬 다음 냄비에 넣고 재료가 잠길 만큼 찬물을 넉넉히 붓는다. 감자에 젓가락이 들어갈 때까지 익힌다. 20분쯤이면 된다. 감자를 블렌더에 넣고 가는데, 필요하면 물을 약간 붓는다. 감자 간 것을 다시 데운다. 버터, 천일염, 파슬리를 넣어 상에 올린다.

차가운 야채 수프

양파나 대파 (다진 것) 2컵

셀러리 (다진 것) 1컵

토마토 주스 4컵

간장 1큰술

냉수 2컵

파슬리 (다진 것) 한줌

파슬리를 뺀 모든 재료를 두 번에 걸쳐 블렌더에 넣고 간다. 간 것을 냄비에 붓고 약한 불에서 가열한다. 끓어오르면 곧 불을 끈다. 수프를 잘 식힌 다음 파슬리로 장식해서 상에 올린다.

토마토 수프

버터나 식용유 2~3큰술

양파 (다진 것) 2개

토마토 (다진 것) 500그램

물 4컵

월계수잎 1장

소금 약간

피망이나 파슬리 (다진 것) 1/2컵

큰 냄비에 버터나 식용유를 넣고 양파가 무를 때까지 볶은 다음 토마토를 넣고 계속 가열한다. 다른 냄비에 물을 끓인다. 토마토와 양파를 끓는 물에 넣고 다른 재료도 넣어 15분쯤 뭉근히 끓인다. 상에 내기 직전 월계수잎은 건져서 버린다.

스페인식 수프

토마토 (4등분) 4개

오이 (껍질 벗겨서 다진 것) 2개

양파 (다진 것) 1개

마늘 (다진 것) 2쪽

피망 (다진 것) 1개

올리브유 1큰술

미나리 1/2작은술

바질잎 (다진 것) 1큰술

블랙 올리브 (다진 것) 1큰술

빵가루

올리브와 빵가루를 제외한 모든 재료를 두 번에 걸쳐 블렌더에 넣고 간다. 블렌더는 재료가 너무 곱게 되지 않도록 재빨리 대충 돌린다. 차갑게 식혀서 각자 그릇에 담아낸다. 상에 올릴 때는 수프에 블랙 올리브와 빵가루로 장식한다.

이 수프는 '가즈파코'라고도 한다. 더운 날 먹으면 좋은 수프다.

당근 수프

버터 2큰술

당근 (채 썬 것) 2컵

셀러리 (자른 것) 1컵

양파 (다진 것) 1컵

토마토 (4등분) 3개

끓는 물 1컵

토마토 주스 4컵

두꺼운 냄비에 버터를 녹인 다음 야채를 넣는다. 갈색이 날 때까지 야채를 볶다가 끓는 물을 붓는다. 냄비 뚜껑을 덮고 야채가 무를 때까지 15분쯤 뭉근한 불에서 끓인다. 토마토 주스를 넣고 수프가 따끈해질 때까지 가열한다.

간단한 셀러리 수프

셀러리 1대

버터나 식용유 2~3큰술

감자 (씻어서 다진 것) 1개

국물이나 물 4컵

천일염 약간

너트메그 약간

셀러리 속심을 들어내고 남은 부분과 이파리를 다진다. 속심은 따로 두었다 샐러드를 만들 때 사용한다. 잎 몇 장은 장식용으로 따로 둔다. 중간 크기 냄비에 버터나 식용유를 가열한 다음 셀러리와 감자를 볶는다. 국물이나 물을 붓고 한소끔 끓인 다음 셀러리가 무를 때까지 45분 정도 뭉근히 끓인다. 천일염과 너트메그를 넣고 셀러리잎으로 장식한 후 상에 올린다. 다른 조리법처럼 물 대신 야채 우린 물을 사용하면 수프의 맛이 한결 진해진다.

응용ㅣ걸쭉한 수프를 원하면, 위의 방법대로 수프를 끓인 다음 그것을 체에 밭쳐서 으깨거나 블렌더에 대충 간다. 이때 필요하면 물을 넣어도 된다.

신선한 완두콩 수프

완두콩(껍질 벗긴 것) 4컵

골파(다진 것) 6컵

연한 완두콩은 장식용으로 한 줌 따로 둔다. 남은 콩을 중간 크기 냄비에 넣고 재료가 잠길 만큼 끓는 물을 붓는다. 다진 골파를 넣고 다시 끓인다. 이것을 두 번에 나눠 블렌더에 갈아 걸쭉하게 만든다. 이때 필요하면 물을 더 넣어도 된다. 수프를 다시 데워서 콩으로 장식한 후 상에 올린다.

버섯 수프

버터나 식용유 1/4컵

셀러리(곱게 다진 것) 1컵

양파(곱게 다진 것) 1컵

대파(곱게 다진 것) 1컵

버섯(곱게 다진 것) 1컵

밀가루 1~2큰술

야채 국물 2컵 혹은 그 이상

중국 프라이팬이나 중간 크기 냄비를 달군 다음 버터나 식용유를 두른다. 셀러리를 넣고 투명해질 때까지 볶는다. 그다음 양파와 대파를 넣고 볶는다. 재료가 약간 무르면 버섯을 넣고 몇 분간 뒤집는다. 야채가 다 무를 때까지 약한 불에서 볶는다. 밀가루를 넣고 재료가 무를 때까지 젓는다. 야채 국물을 넉넉히 붓는다. 이때 아주

진한 수프를 만들고 싶으면 국물을 조금 넣고, 덜 진하게 만들고 싶
으면 많이 넣는다. 15분간 뭉근한 불에서 끓인다.

대파 수프

버터 3큰술

대파 (5센티미터 정도로 자른 것) 6대

감자 (껍질 벗겨서 얇게 저민 것) 2개

물 4컵

파슬리 (다진 것) 1/4컵

간장 약간

중간 크기 냄비에 버터 2큰술를 넣고 달군 후 대파를 넣고 약한 불
에서 가열한다. 감자와 물을 넣고 1시간 동안 뭉근한 불에서 끓인다.
상에 내기 직전 남은 버터와 파슬리 다진 것, 간장을 넣는다.

감자 수프

감자 (껍질 벗겨서 깍둑썰기) 10개

버터나 식용유 2~3큰술

양파 (다진 것) 2개

마늘 가루 약간

딜 씨앗이나 셀러리 씨앗 약간

천일염 약간

파슬리 (다진 것) 1/4컵

큰 냄비에 감자를 넣고 잠길 만큼 물을 넉넉히 붓는다. 한소끔 끓인 다음 15분 정도 계속 가열한다. 한편 중간 크기 냄비에 버터나 식용유를 달구어, 양파를 넣고 무를 때까지 볶는다. 감자에 볶은 양파를 넣고 양념도 넣는다. 15~20분쯤 뭉근한 불에서 끓인다. 다진 파슬리로 장식해서 상에 올린다.

응용 | 걸쭉한 수프를 원한다면 수프를 블렌더에 갈아서 다시 데워 상에 올리면 된다.

초간편 보리 수프

버터나 식용유 2큰술

양파(다진 것) 4개

보리(밤새 물에 불린 것) 1½컵

타임(말린 것) 약간

간장 약간

큰 냄비에 버터나 식용유를 넣어 달군 후 양파가 무를 때까지 볶는다. 보리와 보리 불린 물이 남았으면 함께 넣고, 말린 타임을 넣어 젓는다. 이것을 큰 냄비에 옮긴 다음 잠길 만큼 끓는 물을 붓는다. 1시간 동안 끓이는데, 필요하면 물을 더 넣는다. 상에 내기 전 간장을 넣는다.

든든한 검은콩 수프

말린 검은콩 (8컵의 물에 밤새 불린 것) 2컵

월계수잎 1장

버터나 식용유 3큰술

양파 (다진 것) 2개

셀러리 (다진 것) 2대

당근 (깍둑썰기) 2개

마늘 (간 것) 2쪽

레몬즙 1큰술

미나리씨 1/2작은술

오레가노 1/2작은술

토마토 주스 4컵

콩과 월계수잎에 물을 붓고 끓인다. 불을 낮춰서 콩이 무를 때까지 1시간쯤 뭉근하게 끓인다. 다른 냄비에 버터나 식용유를 달구어서 양파, 셀러리, 당근, 마늘을 넣고 약한 불에서 10분간 혹은 재료가 무를 때까지 끓인다. 콩이 익으면 끓인 야채를 넣고 레몬즙과 양념, 토마토 주스를 넣는다. 한소끔 끓인 후 월계수잎을 버리고 상에 올린다. 8인분.

시골 수프

강낭콩 (밤새 물에 불린 것) 2컵

당근 (다진 것) 2개

양파 (다진 것) 1개

마늘 (간 것) 1쪽

셀러리 (다진 것. 속심은 샐러드에 사용) 1대

토마토 (4등분) 2개

물 4컵

민트잎 (말린 것) 1작은술

물에 콩을 넣고 약한 불에서 익을 때까지 1시간 30분~2시간쯤 끓입니다. 콩에 물과 야채를 넣고 셀러리가 익을 때까지 30분쯤 끓인다. 불에서 들어내기 10분 전쯤 민트잎을 넣는다. 6인분.

양배추 진한 수프

곱게 썬 양배추와 잘 익은 토마토(곱게 썰어서)를 동량 준비한다. 잘게 썬 양파와 기름을 넣는다. 프라이팬에 물을 붓지 말고 모두 넣는다. 저은 후 팬의 뚜껑을 덮고 15분간 뭉근한 불에서 끓인다.

자연이 차려준 식탁, 샐러드

파슬리, 세이지, 마늘, 양파, 대파, 보리지, 냉이, 루타, 로즈메리, 쇠비름을 준비한다. 이것들을 깨끗이 씻는다. 손으로 작게 잘라 기름으로 잘 섞는다. 식초와 소금을 뿌려 상에 올린다.

새뮤얼 페기|Samuel Pegge, 《요리의 형태The Forme of Cury》 • 1390

상추와 푸른잎 채소는 시원하게 정신이 들게 한다. 그것을 먹으면 마음이 차분하고 깨끗해진다.

루이스 언터마이어|Louis Untermeyer, 《음식과 술Food and Drink》 • 1952

먼저 샐러드에 대해 말하자면, 간단한 것과 복잡한 것이 있다. 식탁을 장식하기 위한 샐러드도 있고, 유용하면서도 장식을 겸한 종류도 있다.

저버스 마크햄|Gervase Markham, 《영국 가정주부The English House-wife》 • 1615

부엌에서 가장 쓸모 있고, 식탁에서 가장 맛있고 건강에 좋은 것이 상추이다. 차고 싱싱하면 샐러드로 그만이다.

존 올리지|John Woolridge, 《원예의 기술The Art of Gardening》 • 1688

이제 8월이다. 참외와 오이가 한창이다. 샐러드용 허브에 기름과 식초를 넣으면 된다.

니컬러스 브레턴Nicholas Breton,《매달의 책The Boke of Months》• 1626

아, 푸르고 영예롭도다! 아, 채식이여! 죽어가던 은둔자의 식욕을 돋우는도다. 은둔자가 덧없는 영혼을 돌려 세상으로 돌아와 샐러드 그릇에 손가락을 넣는구나!

시드니 스미스 목사Rev. Sydney Smith,《숙녀의 1년 명부The Lady's Annual Register》• 1839

식욕이 떨어졌을 때 심지어 배불리 먹은 후에도 샐러드처럼 신선한 게 어디 있으랴. 맛있고 싱싱하고 푸르고 아삭아삭하며, 생명력과 건강이 넘치며, 입맛을 돋우고, 더 오래오래 씹게 하는 음식이여.

알렉시스 소이어Alexis Soyer,《한 푼짜리 요리A Shilling Cookery》• 1854

푸성귀 가운데 상추만큼 맛 좋은 것은 없다. 뜨거운 배 속을 쾌적한 상태로 만들어주며, 식욕을 돋우고, 잠을 잘 오게 한다. 상추는 모유를 잘 나오게 하면서 성욕은 감소시킨다.

토머스 엘리엇 경Sir Thomas Elyot,《건강의 성The Castle of Health》• 1534

9장

|

자연이 차려 준 식탁, 샐러드

나는 이 책에서 무엇보다도 푸른 잎채소의 중요성을 짚고 넘어가고 싶다. 다른 어떤 식재료보다도 푸른 잎채소를 찾아 사용해보자. 자연이 우리의 행복을 위해 풍부하게 제공하는 음식이 채소이다. 가을과 겨울에 나는 종류도 있다. 양배추, 비트, 당근, 사과 등. 봄이 되면 민들레, 괭이밥, 명아주를 비롯해 상추가 나온다. 어떤 것이나 적기가 있다면, 샐러드는 모든 계절이 적기인 음식이다.

샐러드는 우리가 먹는 가장 생기 있는 야채이다. 녹색 식물에 든 엽록소는 몸에 큰 활력을 불어넣고, 태양의 힘을 인간의 내장에 전달해준다. 그것은 식물의 푸른 생명의 피이며, 힘과 에너지를 준다. 하루에 사과를 한 개씩 먹는다면 의사가 필요 없다고 한다. 샐러드도 마찬가지이다. 사과와 샐러드 모두 병을 효과적으로 억제하는 힘을 갖고 있다.

야채가 시들하고 생기가 없어도 조리를 하면 먹을 만해지지만, 입맛을 돋우는 샐러드를 만들려면 모든 재료가 신선하고 아삭아삭해야 한다. 손으로 자꾸 만져서 시든 양상추나 무른 셀러리, 흐물흐물한 토마토, 물컹한 오이로는 훌륭한 샐러드를 만들 수 없다. 재료가 단단하고 섬유질이 많아야 한다. 씹힐 정도로 아삭아삭해야지 물렁물렁하면 안 된다. 침과 소화액이 나오게 자극해서 입안에서부터 소화가 시작되게 해야 한다.

샐러드는 새로운 음식이 아니다. 채소야말로 가장 오래전부터 먹은 음식이며, 내가 읽은 고서에서 가장 많이 언급되는 음식이다.

상추는 과거나 현재나 전 세계적으로 샐러드의 기본 재료다. 위대한 아우구스투스도 상추를 먹고 병에서 회복한 점을 높이 평가해서, 이 숭고한 식물의 동상을 만들고 제단을 쌓았다고 한다.

존 이블린John Evelyn, 《아세타리아Acetaria》 • 1699

상추와 냉이는 오래전부터 샐러드 재료로서 가장 중요한 위치를 차지해 왔다. 히브리인은 드레싱 없이 소금만 조금 뿌려서 먹었다고 한다. 반면 그리스인은 꿀과 기름을 넣었으며, 로마인은 상추에 삶은 달걀과 향신료를 넣어 현재의 샐러드와 비슷한 형태로 먹었다. 샐러드는 식사의 첫 코스였다. 그 시절에는 음식이 무겁고 엄청난 양이 상에 차려졌으므로 샐러드는 입맛을 돋우는 호사스러운 음식으로 간주되었다.

세라 타이슨 로러Sarah Tyson Rorer, 《새로운 샐러드New Salads》 • 1897

스코트와 나는 생야채를 먹는 것을 식사에서 가장 중요한 요소로 꼽는다. 우리의 경우, 샐러드가 있어야 저녁 식사가 완성된다. 흔히 다른 음식으로 배를 채우고 샐러드를 조금 먹는 것으로 끝내지만, 우리는 푸른 잎채소나 과일, 야채를 큰 그릇에 담아 먹는 것으로 식사를 시작한다. 그것으로 배를 채우고, 혹시 다른 음식이 있으면 약간 곁들여 먹는 걸로 끝낸다. 언제나 저녁 식사는 샐러드로 시작한다.

금식 기간이 아니면 1년 365일 하루에 한두 끼는 푸른 잎채소를 주식으로 먹으려 노력한다. 식사의 절반을 날것으로 먹고, 그것의 1/4을 푸른 잎채소로 먹는다면 이상적이라 하겠다. 우리는 그런 방향으로 실천하려 노력한다. 추운 지방에서는 겨울에도 근채류와 식료품실에 저장해놓은 양배추와 씨앗의 싹을 이용해서 그런 식으로 먹을 수 있다.

씨앗에는 장래에 식물이 될 생명이 담겨 있다. 식물로 피어날 힘이 집중되어 있다고 할 수 있다. 싹을 틔운 씨앗에 든 풍부한 생명력을 먹는 것이야말로 비타민과 미네랄, 단백질을 섭취할 수 있는 가장 간단하고 빠르고 값싼 방법이다.

온갖 종류의 씨앗은 쉽게 구할 수 있고, 다량으로 저장했다가 싹을 틔워 먹을 수 있다. 다양한 종류의 콩류, 해바라기 씨앗을 비롯해 밀이나 귀리, 호밀, 알팔파 같은 볏과 식물들이 싹을 틔울 수 있는 대표적 종류이다. 싹을 틔우면 씨앗의 영양가가 높아지고, 익힌 씨앗보다 훨씬 활력이 있다. 콩나물이나 숙주나물처럼 싹을 틔운 것은 날것으로 먹는 편이 좋지만, 찌거나 볶을 수도 있다. 싹을 틔운 것들은 수프에 넣거나 갈아서 음료수로 마시거나 샌드위치, 요구르트, 빵에 넣을 수 있다. 또한 샐러드에서 가장 중요한 재료이기도 하다.

나는 싹 틔우는 손쉬운 방법을 안다. 2리터들이 그릇에 물을 반쯤 채우고 콩 등을 한 줌 넣는다. 접시로 입구를 닫아 하룻밤을 불린다. 아침에 접시를 엎고 그릇을 조심스럽게 뒤집어 물을 빼낸다. 이 물은 다른 그릇에 받아둔다. 집에서 키우는 화초에 이 물을 주어도 좋고, 수프에 넣거나 수프 국물로 사용하기도 한다. 그런 다음 새로 물을 붓고 휘휘 저은 후 그릇을 뒤집어 물기를 완전히 뺀다. 다시 접시를 덮고 (이번에는 물을 채우지 않고) 반나절간 그대로 둔다. 콩을 헹구고 물을 따라내고 뚜껑을 덮기를 싹이 날 때까지 하루 두세 번 반복한다. 길이가 2~5센티미터쯤 자라면 먹을 수 있다. 며칠간 냉장고에서 보관도 가능하다.

샐러드는 굳이 조리법에 따르지 않아도 된다. 그 계절에 많이 나는 재료를 쓰면 된다. 밭에서 가꾼 것이든 들에 난 것이든 좋다. "시골 사람들은 눈만 있으면 얼마든지 샐러드를 먹으며 살 수 있다." 줄리엣 코슨Juliet Corson, 《1년에 500달러로 살림 꾸리기Family Living on $500 a Year》(1888)라는 말도 있다. 또 "채소와 먹을 것이 곁에 있으면 모아서 즉석에서 식사를 쉽게 준비할 수 있다." 존 이블린John Evelyn, 《아세타리아Acetaria》(1699)라고도 한다. 숲과 들에서 신선한 푸른 먹을거리를 구할 수도 있고, 밭에서 키운 것만으로 샐러드를 만들 수도 있다.

샐러드 재료를 보면, 밭에서 키운 것만 아니라 들판이나 다른 곳에서 자라는 푸성귀도 들어 있다. 잡초만 아니면 된다. 밭뿐만 아니라 들판에서 자라는 연한 봉오리와 잎을 따면 된다. 여러 가지를 섞으면 서로 맛을 보완할 수 있다.

존 파킨슨John Parkinson, 《영혼의 천국Paradisi in Sole》 • 1629

나는 샐러드드레싱으로 주로 올리브유를 두른 뒤 가볍게 발사믹 식초를 뿌리고, 한두 가지 허브를 얹는다. 하지만 "반드시 먹기 직전에 샐러드를 버무려야 한다." N. K. M 리N. K. M. Lee, 《요리사의 책The Cook's Own Book》(1832)

드레싱을 만들 때 각 재료의 정확한 분량을 말하는 것은 불가능하지만 – 어떤 이는 다른 재료보다 기름과 소금을 더 넣고, 어떤 이는 식초와 후추를 더 넣는다 – 특히 신맛을 내는 식초의 양은 사람마다 천차만별이다.

조지 H. 엘왕거George H. Ellwanger, 《식탁의 기쁨The Pleasure of the Table》 • 1902

민들레나 괭이밥, 래디시는 맛이 얼얼하고, 양상추나 명아주, 당근은 맛이 부드럽고 달짝지근하지만, 여러 가지 재료를 그릇에 담아 섞으면 그 맛들이 어우러져 맛 좋은 샐러드가 된다. "현명한 양은 풀을 가려서 맛보거나 타임 같은 허브로 양념하지도 않고, 기름으로 부드럽게 하지 않으며, 겨자로 자극하지도 않고, 식초로 맛을 아리게 하지도 않고, 양파로 생기를 주지도 않는다. 사자는 영웅처럼 관대하고, 쥐는 변호사처럼 교묘하며, 비둘기는 연인처럼 상냥하고, 비버는 뛰어난 기술자 같고, 원숭이는 영리한 배우 같지만, 누구도 샐러드를 만들 줄 모른다." M. E. W 셔우드M. E. W.

Sherwood, 《접대의 기술The Art of Entertaining》(1892)라는 글이 있긴 하지만, 빼어난 솜씨가 있어야 샐러드를 잘 만들 수 있는 것은 아니다.

내 조리법에 들어가기 전에, 여기 옛사람의 조리법대로 샐러드를 만들어봐도 좋을 것이다.

양상추, 시금치, 꽃상추, 셀러리를 준비하고 마늘을 넣어 기름, 식초, 소금으로 잘 버무린다. 그러면 속을 든든하게 해주고 건강에 좋은 샐러드가 된다.

토머스 트라이언Thomas Tryon, 《훌륭한 주부는 의사다The Good House-wife Made a Doctor》
• 1892

세이지, 로즈메리, 타임, 박하, 파슬리, 양파, 양상추, 괭이밥, 비트, 시금치, 양배추, 컴프리 등 건강에 좋은 허브에 기름이나 버터, 오렌지즙과 소금을 넣으면 가장 훌륭한 샐러드를 만들 수 있다. 이런 샐러드는 몸을 따뜻하게 해주며, 적당히 마신 와인보다도 더 자연스럽고 쾌적하게 영혼에 생기를 불어넣는다.

토머스 트라이언Thomas Tryon, 《점잖은 농부들에게 주는 다정한 충고Friendly Advice to Gentlemen
Farmers》• 1684

한련, 미나리아재비, 양상추, 물냉이로 근사한 샐러드를 만들 수 있다. 야채 위에 프렌치드레싱을 뿌려 곧바로 먹으면 된다.

M. E. W. 셔우드M. E. W. Sherwood, 《접대의 기술The Art of Entertaining》• 1892

연대, 작자, 제목 미상의 글에 샐러드에 대한 이해가 잘 표현되어 있다.

양상추 한 접시는 단연 만찬 식탁의 비너스라 할 수 있습니다. 바다에서 불쑥 튀어나온 미인 비너스처럼 양상추 한 접시는 우리 입맛을 돋우고, 시원하고 촉촉하며 아름답습니다. 그 이미지를 완성시키려면 과하게 옷을 입혀선 안 됩니다. '드레스Dress' 하지 말라는 것은 비너스에게 옷을 입히지 말라는 뜻과 샐러드에 드레싱을 많이 뿌리지 말라는 뜻을 중의적으로 가짐 - 역주

식탁에 샐러드를 듬뿍 차리면 여러 사람에게 몸에 좋은 음식을 배불리 대접할 수 있다. 샐러드는 내 건강한 생활의 기본 요소이다.

샐러드 조리법을 익히면 평범한 식탁에 근사한 요리 한 가지를 올릴 수 있게 된다. 허기진 사람에게 먹일 수도 있고, 음식에 물린 까다로운 미식가의 입맛을 섬세하고 완벽한 샐러드로 자극할 수도 있다. 샐러드 조리법을 배우는 일이야말로 손님 접대의 기술을 익히려는 사람에게는 가장 중요한 요건이다.

M. E. W. 셔우드M. E. W. Sherwood, 《접대의 기술The Art of Entertaining》 • 1892

기본 샐러드
양상추 (듬성듬성 채 썬 것) 1통
토마토 (작게 썬 것) 4개

피망 (듬성듬성 채 썬 것) 1개

양파 (얇게 썬 것) 1개

오이 (껍질 벗기지 않고 얇게 저민 것) 1개

시금치잎 6장

파슬리 (다진 것) 1/4컵

올리브유 4큰술

식초 2큰술

양상추, 토마토, 피망, 양파, 오이를 한데 섞는다. 시금치잎을 잘 씻어 물기를 빼서 먹기 좋게 찢는다. 샐러드에 파슬리를 곁들인다. 상에 내기 전 올리브유와 식초를 샐러드 위에 잘 뿌린다. 곧 상에 내지 않으면 시금치잎에서 물이 생긴다. 6인분.

한 가지 샐러드

셀러리 | 거친 껍질을 벗기고 갈아서 그릇에 담고, 레몬즙과 올리브유로 맛을 낸다. 혹은 셀러리를 익혀서 깍둑썰기한 다음 레몬즙과 올리브유를 뿌려 차게 낸다.

푸른잎 채소 | 어떤 푸른잎 채소든 한 가지를 자르고, 기름과 식초로 맛을 낸다. 양상추, 꽃상추, 치커리 뭐든 괜찮다.

래디시 | 래디시 50개 정도를 잘 씻어서 얇게 저민다. 올리브유 4작은술과 레몬즙 2작은술을 넣는다. 로메인 레터스잎에 담아낸다.

여러 사람을 위한 샐러드

로메인 레터스, 꽃상추, 치커리 1통씩

민들레잎 (곱게 채 썬 것) 1장

콜리플라워 (꽃 부분만) 1통

브로콜리 (꽃 부분만) 3송이

셀러리 (잎까지 얇게 썬 것) 1단

피망 (다진 것) 2개

래디시 (통째로) 10개

양파와 당근 (채 썰어서) 1개씩

숙주나물 1컵

올리브유 1컵

사과식초 1/2컵

로메인 레터스, 꽃상추, 치커리는 잘 씻어서 물기를 뺀다. 먹기 좋은 크기로 잘라서 큰 그릇에 담는다. 나머지 야채를 넣고 잘 섞는다. 상에 내기 직전 올리브유와 식초를 섞어 샐러드 위에 골고루 뿌린다. 8~10인분.

사람들이 시간이 별로 없어도 이 샐러드는 오래 먹을 것이다! 하나 혹은 그 이상의 큰 그릇에 담아서(혹은 큰 냄비 같은 데) 낸다.

겨울 샐러드

양상추나 양배추 (곱게 채 썬 것) 1/2통

셀러리 (얇게 저민 것) 4대

피망 (듬성듬성 채 썬 것) 1개

사과 (작게 썬 것) 3개

견과 (다진 것) 1/4컵

올리브유 1/4컵

식초 1/2큰술

양상추나 양배추에 셀러리, 피망, 사과, 견과류를 섞는다. 올리브유와 식초를 샐러드 위에 고루 뿌린다.

화려한 겨울 샐러드

사과 (작게 깍둑썰기) 4개

셀러리 (얇게 저민 것) 4대

당근 (거칠게 간 것) 1개

잘 익은 바나나 (작게 썬 것) 2개

생강 (곱게 다진 것) 1작은술

레몬 (즙) 1개

올리브유 2큰술

양상추잎

코티지치즈 1/2컵

사과, 셀러리, 당근, 바나나, 생강을 섞는다. 레몬즙과 올리브유를 넣어 야채를 잘 버무린다. 양상추잎에 샐러드를 담고, 그 위에 코티지치즈를 뿌린다.

양배추 섞음 샐러드

양배추 (작은 크기, 곱게 채 썬 것) 1통

사과 (작게 썬 것) 2개

오렌지 (껍질 벗겨서 큼직하게 썬 것) 2개

건포도 1/2컵

대추야자 (씨 빼고 다진 것) 1/2컵

견과류 (다진 것) 1컵

올리브유 2큰술

레몬즙 1큰술

양배추, 사과, 오렌지, 건포도를 섞는다. 대추야자와 견과류를 뿌리고
젓는다. 올리브유와 레몬즙을 넣어 재료에 골고루 섞이게 한다.

양상추를 넣지 않은 샐러드

토마토 (작게 썬 것) 4개

양파 (얇게 썬 것) 1개

오이 (껍질 벗겨서 얇게 저민 것) 2개

피망 (얇게 썬 것) 1개

셀러리 (얇게 저민 것) 6대

사과 식초 1큰술

올리브유 3큰술

토마토, 양파, 오이, 피망, 셀러리를 섞는다. 사과 식초와 올리브유를
잘 섞어 야채에 골고루 뿌린다. 이 샐러드는 미리 만들면 냉장고에
넣어 차게 보관해야 한다.

말레이시아식 샐러드

오이 (껍질째 얇게 저민 것) 2개

셀러리 (얇게 저민 것) 4대

파인애플 (국물 버리고) 1캔 (15온스짜리)

사워 크림 2컵

딜 씨앗 1/2작은술

모든 재료를 잘 섞는다. 곧 상에 내지 않으려면 냉장고에 넣어둔다.

스페인식 양배추 샐러드

양배추 (잘게 자른 것) 4컵

올리브유 2큰술

블랙 올리브 1/2컵

피망 (잘게 썬 것) 1개

양파 (잘게 썬 것) 1개

고추 (다진 것) 1개

식초 1큰술

양배추, 올리브유, 블랙 올리브, 피망, 양파, 고추를 섞는다. 맛을 내기 위해 식초를 넣어 다시 한번 섞는다.

그리스식 샐러드

콩 (충분한 물에 밤새 불린 것) 2컵

올리브유 2큰술

사과 식초 2큰술

양파(다진 것) 작은 것 1개

마늘(다진 것) 1쪽

파슬리(다진 것) 1컵

천일염 약간

민들레잎(곱게 다진 것) 장식용으로 약간

블랙 올리브(4등분) 6알

콩을 물에 넣고 2시간쯤 가열해 익힌 후 물을 따라버린다(필요하면 수프 국물로 써도 좋다). 콩을 상온에서 식힌다. 올리브유, 식초, 양파, 마늘, 파슬리, 천일염을 넣고 잘 섞는다. 샐러드에 다진 민들레잎과 블랙 올리브로 장식해서 낸다. 6인분.

크런치 파인애플 샐러드

양배추(작은 크기, 곱게 채 썬 것) 1통

사과(깍둑썰기) 1개

파인애플(으깬 것, 국물도 함께) 1캔(15온스짜리)

올리브유 2큰술

레몬즙 2큰술

땅콩(껍질 벗긴 것, 선택 사항) 1/4컵

양배추, 사과, 파인애플을 파인애플 국물과 섞는다. 올리브유와 레몬즙을 뿌려 잘 섞는다. 원한다면 상에 내기 전 땅콩을 뿌려도 좋다.

월도프 사과 샐러드

사과 (깍둑썰기) 2개

셀러리 (다진 것) 2컵

건포도, 견과류 1/4컵씩

식용유 4큰술

레몬즙 2큰술

꿀 1큰술

사과, 셀러리, 건포도, 견과류를 섞는다. 꿀과 레몬즙, 식용유를 순서대로 넣으며 샐러드를 골고루 섞는다.

응용 | 월도프 샐러드에 마요네즈를 넣어 먹는 데 익숙하다면 식용유와 레몬즙 대신 사워크림이나 코티지치즈를 넣어도 된다. 사워크림이나 코티지치즈는 샐러드에 크림 맛을 낸다.

손쉬운 비트 샐러드

비트 (익혀 껍질 벗겨서 깍둑썰기) 4개

셀러리 (얇게 저민 것) 2컵

양파 (얇게 채 썬 것) 2개

올리브유 3큰술

사과식초 1큰술

비트, 셀러리, 양파를 섞는다. 올리브유와 식초를 섞어서 야채에 골고루 뿌린다. 곧 상에 내지 않을 경우 냉장고에 넣어둔다. 몇 시간 후에 상에 내도 괜찮다.

응용 | 여기에 건포도와 사과를 첨가하고, 올리브유를 뿌리기 전에 오렌지즙이나 레몬즙을 넣어도 좋다.

비트 & 사과 샐러드

비트 (껍질 벗겨 간 것) 4개

사과 (간 것) 2개

올리브유 4큰술

꿀 2큰술

레몬즙 4큰술

비트와 사과를 그릇에 담는다. 여기에 올리브유와 꿀, 레몬즙을 순서대로 섞어가며 넣는다.

콜리플라워 샐러드

콜리플라워 (쪼갠 것) 1통

피망 (잘게 썬 것) 1개

셀러리 (잎까지 얇게 썬 것) 6대

견과 (다진 것) 2큰술이나 씨를 뺀 블랙 올리브 1/2컵

올리브유 2큰술

레몬즙 1큰술

양상추잎

콜리플라워, 피망, 셀러리를 섞는다. 견과나 올리브를 넣고 젓는다. 올리브유와 레몬즙을 섞어 야채에 뿌린 후 양상추잎에 담아낸다.

감자 샐러드

감자 (중간 것) 6개

양파 (곱게 다진 것) 1개

파슬리 (다진 것) 1/2컵

식용유 4큰술

식초 2큰술

천일염 약간

감자를 큰 냄비에 넣고 냉수를 넉넉히 붓는다. 꼬챙이가 들어갈 때까지 삶는다. 너무 푹 삶지 않는다. 감자 삶은 물을 버리고, 껍질을 벗긴 다음 따뜻할 때 썬다. 양파와 파슬리를 넣고 가만히 섞는다. 이때 감자가 부서지지 않게 조심해야 한다. 식용유, 식초, 천일염을 감자에 골고루 뿌린다. 4~6인분.

시금치 샐러드

시금치 450그램

올리브유 3큰술

식초 1큰술

간장 약간

숙주나물 1/2컵

완두콩 (익히지 않고 연한 걸로) 1/2컵

시금치를 잘 씻어서 물기를 뺀 후 먹기 좋은 크기로 잘라 그릇에 담는다. 상에 내기 전에 올리브유, 식초, 간장을 넣고 잘 섞는다. 너무 성급히 휘저으면 시금치에 물이 생긴다. 시금치 샐러드를 각자 접시에 담고, 숙주나물과 완두콩으로 장식한다.

주키니호박 & 물냉이 샐러드

주키니호박 (얇게 저민 것) 2개

토마토 (얇게 썬 것) 3개

양파 (얇게 썬 것) 1개 혹은 쪽파 (다진 것) 약간

피망 (씨 털고 고리 모양으로 자른 것) 1개

올리브유 3큰술

사과 식초나 레몬즙 1큰술

천일염 약간

물냉이

주키니호박과 토마토, 양파, 피망을 섞는다. 올리브유, 식초나 레몬즙을 넣고, 천일염을 뿌려 재료가 잘 섞이게 한다. 물냉이 위에 샐러드를 담아낸다.

활력을 주는 야채

잘 알려진 야채 요리는 많이 있지만, 모든 종류의 야채를 쓰는 사람은 거의 없고 각자 좋아하는 것만 사용한다. 어떤 사람은 다른 사람이 싫어하는 야채를 쓰고, 어떤 사람은 건강에 좋고 맛도 좋은 재료를 쓰지 않으려고 한다.

존 파킨슨John Parkinson, 《영혼의 천국Paradisi in Sole》 • 1629

이 나라의 노동자들이 현재보다 야채를 더 많이 섭취하지 않는 것이 유감스럽다.

알렉시스 소이어Alexis Soyer, 《한 푼짜리 요리A Shilling Cookery》 • 1854

야채는 원기를 돋운다. 농부라면 젖소와 망아지가 풀을 먹고 자라는 것을 보거나 돼지와 닭이 채소를 먹고 자라는 것을 보면 금방 그것을 깨달을 것이다.

버나르 맥파든Bernarr Macfadden, 《실질적인 요리책Physical Culture Cook Book》 • 1924

배가 고프면 땅에서 나는 건강에 좋은 근채류로 허기를 달랠 수 있지 않은가?

리처드 셰리던Richard Sheridan, 《두엔나The Duenna》 • 1794

야채를 좋아하지 않는다고 말하는 사람은 믿지 못하겠다. 어떻게 그 다양한 맛과

질감, 감각을 '싫어하는 것'이라는 한 덩어리로 말할 수 있는지 알 수가 없다.

유엘 & 조 기번스Euell & Goe Gibbons, 《당뇨병 식이요법Feast on a Diabetic Diet》• 1969

이 종류의 식품이 우리가 많이 먹는 다량의 고기, 버터, 치즈 따위보다 좋다.

토머스 트라이언Thomas Tryon, 《건강과 장수와 행복에 이르는 길The Way to Health, Long Life & Happiness》
• 1683

식물의 사용은 한평생 중요하고 염려되는 점이다. 우리는 식물 없이는 품위 있거나

편안한 생활을 할 수 없거니와 진정 산다고 할 수도 없다. 우리가 지탱하는 데 필요

한 음식, 우리를 즐겁게 하고 생기를 돋우는 야채는 풍요로운 양분이 축적된 땅으

로부터 제공된다. 도축업자가 도살한 짐승 고기보다 이런 식물로 꾸린 식탁이 얼

마나 순수하고 달콤하고 건강에 좋은가!

존 레이John Ray, 《본초론Historia Plantarum》• 1686

10장

|

활력을 주는 야채

어느 누구라도 완벽한 요리 지침서를 쓸 수는 없으리라. 그렇더라도 내가 야채 요리의 완벽한 안내는 시작조차 하지 못했음은 말할 필요가 있겠다. 다만 몇 가지 야채를 낭비 없이 가장 영양가 있고 맛있게 다루는 법을 제시하려는 것뿐이다.

앨프리드 W. 요Alfred W. Yeo, 《알뜰 살림 가이드The Penny Guide》 • 1937

우리 집 식단에서는 야채가 중추 역할을 하는데, 근채류보다 푸른 잎채소를 더 애용한다. 푸르면 푸를수록 좋다는 게 우리 식단의 원칙이다. 우리는 양상추와 양배추, 셀러리 안쪽의 흰 부분보다는 바깥쪽의 푸른 부분을 선호한다. 비타민이 거기에 더 많기 때문이다. 케일, 시금치, 무, 비트 줄기, 완두콩(하나같이 푸르다)은 비타민 A의 주요 공급원이다. 우리가 추구하는 것은 엽록소이다. 엽록소는 잎을 푸르게 만들어 식물에게 활력을 주고, 따라서 푸른 야채를 먹는 사람도 활력을 얻는다.

　　놀랍게도, 《월든Walden》의 작가 헨리 데이비드 소로는 월든 호수에 머물 당시의 단순하고 경제적인 식사에 대해 녹말만 섭취했다고 말한다. "식비는 일주일에 겨우 27센트만 들었다. 거의 2년간 호밀, 이스트가 들지 않은 옥수숫가루, 감자, 쌀, 소금에 절인 돼지고기 아주 조금, 당밀, 소금만 먹었다. 그리고 음료는 물만 마셨다." 그렇다면 푸른 잎채소는? 비타민과 엽록소는 어떻게 섭취했단 말인가? 소로는 45세로 생을 마감했다. 푸른 채소를 충분히 섭취했더라면 건강하게 오래 살아서 더 좋은 생각을 글로 표현했을 것을……. 나는 그렇게 확신한다.

　　푸른 잎채소는 영양 식품이고, 미네랄과 섬유소, 비타민을 공급해주는 식품이다. 푸른 잎채소를 날것으로 먹는 게 귤을 먹는 것보다 비타민 C를 더 많이 공급받는다. 과일뿐 아니라 근채류와 곡물, 녹말 식품도 몸에 에너지와 당분, 탄수화물을 공급해준다. 유제품이나 육류와 마찬가지로 콩과 식물(특히 대두)도 과일과 함께 몸에 단백질을 공급하거나 세포를 만드는 영양소를 함유하고 있다.

　　야채를 고를 때 완두콩, 아스파라거스, 오이, 대두, 시금치, 온갖 종류의 생야채 같은, 섬세하고 자연이 준 신선함이 살아 있는 야채가 얼른 눈에 띄기 마련이다.

알렉시스 소이어Alexis Soyer, 《민족을 위한 요리Cookery for the People》 • 1855

우리는 생명 유지에 필요한 음식물을 '빵'에 주로 비유하지만, 사실 빵에는 녹말이 너무 많다. 실제로 우리 생명에 중요한 성분은 푸른 잎채소에 있다. 야채는 우리가 먹는 모든 영양소를 직간접적으로 우리에게 제공해준다. 푸른 잎채소는 어디서나 자라며, 밭에서 재배해 먹을 수도 있지만 들판에서 자라는 것을 따 먹을 수도 있다. 셰익스피어의 희곡《아테네의 티몬Timon of Athens》에서 티몬은 도둑들에게 묻는다. "그대들에게 도대체 무엇이 부족합니까? 보십시오. 땅에는 뿌리가 있으며, 이 부근에도 100개의 샘물이 터져 나옵니다. 참나무에는 도토리가, 찔레나무에는 진홍빛 찔레 열매가 영글어 있지요. 아낌없이 주는 어머니인 자연은 숲마다 풍요를 베풀어줍니다. 부족하다니! 어찌하여 부족하단 말입니까?" 그러자 도둑들은 대답한다. "우리는 야수나 새, 물고기 떼처럼 풀이나 열매, 물만 먹고 살 수는 없습니다."

인간은 현대에 이르기까지 야채에 대해 미온적 태도를 보였다. 중세에는 먹는 채소가 얼마 없었고 그나마도 어쩔 수 없이 먹었다. ……야채, 생채, 과일은 식사의 중요하고 당연한 일부로 간주되지 못했다. 18세기가 되어서야 매일 야채를 먹게 되었다.

마크 그로바드Mark Graubard, 《인간의 음식, 그 연원과 이유Man's Food, Its Rhyme or Reason》
• 1943

이제는 야채를 식사에서 매우 중요한 부분으로 인식하고 있다. 영양학 연구 결과, 경작하든 야생에서 자라든 근채류와 푸른 잎채소와 과일에는 미네랄과 비타민이 풍부하다는 사실이 입증되었다. 대부분의 미국인은 익힌 것이든 날것이든 매일 야채를 먹는다.

야채는 먹을 때의 신선도에 따라 가치가 달라진다. 시장에서 부엌을 거쳐 식탁에 오르는 시간이 길면 장점이 어느 정도 없어진다. 그리고 모든 야채는 자라는 토양의 영양분에 따라 품질이 다를 수 있다. 야채를 재배하는 밭의 토양에 식물이 필요로 하는 양분이 들어 있어야 한다.

> 야채의 품질은 그 토양과 재배하는 솜씨에 따라 다르다. 하지만 완벽하게 재배했다 해도 엉뚱하게 조리하면 그 우수성은 완전히 상실된다.
>
> 엘리자 액턴Eliza Acton, 《가정을 위한 현대 요리Modern Cookery for Private Families》 • 1845

현대에 이르기까지 사람들은 야채를 제대로 다루지 않았다. 신경 쓰지 않고 센스 없이 함부로 다루었다. 물컹하게 삶거나, 흐물흐물한 야채를 상에 올렸다. 1903년 어떤 부인은 이런 글을 썼다. "영국에서는 야채를 잘못 다룬다. 독일에서는 야채를 높이 평가하고, 프랑스에서는 이상적으로 취급한다." 알프레트 프라가 부인Mrs. Alfred Praga, 《요리와 살림Cookery and Housekeeping》(1903)

프랑스인들은 야채를 대단히 소중하게 다루는 것으로 알려져 있다. 그들은 고급 버터만으로 멋진 샐러드드레싱을 만드는 기가 막힌 기술도 지니고 있다.

식품의 가치는 조리 과정에서 소실될 수밖에 없으므로 우리는 최소한만 잃고 대부분을 살리는 조리법을 익혀야 한다. 훌륭한 요리사는 야채로 무엇을 어떻게 해야 할지 알 것이다. 야채를 조리하는 방법은 다양하다. 1. 삶기(야채를 넉넉한 끓는 물에 넣고 뚜껑을 덮고 익히는 방법) 2. 찌기(야채를 찜기에 넣고 최소한의 물을 넣은 후 뚜껑을 덮고 익히는 방법) 3. 데치기(야채를 끓는 물에 넣고 몇 분만 익힌 후 물을 따라 버리는 것) 4. 굽기(센불의 오븐에서 계속 익히는 것) 5. 살짝 데치기(굽기 전 조리 시간을 줄이기 위해 끓는 물에 아주 잠깐 익히는 것) 6. 볶기(식용유나 버터를 약간 넣고 천천히 튀기는 것) 7. 석쇠 구이(불에 직접 닿게 익히는 것) 8. 캐서롤(국물을 넣고 뚜껑을 덮어 오븐에서 익히는 것)

기본적으로 야채를 준비하고 조리하는 간단하면서도 요긴한 기술은 다음과 같다. 1. 다듬고 씻기 2. 껍질 벗기기, 다지기, 얇게 저미기, 깍둑썰기, 갈기 혹은 통째로 쓰기 3. 냉수나 끓는 물의 양을 조절하기 4. 적합한 온도로 적당한 시간 동안 익히기. 이제 이런 문제를 하나씩 짚어보자.

1. 생야채를 깨끗하게 다듬어서 씻기. 나는 개수대나 식탁에 신문지를 펴고 야채를 다듬는다. 흙이나 자른 부분을 신문지로 둘둘 말아서 쓰레기통에 버리거나 퇴비 더미에 던진다. 신문지를 재활용하고, 개수대와 하수구를 깨끗이 쓸 수 있으니 환경보호에도 좋다.

잎이 있는 야채는 가능하면 흐르는 물에 씻는다. 야채를 오랫동안 물에 담그면 안 된다. 잎을 툭툭 털어서 곧장 체에 받치거나 냄비에 담는다. 당근이나 감자는 물에 담근 채 손이나 솔로 흙을 씻어낸다. 무에 묻은 흙을 씻을 때는 특히 조심해야 한다. 껍질에 상처가 생기면 나중에 조리할 때 색이 변할 염려가 있다. 셀러리와 근대는 줄기 밑면에 묻은 흙을 조심스럽게 씻어낸다. 아스파라거스는 흐르는 물에서 문지르고, 양쪽 끝을 자른다. 대파는 찬찬히 살펴서 안쪽에 흙이 남아 있지 않도록 꼼꼼히 씻어야 한다.

2. 이제 조리할 준비가 됐다. 야채는 반드시 필요한 경우에만 껍질을 벗긴다. 비타민은 껍질 바로 아래에 있기 때문이다. 가능하면 통째로 조리하는 게 좋다. 굵게 써는 것보다 얇게 저미는 편이 야채가 빨리 골고루 익는다. 덩어리로 썰기, 깍둑썰기, 갈기 따위는 효소의 손실을 줄이기 위해 마지막 순간에 한다.

연한 콩은 꼬투리를 자르지 않아도 된다. 오래된 것은 길이로 자르고 덩굴손을 떼어낸다. 대파와 양파의 겉껍질은 벗긴다. 눈물을 흘리지 않고 양파를 썰려면 찬물이나 흐르는 물속에서 썰면 된다.

앨프리드 W. 요Alfred W. Yeo, 《알뜰 살림 가이드The Penny Guide》 • 1937

3. 물을 얼마나 넣을까? 뜨거운 물을 넣을까, 찬물을 넣을까? 야채는 물속에 푹 담그면 안 된다. 물을 잔뜩 넣고 오래 삶아서 물컹하고 흐물흐물해진 야채보다 맛없는 음식이 또 있을까. 그렇게 조리하면 수용성비타민과 미네랄도 손실되고, 야채에 맛을 들일 기회도 잃게 된다.

어차피 따라버릴 물을 잔뜩 넣고 야채를 삶는 것은 대단히 불합리하고 잘

못된 방법이다. 야채의 가장 좋은 영양분이 빠져나가기 때문이다.

닥터 존 암스트롱Dr. John Armstrong, 《덕 있고 알뜰하고 행복한 여성의 지침서The Young Woman's Guide to Virtue, Economy & Happiness》• 1817

야채는 조리할 만큼의 수분을 함유하고 있을 뿐 아니라 대부분의 야채는 염분도 충분히 갖고 있다. 잘 생각해보면 - 야채 입장에서 - 야채는 그 자체만으로 충분하다. 결국은 버려버리는 소금물에 삶을 필요가 없다.

로버트 파라 케이폰Robert Farrar Capon, 《양들의 식사The Supper of the Lamb》• 1969

야채는 가능하면 자체의 수분으로 익힌다. 어떤 야채는 두툼한 냄비에 넣고 뚜껑을 덮어 찌면 물에 씻을 때 잎에 남아 있는 수분만으로도 조리가 된다. 예를 들면 시금치, 양배추, 케일, 비트, 겨자잎, 근대, 무청이 그렇다. 소금기 없는 물을 최소한 이용한다. 콩같이 마른 종류나 근채류는 찬물을 붓고 끓이는 게 좋다.

뚜껑을 덮고 조리하느냐, 열고 조리하느냐에 대해서는 두 가지 이론이 있다. 어떤 사람은 일단 뚜껑을 덮고 끓인 다음, 뚜껑을 열어 뭉근한 불에서 익힌다. 어떤 사람은 뚜껑을 열고 끓인 다음, 버터를 약간 넣고 뚜껑을 덮어 뭉근한 불에서 익힌다. 나는 이 두 가지 방법을 다 사용한다. 중요한 것은 조리 과정에서 수분이 증발되거나 흡수되어 야채가 익을 즈음에는 물이 남지 않게 되는 것이다. 계속 젓는 것은 비타민이 파괴되므로 금하는 게 좋다. "계속 뚜껑을 열고 재료가 익었나 보는 것은 솜씨 없는 사람이나 하는 짓이다." 엘리자 워렌 부인Mrs. Eliza Warren, 《나의 주방 숙수와 그녀가 내게 가르쳐준 것들My Lady-Help and What She Taught Me》(1877)

4. 어떤 온도에서 얼마나 오래 가열하나? 내겐 압력솥이 없고, 또 써본 적도 없다. 나는 일단 냄비가 끓으면 불을 낮춘다. 완전히 열이 오르면, 야채는 낮은 온도에서 익는다. 나는 야채를 '완전히 익을' 때까지 조리하지 않는다. 완전히 익으면 물컹해져서 먹지 못하게 되기 때문이다. 약간 덜 익었다 싶을 때까지만 조리한다. 너무 익은 것보다는 약간 덜 익은 편이 낫다. 반쯤 조리되면 한 조각 꺼내서 맛을 본다. 이때 재료가 아삭아삭 씹혀야 한다. 하지만 당근이나 감자, 무는 꼬챙이로 찔러 쑥 들어갈 정도로 익혀야 한다.

조리에 걸리는 시간은 야채의 종류와 상태, 불의 세기에 따라 다르다. 일반적으로 내가 쓰는 재래식 오븐의 경우, 옥수수를 익히는 데는 5분, 완두콩은 10분, 양배추(1/4통)는 15분, 감자와 당근·무는 20분, 브로콜리와 콜리플라워·양파·대파는 25분, 무는 1시간 정도 걸린다.

조리 과정에서, 어떤 재료든 팔팔 끓이는 것은 아주 잘못된 일이다. 그렇게 하면 아무리 작은 덩어리라 해도 조리가 제대로 되지 않고, 연료의 손실도 대단히 크기 때문이다. 뜨거운 김은 휘발성이 있거나 맛 좋은 부분을 빠져나가게 하고, 음식 맛을 떨어뜨린다.

럼포드 백작Count Rumford, 《가난한 이들을 먹이는 것에 관한 소고Essays on Feeding the Poor • 1798

일반적으로 지각 없는 하녀는 너무 많이 끓여서 야채를 망쳐놓는다. 채소라 불리는 것들은 모두 아삭아삭해야 한다. 너무 익힐 경우 보기에도 나쁠 뿐 아니라 맛도 없어지기 때문이다.

존슨 부인Mme. Johnson, 《젊은 부인을 위한 최고의 가르침The Best Instructions for Young Women》 • 1754

어떤 종류의 야채든 조리한 물에 오래 담가두면 안 된다. 야채에서 좋은 성분이 다 빠져나오기 때문이다. 익힌 후에는 곧 물을 빼고 불 위에서 1~2분 흔들거나, 아주 약한 불에서 뚜껑을 덮고 잠시 놔두면 물기가 빠진다. 삶은 물은 버리지 말고 수프 국물이나 야채 요리에 사용한다. 비타민 C가 녹아 있으므로 야채 우린 물은 잘 쓰도록 한다. 거기에 풍부한 활력소가 있으니까.

이제 야채를 찐다. 영양소를 보존하는 최선의 조리법은 찜이다. 뜨거운 불에서 해야 하지만, 나는 보통 그보다는 약한 불에서 한다. 나는 끓는 물에 넣고 찔 수 있는, 채반처럼 생긴 스테인리스 기구를 갖고 있다. 접고 펼 수 있는 도구인데, 거기에 야채를 올리면 야채가 물에 닿지 않는다. 뚜껑을 잘 덮으면 물속에 넣지 않고도 김만으로 야채가 잘 익는다. 이런 찌는 도구가 없으면 이중 냄비에 물 한 컵을 붓고 끓인 후 야채를 넣고 물이 졸아들도록 끓인다. 그런 다음 큰 냄비에 물을 끓이면서 그 속에 야채가 든 냄비를 반쯤 잠기게 담근다. 몇 분이면 야채가 익는다.

나는 여러 가지 야채를 굽는다. 감자는 껍질을 벗기지 않고 굽는다.

또 무, 당근, 브로콜리, 옥수수, 양파도 구워봤다. 야채가 오래되어 질기면 살짝 데친 다음 그것을 오븐에 넣는다. 쌀과 밀도 오븐에 구워 먹으면 맛이 아주 좋다.

> 굽는 것은 식구가 적은 가정에서 가장 값싸고 편리하게 저녁 식사를 준비하는 방법이다. 가난한 사람에게는 부엌이라고 해봤자 오븐 하나만 달랑 있는 경우가 허다할 것이다.
>
> 익명, 《절제의 요리책Temperance Cook Book》 • 1841

볶기나 스튜는 자른 야채를 식용유나 소량의 액체로 뭉근한 불에서 익히는 것이다. 천천히 요리하기에 편리한 방법이다. 옛 요리책에는 "스튜가 미소라면, 끓이기는 소리 내어 웃는 웃음"이라며, "억지로 미소 짓듯 끓여라"라고 충고한다. (그러면 압력솥에 익히는 것은 웃음을 동반한 비명이고, 튀기기는 키득대는 웃음일까?)

프라이팬을 흔들면서 센 불로 재빨리 볶는 것은 어떤 야채든 쉽게 조리할 수 있는 방법이다. 야채에 기름이 완전히 배도록 볶거나 반만 익힌다. 속이 깊은 중국 프라이팬을 불에 올린다. 기름을 한두 술 두른 뒤 양파를 넣고 달달 볶는다. 그사이 씻어놓은 다른 야채를 먹기 좋은 크기로 자른다. 당근이나 셀러리처럼 크거나 질긴 야채를 먼저 넣고, 덜 단단한 야채(콜리플라워나 브로콜리)를 넣은 다음, 마지막에 부추처럼 금방 익는 야채를 넣는다. 1~2분 열을 가하면서 나무 주걱이나 젓가락으로 뒤집는다. 필요하다

면 물을 몇 술 넣거나 간장을 넣어도 된다. 뚜껑을 덮고 약한 불에서 5~10

분가량 익히면 재료가 모두 익는다.

　야채를 조리하는 방법은 다양하므로 상황에 맞게 선택하면 된다.

하지만 야채가 신선하고 활기 있어야 한다는 점은 명심하자.

　식사 준비를 할 때에는 재료가 사방에 널려 있어 여기저기 찾아다니지 않

아도 되도록, 모든 것을 곧바로 조리할 수 있도록 준비되었는지 확인한다.

닥터 윌리엄 키치너Dr. William Kitchiner, 《요리사의 경전The Cook's Oracle》• 1817

봄 야채의 메들리

식용유나 버터 4큰술

양파 (고리 모양으로 자른 것) 3개

양상추 겉잎 (썬 것) 6장

콩 2컵

당근 (납작썰기) 2개

아스파라거스 (자른 것) 2컵

알감자 적당량

두꺼운 냄비에 버터를 녹이고 야채를 모두 넣는다. 뚜껑을 덮고 약한

불로 조리하며 가끔 저어준다. 당근이 익으면 불에서 내린다.

여름 야채 믹스

당근 (작은 크기, 씻어서 통째로) 6개

무 (껍질 벗겨서 썬 것) 1개

감자 (껍질 벗겨서 썬 것) 1개

양파 (작은 것 통째로) 10개

완두콩 (통째로) 3컵

버터나 식용유 2큰술

야채를 팬에 넣은 후 잠길 정도로 냉수를 붓는다. 불에 올려 15분간 끓인 다음 국물을 따라낸다(이 국물은 보관했다가 수프용 국물로 쓰면 좋다). 버터나 식용유를 팬에 녹인 후 야채를 넣는다. 자주 뒤집으면서 10분간 볶는다. 중국 음식 맛을 내고 싶으면 상에 내기 전 간장을 뿌린다.

당근

나는 당근을 익혀 먹지 않는다. 날것으로 먹는 게 좋다. 길쭉하게 자르거나 토막을 내거나 주스로 만들어 먹으면 좋다. 우리처럼 당근의 좋은 맛과 비타민 C를 중요하게 여긴다면 과육 전부를 먹는 게 좋다. 영양가도 아주 괜찮다. 당근은 샐러드나 견과류로 만든 빵이나 당근빵, 수프 재료로 쓴다. 남은 조각은 그냥 버리지 말고, 모아서 퇴비로 쓴다.

레몬당근

당근 (껍질 벗겨서 얇게 저민 것) 3컵

꿀 2작은술

식용유 2큰술

건포도 1큰술

레몬 (즙) 1/2개

너트메그 약간

깨끗이 씻은 당근을 그릇에 넣고 꿀과 식용유를 붓는다. 뚜껑을 덮고 중간 불에서 10분간 조리한다. 건포도를 넣고 젓는다. 레몬즙과 너트메그를 뿌린다. 곧 상에 낸다.

리옹식 당근 요리

버터 2큰술

당근 (얇게 저민 것) 2컵

양파 (다진 것) 1개

타임 1/4작은술

꿀 1큰술

냄비에 버터를 녹이고 나머지 재료를 모두 넣는다. 뚜껑을 덮고 가끔 뒤집으면서 10분간 가열한다.

하와이식 당근 요리

파인애플 통조림 (덩어리째, 국물은 둘 것) 작은 것 1캔

당근 (썬 것) 4개

버터 2큰술

파인애플 국물을 따라낸다. 합해서 1컵이 되도록 파인애플 국물에 물을 섞는다. 여기에 당근을 넣고 끓인다. 당근이 익을 때까지 뭉근한 불에서 가열한다. 필요하면 물을 더 붓는다. 파인애플 덩어리와 버터를 넣는다. 데워서 상에 낸다.

비트 조림

비트 10개

식용유 약간

레몬즙 1큰술

꿀 1작은술

비트 10개를 씻어서 껍질을 잘라 뜨겁게 달군 식용유에 넣는다. 물 1큰술, 레몬즙 1큰술, 꿀 1작은술을 넣는다. 뚜껑을 덮고 10분간 조려 아주 뜨겁게 상에 낸다.

응용ㅣ버터 3큰술과 오렌지 마멀레이드 1/4컵, 오렌지즙 3큰술을 데운다. 여기에 위와 같이 손질한 비트를 넣고 뚜껑을 덮어 10분간 가열한다. 뜨겁게 상에 낸다.

오이 스튜

오이 6개

양파(썬 것) 1개

버터 약간

밀가루 약간

간장 약간

길이가 15센티미터쯤 되는 오이는 반으로, 25센티미터쯤 되는 오이는 4등분한다. 껍질이 뻣뻣하지 않으면 벗기지 않아도 된다. 오이를 양파, 버터, 밀가루와 볶는다. 상에 내기 전에 간장을 뿌린다.

그린 토마토 튀김

그린 토마토 (자른 것) 3개

밀가루나 옥수숫가루 3큰술

타임 1/2작은술

오레가노 약간

카레 가루 약간

식용유 2큰술

파슬리 (다진 것) 한 줌

토마토에 밀가루, 허브, 카레 가루 섞은 것을 묻힌다. 식용유를 두른 냄비에 이것을 넣고 뭉근한 불에서 가열한다. 노르스름해질 때까지 양면을 지진다. 이때 물렁해지지 않게 한다. 파슬리로 장식한다.

토마토 스튜

토마토 (4등분) 8개

셀러리 (잎까지 다진 것) 6대

양파 (다진 것) 2개

바질 (말려서 가루 낸 것) 1/2작은술

식용유 2큰술

식용유 두른 냄비에 재료를 넣고 뭉근한 불에서 15분간 끓인다.

허브 양파

양파(썬 것) 3개

셀러리(다진 것) 4대

버터 3큰술

파슬리(다진 것) 한줌

오레가노 1/4작은술

양파와 셀러리를 버터에 볶는다. 양파가 투명해지면 파슬리와 오
레가노를 넣는다. 아주 뜨거운 상태로 상에 낸다.

양파 & 사과 타나다

양파(4등분) 4개

사과(껍질째 얇게 저민 것) 4개

건포도 한줌

해바라기씨 한줌

식용유, 천일염이나 간장 약간

양파에 식용유를 뿌리고 5분간 볶는다. 사과, 건포도, 해바라기씨
를 넣는다. 뚜껑을 덮고 15분간 뭉근한 불에 조리한다. 천일염이나
간장으로 양념한다. 보리나 쌀밥과 내면 좋다.

부추와 숙주나물

부추(다진 것) 8컵

버터나 식용유 3큰술

숙주나물 2컵

간장 1큰술

파슬리(다진 것) 한줌

부추에 식용유를 넣고 5분간 볶는다. 숙주나물을 넣고 완전히 익힌 다음 간장을 넣고 젓는다. 파슬리를 솔솔 뿌려서 상에 낸다.

멋진 대파

향과 맛이 워낙 섬세해서 대파는 살짝 조리할수록 좋다. 싱싱한 부분은 다 쓴다. 흙과 모래를 말끔히 털어내고 잘 씻는다. 뿌리를 자른 다음 줄기를 손가락 크기로 자르고 겉잎은 버려야 흙을 완전히 제거할 수 있다. 찬물로 헹궈준다. 그릇에 식용유를 두르고 파를 넣은 다음 뜨거운 물을 살짝 뿌린다. 15분쯤 뭉근히 끓인다. 치즈 간 것을 뿌려도 좋고, 따뜻한 오븐에 넣어두었다가 원할 때 먹어도 좋다.

호박구이

호박 1개

꿀 2작은술

버터 2작은술

파이 팬에 호박을 올리고 뜨거운 오븐에 굽는다. 꼬챙이가 들어가면 오븐에서 꺼내 반으로 자르고 씨를 제거한다. 꿀과 버터를 호박 단면에 바른다. 뜨겁거나 차게 상에 낸다. 2인분.

응용 | 애호박(껍질째) 한 개를 2센티미터 두께로 자른다. 버터에 노릇노릇하게 지져낸다. 다진 파슬리나 마요라나를 뿌리면 맛있는 호박 커틀릿이 된다.

무

무 450그램을 간다. 냄비에 식용유나 버터 4큰술과 무를 넣고 15분쯤 끓인다. 다진 파슬리를 솔솔 뿌려서 상에 낸다.

무 브레이즈

수프용 국물 1컵

무 (껍질 벗겨서 깍둑썰기) 600그램

버터 2큰술

메이플 시럽 2큰술

수프 국물을 끓인 다음 무와 버터, 메이플 시럽을 넣는다. 국물이 졸아들 때까지(약 20분간) 끓인다. 버터에 무를 굴려서 상에 낸다.

봄의 푸른 잎채소

키가 15센티미터쯤 되는 작은 푸른 잎 야채는 뭐든 튀김을 할 수 있다. 식용유를 조금 두르고 야채의 숨이 죽을 때까지 가열하면 된다.

마른 허브와 사과 식초를 넣고 잘 저은 다음 1분쯤 더 가열한다.

케일볶음 | 케일 세 줄기를 준비해 뻣뻣한 줄기를 떼어낸다. 식용유에 마늘을 넣고 볶다가 자른 케일을 넣는다. 뚜껑을 덮고 뭉근한 불에 끓인다. 10분쯤 지나면 물 3큰술, 버터 1큰술, 간장 2큰술을 넣고 뚜껑을 덮어 5분쯤 더 약한 불에서 익힌다.

꽃상추 | 난 꽃상추를 가열하는 것은 범죄라고 생각한다. 생으로 샐러드를 만들어 먹는 게 가장 좋다. 하지만 네덜란드에서는 자주 가열해서 먹었다. 버터 두른 냄비에 상추를 넣고, 레몬즙과 소금을 뿌린 다음 끓는 물 2큰술을 넣는다. 뚜껑을 덮고 아주 약한 불로 가열하면서 가끔 저어준다. 15분이면 완성된다.

스위스 근대 | 근대잎을 씻는다. 줄기에서 파란 부분을 떼낸다. 길고 하얀 줄기는 아스파라거스나 셀러리처럼 큰 냄비에 넣고 소금을 살짝 뿌려 끓인다. 말랑말랑해지면 줄기를 꺼내서 접시에 담는다. 위에 버터를 뿌린다. 한편 큰 냄비에 씻어 놓은 잎을 담는다. 물을 넣지 않고 뚜껑을 덮어 가열한다. 숨이 죽으면 그릇에 담고 버터와 레몬즙을 뿌린다.

셀러리와 피망

셀러리 1단

청피망 4개

양파 1개

식용유나 버터 2큰술

토마토 2개

파슬리(다진 것) 한줌

다마리 소스 약간

셀러리의 겉 부분을 1센티미터 두께로 자른다. 속심은 보관했다가 샐러드 할 때 쓴다. 피망을 길게 자르고, 양파를 곱게 다진다. 야채를 식용유에 10분간 볶는다. 여러 등분한 토마토를 넣고 5분간 더 가열한다. 파슬리와 다마리 소스를 뿌려 상에 낸다.

콩을 익히는 방법

양상추의 겉잎을 씻은 후 물에 젖은 잎 몇 장을 냄비에 넣는다. 껍질 깐 콩 8컵과 버터 몇 큰술을 넣는다(물은 안 넣는다). 뚜껑을 덮고 불의 세기에 따라 15~20분쯤 가열한다. 콩을 상에 내고 양상추는 버린다.

응용 | 콩을 꼬투리째 씻어서, 물 몇 숟가락과 함께 냄비에 넣고 뚜껑을 덮는다(물의 양은 콩 꼬투리가 냄비 바닥에 붙지 않을 만큼만). 버터 몇 큰술을 넣고 약 15분쯤 뭉근한 불에서 끓인다. 콩 꼬투리째 상에 낸다. 꼬투리째 먹어도 되고, 까서 콩만 먹어도 된다. 손님에게 낼 때는 종이 냅킨을 함께 내면 더 좋다.

가지 스튜

양파 (다진 것) 2개

토마토 (다진 것) 2개

식용유 3큰술

가지 (껍질 벗겨서 2센티미터 두께로 썬 것) 1개

파슬리 (다진 것) 한줌

양파와 토마토에 식용유를 넣고 10분간 볶다가 가지를 넣는다. 노릇노릇해지면 뚜껑을 덮고 원하는 만큼 뭉근한 불에서 익힌다. 다진 파슬리를 뿌려서 상에 낸다.

옥수수튀김

싱싱한 옥수수의 알갱이를 떼어낸다. 버터 2큰술을 프라이팬이나 중국 냄비에 녹인다. 옥수수 알갱이를 넣고 냄비 뚜껑을 덮는다. 가끔 저어주고, 불이 너무 셀 경우 가끔 물을 넣는다. 10~15분이면 먹기 좋게 익는다.

응용 | 덜 여문 옥수수라면 생으로 먹는 것도 좋다. 알갱이를 떼어낸 다음 천일염과 올리브유 혹은 메이플 시럽을 뿌려서 상에 낸다.

겨울 콩 요리

강낭콩 (마른 것) 2컵

옥수수알 (마른 것) 2컵

버터 약간

천일염 약간

콩과 옥수수알을 각각 다른 그릇에 담고, 끓는 물을 넉넉히 붓는다 (크기가 두 배 될 때까지 물에 불린다). 밤새 그대로 둔다. 아침에 뜨거운 물을 더 붓는다. 콩과 옥수수알에 각각 물을 넉넉히 붓고 뚜껑을 덮어서 익힌다. 부드럽게 익으면 함께 모아서 10분간 뭉근한 불에서 끓인다. 상에 내기 전에 버터와 천일염을 조금 넣는다.

여름 콩 요리

옥수수알 (싱싱한 옥수수에서 딴 것) 2컵

콩 (껍질 벗긴 것) 3컵

끓는 물 3컵

버터 약간

천일염 약간

끓는 물이 담긴 냄비에 옥수수알과 콩을 넣고 20분간 끓인 다음 물을 따라낸다. 그 물은 나중에 수프 국물로 쓰면 좋다. 콩과 옥수수알에 버터를 넣고 천일염을 뿌린 후 상에 낸다.

크레올 콘 차우더

옥수수알 (싱싱한 옥수수에서 딴 것) 3컵

양파 (다진 것) 2컵

피망 (얇게 썬 것) 2개

버터 4큰술

토마토 (다진 것) 4개

꿀 1작은술

옥수수알, 양파, 피망, 버터를 넣고 10분간 뭉근한 불에서 끓인다. 토마토와 꿀을 넣고 10분간 더 끓여서 상에 낸다.

브로콜리

씻어서 송이송이 자른다. 줄기의 부드러운 부분을 잘라 냄비에 넣고 끓는 물을 붓는다. 20분간 끓인다. 꼬챙이가 들어갈 정도로 익으면 물을 버리고 레몬즙 몇 방울과 버터를 넣어 상에 낸다.

응용 | 송이가 큰 브로콜리는 갈라서 뻣뻣한 줄기는 잘라낸다. 작게 송이를 자른다. 냄비에 끓는 물을 자작하게 붓고 브로콜리를 넣어 10분간 익힌 다음 국물을 버린다. 식용유를 두르고 마늘 2쪽을 볶는다. 익힌 브로콜리를 넣고 약한 불에서 5분간 더 익히며 이따금 냄비를 흔든다. 상에 낼 때 치즈 간 것을 뿌린다.

양배추 냄비 요리

식용유 2큰술

양배추 (자른 것) 4컵

셀러리 (깍둑썰기한 것) 2컵

양파 (얇게 썬 것) 2개

토마토 (다진 것) 2개

피망 (다진 것) 1개

메이플 시럽 2작은술

큰 냄비에 식용유를 두르고 달군다. 재료를 모두 넣고 뚜껑을 덮는다. 가끔 저어가면서 15분간 익힌다.

암스테르담 로트콜

버터 3큰술

붉은 양배추 (얇게 썬 것) 1통

사과 (깍둑썰기) 1개

식초 3큰술

꿀 1큰술

건포도 한 줌

올스파이스 1/4작은술

정향잎 2장

너트메그 약간 (선택 사항)

냄비에 버터를 녹인 다음 양배추를 넣는다. 뒤집어주면서 양배추가 숨이 죽을 때까지 익힌다. 나머지 재료를 넣고 자주 뒤집으면서 15분간 익힌다. 원하면 너트메그를 뿌린다.

간단한 콜리플라워

콜리플라워 1통을 씻어서 조심스럽게 자른다. 냄비에 식용유를 두르고 콜리플라워를 넣고 뒤집으면서 5분간 익힌다. 너무 빡빡하면 물이나 국물을 넣고 좀 더 익힌다. 버터와 너트메그를 넣거나 치즈

가루를 뿌려서 상에 낸다.

중국식 아스파라거스

아스파라거스를 깨끗이 씻어 질긴 끝부분은 잘라낸다. 두께가 1센티미터 남짓 되도록 줄기를 사선으로 자른다. 큰 냄비에 식용유 1큰술을 넣고 달군다. 뜨거워지면 아스파라거스를 넣고 2~3분쯤 익힌 다음 물 2큰술을 더 넣는다. 뚜껑을 덮고 아스파라거스가 초록색이 될 때까지 5분쯤 익힌다.

응용 | 동량의 완두콩을 아스파라거스와 섞어서 함께 익혀도 잘 어울린다.

시금치 냄비 요리

시금치는 샐러드에 맞는 야채이며, 다른 용도에도 사용한다. 영국인은 네덜란드인이 냄비나 팬에 물을 넣지 않고 시금치만 넣어 끓여 물이 생기면 버터와 향신료를 넣어 맛 좋은 요리를 만들어 먹는다는 사실을 알게 되었다. 존 파킨슨John Parkinson, 《영혼의 천국Paradisi in Sole》 (1629)

시금치를 조심스레 씻는다. 적어도 한 차례 헹군다. 시금치를 냄비에 담는다. 물은 넣지 않고 뚜껑을 덮어 약한 불에서 3~5분 동안 익힌다. 숨이 죽고 선명한 초록색이 되면 불을 끄고, 물을 따라낸다. 이 물은 나중에 수프 국물로 쓰면 좋다. 시금치를 팬에 넣고 뚜껑을 덮은 후 아주 약한 불에서 익힌다. 버터를 넣어 상에 낸다.

응용 | 시금치를 씻은 후 중국 프라이팬에 마늘 1쪽 다진 분량과 간장 1큰술, 식물성 기름 2큰술을 넣는다. 숨이 죽을 때까지 저어준다. 불에서 내려 다진 땅콩 1/2컵을 뿌린다.

감자 요리 비법

감자구이를 할 때 뜨거운 물에 15분간 삶은 다음 구우면 시간이 절반은 절약되고 훨씬 먹기 좋다.

오래 보관한 감자는 찬물에 넣고, 햇감자는 끓는 물에 넣는 것으로 조리를 시작한다. 물이 끓으면 따라낸다. 이 물은 수프 국물로 쓰면 좋다. 물을 넣지 않은 냄비에 버터를 넣고 삶은 감자를 넣는다. 뚜껑을 덮어 아주 약한 불에 올린다.

작은 햇감자는 껍질을 벗기든 껍질째 굽든 오븐에서 꺼내 사워크림을 발라 먹는다. 차게 식혀서 사워크림을 발라 먹어도 좋다.

스위스식 애플 & 포테이토
사과 (껍질 벗기지 않고 큼직하게 깍둑썰기) 3개

꿀 3큰술

양파 (다진 것) 1개

버터 3큰술

감자 (껍질 벗겨서 큼직하게 깍둑썰기) 6개

사과즙 5큰술

물 1컵에 사과와 꿀을 넣고 익힌다. 양파를 버터에 볶는다. 감자와 사과즙을 볶은 양파에 넣고 30분간 익힌다. 이것을 익힌 사과와 섞는다. 뜨거울 때 상에 낸다.

티롤식 감자

껍질을 벗기지 않은 알감자 한 냄비를 끓는 물에 넣고, 꼬챙이가 들어갈 때까지 익힌다. 물을 따르고, 껍질이 쉽게 벗겨질 때까지 아주 약한 불에 둔다. 감자를 그릇에 담고 버터와 다진 파슬리나 골파를 많이 뿌린다. 이 요리는 주식으로 먹을 수 있다.

그린 소스 감자

감자 5개

양파(곱게 다진 것) 1개

마늘(간 것) 1알

올리브유 3큰술

야채 국물이나 물 1½컵

파슬리(잘게 다진 것) 1컵

감자를 잘 씻어 껍질을 벗긴 다음 두툼하게 썬다. 양파와 마늘을 올리브유에 볶는다. 여기에 감자, 국물, 파슬리 1/2컵을 넣고 젓는다. 뚜껑을 덮고 끓이다가 불을 낮춰 감자가 다 익을 때까지 뭉근하게 익힌다. 나머지 파슬리를 넣고 잘 섞어 상에 낸다.

콩죽

콩 2컵

양파(다진 것) 2컵

마늘(간 것) 1쪽

식용유 약간

콩에 물을 붓고 한소끔 끓으면 뭉근한 불에서 익힌다. 양파와 마늘을 식용유에 볶는다. 여기에 콩을 넣는다(물은 버리고). 잘 섞어서 상에 낸다.

응용 | 동인도 풍미를 내려면 카레 가루 1작은술과 레몬즙 1큰술을 마지막에 넣는다. 또는 카레 대신 다진 당귀나 세이지, 이스트 1작은술을 넣어도 된다.

딱딱한 마른 콩

마른 콩, 특히 대두는 익히려면 시간이 오래 걸린다. 딱딱한 콩을 쉽게 다루는 법은 밤새 불린 후 하루 종일 익히는 것이다.

성격이 느긋하지 못한 사람이 이런 조언을 한 적이 있다. 화강암 한 조각을 콩 삶는 냄비에 넣는다. 돌 조각이 부드러워지면 대두가 다 삶아진 거라고 한다.

대두 종류는 찬물에 불려서 쓰면 빨리 익힐 수 있다. 불린 콩을 냉장고나 냉동실에 밤새 넣어둔다. 그래도 익히려면 몇 시간 끓여야 할 것이다. 마른 콩은 소금을 넣지 말고 익혀야 한다. 너무 빨리 소금을 넣으면 좀체 무르지 않는다.

익힌 콩을 볶아보자. 소금을 뿌려 땅콩처럼 먹어도 좋다.

빠른 강낭콩 요리

강낭콩 4컵

끓는 물 6큰술

버터 3큰술

끓는 물이 담긴 냄비에 강낭콩을 넣는다. 뚜껑을 덮어 10~15분간

끓인다. 버터를 넣어 상에 낸다.

11장
허브와 양념은
지혜롭게

그녀는 집에 올 때 살림에 쓸 풀과 약초를 캐서 가져오곤 했다.

제프리 초서Geoffrey Chaucer, 《클러크스 테일The Clerk's Tale》• 1387

그 시절, 인간은 허브의 숨은 미덕을 알아서 식사와 생활에 알맞게 사용했기 때문에 장수를 누렸다. 그들은 공들여 발명한 것과 복잡한 혼합품에 대해 몰랐다. 잡다한 군것질거리와 불필요한 소스에 대해서도 전혀 몰랐다.

윌리엄 본William Vaughan, 《건강을 위한 지침Directions of Health》• 1600

훌륭한 주부는 허브를 그릇에 저장했다가 말려서 가루를 낸다. 겨울이면 요리와 파이에 유용하게 쓸 수 있다.

저버스 마크햄Gervase Markham, 《살림과의 작별Farewell to Husbandry》• 1676

양념을 많이 할 때는 극도로 조심해야 한다. 얼얼한 양념은 각자의 미각과 기호에 따르도록 먹는 사람에게 맡기자.

닥터 윌리엄 키치너Dr. William Kitchiner, 《요리사의 경전The Cook's Oracle》• 1817

모든 선남선녀, 유명한 기사나 엄숙한 사제는 하나같이 계피, 너트메그, 생강, 후추, 정향을 환영했다. 향신료에 대해 칭송한 이 시절의 글이 많이 남아 있다. 향신료가 부족하면 비명이 터져 나오지만, 이제 동방 세계와 밀접한 관계를 맺으면서 예전 같은 경외심을 가지고 향신료를 다루지는 않는다.

익명,《훌륭한 삶을 위한 가르침The School for Good Living》• 1814

요리에서 양념은 음악의 화음 같은 것.

루이 외스타슈 위드Louis Eustache Ude,《프랑스 요리The French Cook》• 1828

건강하지 않고 아프면 허브를 써보기를. 공기가 아니라 허브가 약이 될 터이니.

에이브러햄 코울리Abraham Cowley,《식물의 책The Book of Plants》• 1700

프랑스 요리에서 가장 귀한 준비물은 허브이다. 허브의 풍미는 봄날 아침이나 정원의 싱그러움을 미각에 가져다준다.

윌슨 미드글레이Wilson Midgley,《인간만을 위한 요리Cookery for Men Only》• 1948

11장

|

허브와 양념은 지혜롭게

미각은 단맛, 신맛, 쓴맛, 짠맛으로 구성된다. 아무것도 섞지 않은 자연 그대로의 먹을거리는 이 모든 맛이 하나로 어울린다. 입맛을 자극하기 위해 이것저것 많이 섞으면 좋지 않다.

양념을 많이 진하게 해야 먹을 만한 음식이라면 아예 먹지 않는 게 좋다. 조리한 음식이 소금과 후추를 넣지 않을 경우 심심하다면 재료나 조리법에 문제가 있는 것이다. 조리하면서 죽는 것에 생기를 되살리기 위해 첨가하는 것이 소금과 후추이다. 자연에서 얻는 먹을거리에는 몸이 제 기능을 하는 데 필요한 요소가 모두 들어 있다. 소금이나 후추, 겨자, 향신료를 넣는다고 식품 고유의 가치가 높아지는 것이 아니며, 오히려 가치가 떨어질 수도 있다. 원래 향신료는 방부제로 사용하다가 맛을 내는 데 쓰이게 되었다.

얼얼한 맛을 내는 양념을 쓰는 것은 요리사에게 결점이다. 그런 요리사는 양념을 하지 않으면 맛 좋은 음식을 만들지 못한다. 어느 19세기 저술가는 "양념은 형편없는 요리의 피난처"E. S. 댈러스E. S. Dallas, 《케트너의 상차림법 Kettner's Book of the Table》(1877)라고 말했다.

실력 있는 요리사라면 종종 음식의 결점을 감추는 데 쓰이는 모든 향신료와 양념의 과도한 사용을 피할 수 있어야 한다. 향신료나 양념으로 변장해야 한다면 이미 형편없는 음식이고, 이런 음식은 먹지 말아야 한다.

요크셔의 한 농부는 도시에서 온, 화장을 많이 한 부인을 보고 "퇴비가 저렇게 많이 필요한 걸 보니 척박한 땅인가 보군"이라고 말했다고 한다. 나는 사람들이 마구 넣는 그 많은 양념이 필요한 음식은 '척박한' 음식이라고 생각한다. 음식은 다른 첨가물이 아니라 원재료의 맛이 살아 있어야 한다.

> 소금과 향신료는 신중하게 첨가해서, 양이 과해 음식을 먹는 사람들을 불편하게 하는 일이 없어야 한다.
>
> J. L. W. 서디컴J. L. W. Thudichum, 《요리의 정신The Spirit of Cookery》 • 1895

요즘은 아예 소금과 후추를 뿌려서 상에 내는 음식이 많다. (내 시아버지처럼) 맛도 보기 전에 소금을 잔뜩 뿌리는 사람도 있다. 이런 소금 중독자들은 "술 마시는 사람이 홍차를 싱겁다고 생각하는 것처럼 향신료를 넣지 않은 음식은 우습게 본다. ……고추 같은 매운 향신료를 먹는 것은 술이나 담배처럼 후천적인 습관이다." 버나르 맥파든Bernarr Macfadden, 《실질적인 요리

과다 섭취하는 이 향신료(후추)는 자연에 깊은 상처를 준다. 이 매운 향신료가 입맛을 강력히 돋우고 배 속을 따뜻하게 해주는 것은 사실이다. 그래서 많은 사람이 늘 이것을 먹지만, 건강에 미치는 해에 대해서는 생각하지 않는다. ……가장 나쁜 것은 우리의 배 속이 일단 그런 것에 익숙해지고 나면 그것을 먹지 않을 경우 만족하지 못하게 된다는 점이다. 그런 것은 그 중독성에 있어서 술과 같다. 술을 많이 마시는 사람이 술을 끊으려면 보통 고역이 아닌 것과 같다.

토머스 트라이언Thomas Tryon, 《점잖은 농부들에게 주는 다정한 충고Friendly Advice to Gentlemen Farmers》 • 1684

샐린다가 물었다. "소금이 필요하다고 생각하지 않으세요?" 세이버리 씨가 대답했다. "아니, 자극제는 필요하지 않아. 소금을 덜 먹으면 술을 덜 마시게 되고, 그러면 세상에 취한들의 주정이 없어지겠지. 우린 소금에 너무 길들여져서 그게 꼭 필요한지 혹은 유용한지, 이득이 되는지, 그렇지 않은지 의문을 갖지 않게 되었지."

솔런 로빈슨Solon Robinson, 《사는 방법How to Live》 • 1860

소금은 음식이 아니라 (생명에 대한) 항생제이다. 그것은 무기 화학물질이며, 이국적인 자극제이고, 음식을 절이는 매개물이다. 너무 강렬해서 거기 중독되지 않은 사람들에겐 불쾌감을 준다. 아메리카 인디언과 원시인은 소금을 양념으로 쓰지 않았다. 그들은 먹을거리 자체에 염분이 있는 것을 알았다. 우리 몸은 식물에 함유된 것 같은 유기적인 형태의 천연 염분을 필요로 한다.

무기 화합물인 소금은 몸에 흡수되지 않고, 관절에 머물러 관절염을 유발시킨다. 소금은 세포에서 액체를 빼앗아, 결과적으로 고혈압에서 부종에 이르는 심각한 질병의 원인이 된다. 흔히 비만한 사람들은 소금을 많이 섭취한다. 몸이 소금 중독을 방지하기 위해 수분을 많이 보유하려 하므로 살이 찔 수밖에 없다. 소금을 먹는 습관을 없애면 살이 빠진다. 소금을 멀리하면 된다.

내게 익숙한 요리책에는 모든 조리법에 소금을 넣도록 되어 있다. 어떤 조리법에나 소금을 '조금' '한 작은술' '한 큰술' 넣으라고 나와 있다.

닥터 러셀 태처 트롤Dr. Russell Thacher Trall, 《새로운 수水 치료법 요리책The New Hydropathic Cook Book》 • 1854

소금은 먹을수록 더욱 탐하게 된다. 다양한 종류의 야채에 소금을 넣으면, 야채에 함유되어 있는 염분 본연의 풍미가 감춰지거나 사라져서 미각으로 느껴지지 않기 때문이다.

토머스 트라이언Thomas Tryon, 《훌륭한 주부는 의사다The Good House-wife Made a Doctor》 • 1692

소금은 조리 과정에서 잃은 풍미를 음식에 되살리기 위해 넣는다. 그러므로 원래의 유기 염분을 함유한 식품을 생식할 때는 소금을 넣을 필요가 없다. 음식을 짜게 하면 식재료가 가진 천연의 맛이 잘 드러나지 않는다. 소금과 후추를 동시에 넣으면 미뢰가 무감각해져서 맛을 잘 모르게 된다. 우리는 소로가 (그가 익살을 떠는 일은 거의 드물지만) "가장 막돼먹은 식료품"이라고 불렀던 것에 익숙해진 나머지, 이제 그것 없이는 버티기 어렵게 되었다. 걸리버는 여행하면서 이렇게 말한다. "처음에는 소금이 무척 아쉬웠으나, 점차 익숙해지면서 괜찮아졌다. 우리가 소금을 자주 쓰는 것은 사치의 결과라는 확신이 든다." 조너선 스위프트Jonathan Swift,《걸리버 여행기|Gulliver's Travels》(1727)

나는 입에 맞는 수프에조차도 소금을 넣는 소금 중독의 시대에 성장했다. 나는 천일염만 쓴다. 꼭 소금을 넣어야 한다고 믿는 사람이라면 어쨌든 소금을 쓰겠지만, 입맛이 소금에 길들여지지 않은 사람은 굳이 그럴 필요가 없다. 원하면 양념을 해도 좋지만, 소금을 넣지 않는 조리법이 건강에 더 좋다.

야채 요리 왕국에는 소금만큼 강한 양념이 또 있다. 바로 마늘이다. 그 톡 쏘는 맛과 진한 냄새 때문에 사교계에서는 질색하는 양념이다. 토머스 하일은 1563년, 마늘을 "분별력 있게 먹어야 한다"고 말했다. 1699년, 존 이블린은 "숙녀의 미각에 맞지 않으며, 숙녀에게 청혼하는 이들에게도 맞지 않는다"고 경고했다.

마늘이 옆에 있는 사람에게 혐오스러운 냄새만 풍기지 않는다면, 그 유익함 때문에 더 많이 쓰이련만.

존 울리지John Woolridge, 《원예의 기술The Art of Gardening》 • 1688

마늘을 약간만 제대로 쓰면 사교 생활에 심각한 영향을 미치지 않으면서 과거의 어떤 양념보다도 덤덤한 음식의 맛을 좋게 해줄 것이다.

알렉산더 라이트Alexander Wright, 《여자 없이 사는 방법How to Live Without a Woman》 • 1937

제대로 쓰인 마늘은 요리의 정신이요, 성스러운 진수이다. 마늘을 성공적으로 쓸 수 있는 요리사는 섬세한 인지력과 정확한 판단력, 위대한 예술가의 교묘한 솜씨를 가진 사람이다.

W. G. 워터스 부인Mrs. W. G. Waters, 《요리사의 데카메론The Cook's Decameron》 • 1920

마늘을 좋아하는 사람과 싫어하는 사람은 분명히 구분되는 듯하다. 나는 샐러드에 마늘을 넣는다. 또 수프의 맛을 산뜻하게 하는 데도 쓰고, 본래 맛이 너무 밋밋한 음식에도 넣는다. 마늘은 조리하면 강한 맛이 많이 없어진다. 생으로 쓰면 맛이 지나치게 독하다. 냄새 때문에 사교 생활에 해를 끼칠 것 같으면 마늘을 먹은 후 생파슬리를 씹어라. 그러면 훨씬 냄새가 줄어든다.

생강, 너트메그, 정향, 계핏가루를 야채에 넣으면 동양풍의 맛이 더해진다. 볶은 씨앗과 다진 견과류는 다양성을 준다. 단, 씨나 견과류는 과하게 넣을 경우 도리어 맛을 떨어뜨린다. 레몬이나 레몬즙이 있으면 버터 대신 혹은 버터와 곁들여 야채에 뿌려서 상에 내면 좋다. 완두콩이나 브로콜리, 아스파라거스, 심지어 대두에도 레몬즙을 약간 뿌려보자.

조리한 음식에 약간의 가미가 필요한 경우, 섬세한 풍미를 가진 허브를 쓰면 좋다. 인공 조미료를 많이 쓰는 경우에도 허브를 곁들이면 맛이 조화로워진다. 고대인은 허브를 세 가지로 구분했다. 양배추, 근대, 시금치, 괭이밥처럼 샐러드와 수프의 주재료가 되는 '익혀 먹는 허브'. 개사철쑥, 페넬, 타임, 바질, 딜, 세이지 같은 '양념용 허브'. 파슬리, 부추, 물냉이, 골파 같은 '장식용 허브'. 양념용 허브는 강렬한 향신료와 소금, 후추 대신 사용하면 좋다. 잘 익은 허브 씨앗은 그윽한 향기가 나므로 수프, 소스, 샐러드, 스튜 등에 넣으면 그만이다.

신랄한 영국 여류 문필가(내가 1년 내내 바지 입는 이유를 모르는 사람)는 허브 텃밭을 가리켜 "사람을 가리는 손바닥만 한 땅에 모직 스커트를 입은 채식인들이 조미료로 쓰는 것을 키운다."낸 페어브라더Nan Fairbrother, 《사람과 텃밭Men and Gardens》(1956)라고 표현했다.

우리도 밭에서 허브를 키운다(상당히 넓으며, 밭이 사람을 가리는 것 같지도 않다). 지금 키우고 있거나 이제껏 키운 허브는 다음과 같다. 페퍼민트, 스피어민트, 유리지치, 타임, 개사철쑥, 로즈메리, 마요라나, 딜, 히숍풀, 세이지, 쇠뜨기, 레몬밤, 라벤더, 컴프리, 캐머마일, 바질, 레몬밤, 여름과 겨울 충층이꽃, 쑥국화, 오레가노, 왜당귀, 고수, 회향풀, 루타, 쐐기풀, 현삼, 톱풀, 개박하 등……. 이름을 기억하지 못하는 것도 많다.

나는 1년 내내 이런 허브를 음식 만들 때 넣는다. 여름에는 싱싱한 채로 쓰고, 나머지 계절에는 말리거나 얼려서 쓴다. "겨울에는 말린 허브를 충분히 음식에 넣어야 한다." 어느 영국인 의사, 《프랑스 가정 요리French Domestic Cookery》 (1825)

생것이 아닌 말린 허브를 음식에 넣을 경우에는 조금만 써야 한다. 하지만 생것을 쓸 때는 한 줌을 넣는 게 규칙이다(생것 1큰술은 말린 것 1/2작은술에 해당한다).

말린 허브, 씨앗, 곡물은 액체를 적당히 넣을 경우 생것보다 영양 면에서 더욱 장점이 많다.

토머스 트라이언Thomas Tryon, 《건강과 장수와 행복에 이르는 길The Way to Health, Long Life & Happiness》 • 1683

허브는 반드시 꽃이 피거나 씨앗을 맺기 전에 따도록 한다. 타임, 레몬밤, 마요라나, 여름 층층이꽃처럼 키 작은 허브는 부드러운 끝을 자르고, 얼른 쟁반에 담아 따뜻한 방이나 미지근한 오븐에 넣어 말린다. 민트나 바질, 세이지처럼 키가 큰 허브는 밑을 잘라서 거꾸로 매달아 말린다. 그런 다음 줄기에서 잎을 떼어낸 다음 그릇에 담아 밀봉해서 시원한 곳에 보관한다. 미리 가루를 내지 말고, 음식에 넣을 때 손으로 잘게 부수어 넣는다. 쓰기 전부터 잘게 부수면 풍미를 잃게 된다. 허브를 너무 오래 조리해도 풍미를 잃으니 수프나 다른 음식에 넣을 때는 조리 과정 마지막에 넣는다.

허브를 따서 냉동시키려면 꽃이 피기 전에 잔가지를 잘라 씻고 물기를 털어 말려서, 비닐봉지나 그릇에 담아 냉동실에 넣는다. 예를 들어 딜의 씨앗을 보관하려면 익기 전, 아직 초록색일 때 따서 냉동해 겨우내 사용한다. 나는 파슬리를 냉동했다가(그다지 성공적이지는 않았지만) 겨울에 수프에 넣기도 한다.

파슬리, 타임, 개사철쑥 같은 허브로 작은 '다발'을 만들었다가 수프나 주스에 넣을 수 있다. 아메리카 인디언들은 산벚나무 열매와 야생 체리 가지를 따서 나무껍질로 묶은 다음 끓는 냄비에 넣었다. 들판과 숲에 자라는 것 가운데는 쓸 만한 게 정말 많다. "아아, 호박과 무, 호두나무 부스러기로 즙을 내서 입술을 축일 수 있네"라는 옛노래도 있지 않은가.

우리는 집에서 매일 다른 허브 차를 마신다. 어떤 때는 허브 텃밭에서 따 온 민트잎이나 캐머마일꽃으로만 차를 우린다. 들판에서 따 온 정향 송이 또는 라즈베리나 딸기, 블루베리잎으로 차를 끓이기도 한다. 하지만 나는 보통 들장미 열매를 우린 물로 차를 끓인다. 계절이나 작황에 따라, 부엌 기둥에 무엇이 매달려 있느냐에 따라 재료는 다양하다. 혹은 어떤 허브 깡통이 든 서랍으로 손이 가느냐에 따라서도 차의 종류가 달라진다.

나는 열댓 가지 허브로 차를 만들어 내다 판다. 이름하여 '열댓 가지 허브 차'이다. 속새류, 타임, 다양한 민트류, 캐머마일, 개박하, 컴프리, 바질, 라벤더, 여름 층층이꽃, 레몬밤, 마요라나에서 들장미 열매에 이르기까지 차에 들어가는 재료는 다양하다. 딸기나 블루베리, 라즈베리, 장미꽃잎, 정향 송이의 잎을 말린 것과 오렌지와 레몬 껍질 간 것에 정향으로 맛을 낸 차도 만드는데 여기엔 '초원의 차'라는 이름을 붙여봤다. 줄리에트드 베라클리 레바라는 친구가 갈릴리 언덕에서 향 좋은 찻잎을 따 차를 만드는데, 미식가인 그녀는 향신료 가루를 넣는다(그걸 보고 정향을 넣는 아이디어를 얻었다).

마늘, 양파, 파슬리, 오레가노, 딜, 셀러리 씨앗 다진 것을 사워크림에 섞어 소스를 만들어도 좋다. 혹은 이것을 샐러드에 뿌리거나, 찐 감자나 구운 감자에 올려 먹어도 맛이 그만이다.

여름 층층이꽃은 어떤 수프에 넣어도 좋고, 완두콩과도 어울린다. 여름 층층이꽃에 마늘 간 것과 다진 양파와 올리브유를 넣은 다음, 콩 요리에 붓는다. 양배추, 사워크라우트 양배추를 썰어 만든 독일 김치 - 역주, 각종 콩, 감자, 푸른 잎채소 샐러드와도 맛이 어울린다.

파슬리는 대구 간유처럼 비타민 A가 풍부하고, 오렌지보다 세 배나 많은 비타민 C를 함유하고 있다. 하지만 주로 장식용으로만 쓰여 나중에 쓰레기통으로 간다. 하지만 우리는 말린 것이나 생파슬리를 모든 수프나 샐러드에 넣는다. 마요네즈에 넣어 버무려도 좋고, 구운 감자에 버터와 함께 올려도 맛이 좋다. 밭에서 파슬리를 뽑아 부엌 기둥에 거꾸로 매달아 말리기도 한다. 또 작은 것은 냉동시킨다. 파슬리가 많을 때는(남편이 가끔 밭에서 한 아름 뽑아 올 때가 있다) 뜨겁게 달군 팬에 1분쯤 볶는다. 갈색으로 변하기 전에 불을 끄고 뜨거운 채로 상에 낸다.

파슬리는 허브 중 가장 일반적으로 쓰인다. 어떤 죽, 소스, 샐러드에도 어울리는 뛰어난 재료이다.

존 울리지John Woolridge, 《원예의 기술The Art of Gardening》 • 1688

바질은 전통적으로 익힌 토마토나 생토마토와 어울리는 허브이다. 나는 푸른 잎채소 샐러드뿐 아니라 토마토 수프와 주스에도 꼭 바질을 넣는다. 히솝풀은 우리 밭에서 많이 키우는 허브이다. 차로만 먹는다.

히솝풀은 상처와 가슴 통증을 깨끗이 치유해주는 허브이다. 끓인 꿀물에 곁들이면 폐 질환의 치료에도 큰 효과가 있지만, 무엇보다도 안색을 좋게 해준다. 그러므로 여자들에게 필요한 허브이다.

존 해링턴 경Sir John Harrington, 《살레르노 학파The School of Salerno》 • 1607

마요라나는 대단히 자극적인 허브이다. 제대로 쓰면 콩과 잘 어울린다. 또 버섯, 대두와도 좋고 코티지치즈와도 궁합이 맞는 재료이다. 특별한 식초를 만들려면 유리병에 마요라나 잎을 담고 식초를 채운다. 뚜껑을 달아서 양지바른 곳에 2주간 보관한다. 걸러서 식초로 사용하면 된다.

라벤더는 마요라나와 똑같은 방법으로 식초를 만들 수 있다. 나는 차에 라벤더를 넣기도 한다. 또 레몬밤과 세이지를 넣어 특별한 차를 끓이기도 한다.

딜은 보통 딜 피클의 맛을 내는 재료로 알려져 있지만, 날것으로 쓰거나 말려서 샐러드에 넣어도 좋고, 삶은 감자 위에 곁들여도 좋다. 씨앗과 잎사귀 모두 강한 풍미를 지니고 있다.

골파는 일찍 나오는 허브로, 꽃이 피기 전에 먹는 게 좋다. 곱게 다져서 샐러드와 수프, 코티지치즈에 넣거나 익힌 양파 위에 뿌려 먹는다.

로즈메리는 맛이 진한 허브이다. 수프나 과일 샐러드에 뿌려서 먹는다. 들장미 열매 차에 넣으면(들장미 열매 차는 맛이 심심하다) 생강의 풍미를 낸다.

세이지 역시 강한 맛을 내는 허브이다. 특히 토마토 수프에 넣으면 좋다. 소량을 구운 콩에 곁들이거나, 곱게 다져서 코티지치즈에 버무리면 맛이 좋다.

캐러웨이(회향풀) 씨앗은 사과 소스에 넣을 수 있다. 요구르트나 사워크림에 캐러웨이 씨앗을 섞고 비트와 함께 먹으면 좋다.

개사철쑥은 프랑스 요리에서 식초의 맛을 내는 데 많이 쓰인다. 나는 사워크림에 섞어서 샐러드드레싱으로 많이 사용한다.

셀러리는 생으로 쓰거나 말려서 쓰며 수프의 맛을 내는 데 그만이다. 씨앗은 스튜에 넣으면 된다.

왜당귀는 셀러리의 독특한 풍미를 내므로 수프에 넣을 때는 조금만 쓴다. 잎을 찢어서 샐러드 그릇에 문질러보자. 싱싱할 때 푸른 잎채소로 익혀 먹을 수도 있다.

민트는 많이 사용하는 허브이다. 대부분 차에 넣지만, 샐러드에 넣어도 괜찮다. 코티지치즈에 버무리거나, 식초와 꿀을 섞은 다음 가벼운 드레싱을 만들어서 샐러드에 뿌린다. 익힌 콩이나 당근에 넣으면 신선한 맛을 낸다.

235

모든 민트류는 위장을 튼튼하게 해준다. 입맛을 돋우며, 심장과 뇌에 활기를 준다. 독성을 막아주고, 세균을 죽이는 효능도 있다. 여성의 생리 불순 완화와 난산 예방에도 도움이 되는 천혜의 세정액이다.

닥터 M. L. 레머리Dr. M. L. Lemery, 《모든 종류의 식품에 관한 논문A Treatise of All Sorts of Foods》 • 1745

컴프리잎은 익히거나 샐러드에 넣어 먹는다. 나는 잎을 말려서 허브 차에 넣는다.

타임은 내가 좋아하는 허브로, 주로 수프와 볶음 요리에 넣는다.

호로파 일종의 콩과(科) 식물 - 역주는 씨앗으로 쓴다. 레몬즙과 꿀에 넣으면 좋은 차가 된다.

피클, 올리브유, 와인에 곁들인 호로파는 로마의 진미였다. 배변이 잘되게 해서 귀리와 섞으면 말의 최고 하제로 쓰였다. 호로파는 먹고 남으면 마구 간으로 보내므로 버리는 게 없는 뛰어난 재료이다.

윌리엄 킹William King, 《요리의 기술The Art of Cookery》 • 1709

풍미를 내는 재료를 요령 있게 사용하는 데 대한 마지막 충고는, 남편 스코트에게 들은 다음의 이야기에 담겨 있다. 스코트는 19세기에 펜실베이니아주 블로스버그의 어느 판사 부인을 알고 있었다. 부인 이름은 O. F. 테일러. 그녀는 음식 솜씨가 뛰어나서 대접받은 손님들이 조리법을 묻곤 했다. 그러면 부인은 공들여 길게 조리법을 써주곤 했는데, 음식을 만드는 방법을 상세히 기록한 맨 끝에는 늘 이렇게 썼다. "양념은 센스 있게 하세요."

냄비에 얻을 수 있는 최상의 허브를 넣어라. 허브는 우리가 얻을 수 있는 장점을 모두 갖고 있다.

토머스 투서Thomas Tusser, 《살림에 대한 500가지 힌트Five Hundred Pointes of Good Husbandrie》
• 1557

|

소금은 음식이 아니라 생명에 대한 항생제이다.
그것은 무기 화학물질이며, 음식을 절이는 매개물이다. 아메리카 인디언과 원시인은
소금을 쓰지 않았다. 그들은 먹을거리 자체에 염분이 있는 것을 알았다.
몸은 식물에 함유된 것 같은 유기적 형태의 천연 염분을 필요로 한다.

남은 재료로 만드는 캐서롤

가정경제는 버리는 것이 없도록 모든 재료를 모아 쓰는 기술이다. ……아무리 사소하더라도 다 사용할 수 있으므로 뭐든 버리지 말아야 한다.

리디아 마리아 차일드Lydia Maria Child, 《미국의 알뜰한 주부The American Frugal Housewife》 • 1829

중요한 살림 기술은 전날 먹고 남은 것으로 다음 날 근사하고 풍요로운 식탁을 만드는 것이다.

존 팀브스John Timbs, 《천 가지 살림 힌트One Thousand Domestic Hints》 • 1871

쓰레기통에 버린 야채에서 훌륭한 음식이 나온다.

세라 타이슨 로러Sarah Tyson Rorer, 《남은 재료Left Overs》 • 1898

현명하고, 요리할 때 실험 정신을 발휘하고, 지성적이고 열심인 주부라면 남은 재료로 음식 만드는 법을 개발할 것이며, 그렇게 만든 음식이 요리책에서 배우는 것보다 훨씬 훌륭할 것이다.

샐리 조이 화이트Sallie Joy White, 《주부와 가정 경영인Housekeepers and Home-Makers》 • 1888

이 책은 '모든 것을 아껴 쓰자'는 주의이다. 버리는 게 없다.

시어도어 메이언 경Sir Theodore Mayerne, 《뛰어나고 인정된 조리법과 조리 실험Excellent & Approved Receipts
& Experiments in Cookery》 • 1658

뉴욕의 길거리에 매일 쓰레기로 버려지는 것들은 전쟁에 나간 사람이 3년간 항해

하면서 먹을 영양가 있는 식량이 되고도 남는다.

R. 톰스R. Tomes, 《살림을 위한 책The Bazaar Book of the Household》 • 1875

세상에서 가장 훌륭한 음식 중에는 남은 재료로 만드는 것도 있다.

마리 A. 에시포프Marie A. Essipoff, 《냉장고 이용법Making the Most of Your Food Freezer》 • 1951

한 남자는 자기 아내가 남은 음식을 처리하는 방법은 버리는 것이라고 말했다. 불

쌍한 남편과 아내 같으니! 내가 먹어본 가장 맛 좋은 요리는 남은 음식으로 만든 음

것이었다. 돈이 절약되는 것은 말할 필요도 없다.

베아트리스 본Beatrice Vaughan, 《늙은 요리사의 연감The Old Cook's Almanac》 • 1966

12장

|

남은 재료로 만드는 캐서롤

나는 록펠러처럼 돈이 많았다 해도 아껴서 경제적으로 살 것이다. 불을 끄고 노끈이나 종이 봉지, 포장지를 모아두었다 재활용할 것이다. 재료가 풍부하다는 이유만으로 좋은 먹을거리를 버리지 않을 것이다. 남은 재료를 분별 있게 모아서 재빨리 만든다면 얼마든지 훌륭한 요리가 된다.

우리보다 수입이 적은데도 식생활은 훨씬 호화롭게 하는 친구들이 있다. 나 같으면 음식을 만들었을 재료를 그들은 버린다. 먹다 남은 수프를 두었다 달리 이용하지도 않고, 그저 가게에서 쓸데없이 사들인다. 그들은 나보다 다양한 상차림을 하고, 과하다 할 만큼 먹는다. 미국에서 우리 부부보다 음식을 간단하고 쉽게 만들어 먹는 사람은 없을 것이다.

토마토 스튜나 콩 한 숟가락이라도 아끼자. 내일 오믈렛에 넣으면 덕분에 훌륭한 음식이 될 수도 있다. 달걀 노른자를 소스에 이용했다면, 흰자를 두었다가 다음 날의 디저트에 이용하면 된다. 삶은 감자가 남았다면 보관하자. 다시 감자를 삶지 않고도 감자 수프를 만들 수 있다. 옥수수가 남으면, 알갱이를 따서 머핀이나 오믈렛에 넣어 옥수수 머핀, 옥수수 오믈렛을 만들면 된다. 토마토 스튜는 크로켓을 만들 때 소스로 쓸 수 있다.

세라 타이슨 로러Sarah Tyson Rorer, 《나의 250가지 조리법My Best 250 Recipes》 • 1907

세라 타이슨 로러가 훌륭한 제안을 한 것은 분명하다. 하지만 쓰레기통에 던져지는 남은 재료의 영양가에 대해서는 빠뜨렸다. 야채 삶은 물은 영양가가 많아서 수프 국물로 사용할 수 있다는 사실은 널리 알려져 있다. 말린 콩이나 밀을 밤새 불린 물도 사용할 수 있다. 화분에 그 물을 주면 아주 좋다.

요한복음 6장 12절에서 기록하기를, 예수께서 "조금도 버리지 말고 남은 조각을 다 모아들여라"라고 말씀하셨노라고 전한다. 캐서롤은 남은 재료로 만들 수 있는 음식이다. 한 가지 음식으로 차리는 식탁은 재료와 비용 면에서 경제적이다. 재료를 모아 넣고 몇 분 동안 끓이면 그만이니까. 어울리지도 않는 재료를 마구 뒤섞을 필요는 없다. "사람들이 마구 뒤섞어 먹는 것은 보기 싫다. 집에서 키우는 닭이나 돼지도 못 먹을 음식인데." 캐럴라인 B. 피어시Caroline B. Piercy, 《세이커 교도의 요리책The Shaker Cook Book》(1953)

한번은 건방지고 사치스러운 요리사에게 남은 재료를 어떻게 할까 물으니 "덴마크종의 개나 한 마리 사라"라는 대답이 돌아왔다. 물론 레스토랑의 주방에서는 다음 장사를 준비해야 하니 남는 재료를 손볼 여유 없이 몽땅 버려야 하는 경우가 있을 것이다. 하지만 가정 요리에서는 정성과 시간을 조금만 내면 하수도로 내려가거나 쓰레기통으로 들어갈 재료를 훌륭히 이용할 수 있다.

예를 들면 당근, 무, 감자, 대파, 셀러리, 콩 등의 야채를 잘게 썰어서 액체(물이나 기름, 우유)와 허브 몇 가지를 넣으면 간단한 스튜가 된다. 네덜란드에서는 이런 야채 요리를 '훗스토프'이라고 부르고, 옛 영국에서는 '호지 포지Hodge Podge'라고 불렀다. 내가 아는 사람 중에는 콩 꼬투리, 셀러리나 무, 비트의 질긴 부분 하나 버리지 않는 알뜰한 요리사도 많다(그렇다고 그들이 인색한 것은 아니다). 오래되고 시들지 않았다면 얼마든지 잘라서 이용할 수 있는 것이다.

남은 재료라 양은 적을지라도, 신선하고 맛이 좋아야 한다. 시들거나 맛이 떨어진 재료는 안 된다. 절약한답시고 질 좋은 재료를 먹지 않고 싼 재료를 사는 데만 신경 쓰는 사람이 있다. 절약한답시고 싱싱한 것은 보관하고 늘 썩은 사과만 먹는 사람도 있다. 절약하며 사는 것은 좋지만, 비참하게 살 필요는 없지 않을까.

이 소책자의 필자인 나는 독자에게 무의미하거나 인색한 짓을 하도록 부추길 생각은 결코 없다.

윌리엄 A. 올컷William A. Alcott, 《적은 돈으로 사는 방법Ways to Living on Small Means》 • 1837

낭비한다고 관대한 게 아니듯, 절약한다고 해서 인색한 것은 아니다. 경제적이라고 해서 음식의 양도 적고 다양성도 부족하다는 뜻은 아니다. 알뜰한 것은 현명하게 구입하고, 잘 만들고, 남은 재료가 보기 좋게 식탁에 다시 나오는 것을 뜻한다.

크리스틴 터훈 헤릭Christine Terhune Herrick, 《살림을 쉽게Housekeeping Made Easy》 • 1888

같은 환경이라면 미국 가정에서 낭비하고 있는 것을 가지고 프랑스에서는 유복하게 살 수 있다고들 한다. 지나친 비약은 아닌 것 같다. 내 어머니는 네덜란드 사람인데 절약 정신이 대단했다. 절약하는 태도는 어머니에게 배웠다(반면 호화롭게 사는 여동생은 어머니가 치즈 껍질을 벗기는 데서 낭비하는 것을 배웠다). 껍질 이야기가 나왔으니 말인데, 나는 사람이 감자나 사과 깎는 것을 보고 살림하는 태도(일반적으로 성격까지)를 가늠한다. 사과씨 부분을 많이 도려내거나, 껍질을 두껍게 깎는다면 낭비와 사치가 심한 사람이다. 나는 그런 사람은 낭비하는 부류로 분류해서 부엌일을 도와준다고 해도 사양한다. 나처럼 껍질을 얇게 깎는다면 여러 면에서 신중하고 절약하는 부류이다.

이것은 부유한 정도나 계층과는 상관없다. 절약하느냐, 낭비하느냐는 타고난 성격 같다. 내가 (남편 스코트도) 좋아하는 이야기 중에는 어느 부유한 부인이 끈을 모은 이야기가 있다. 부인이 죽은 후 수없이 많은 끈 상자가 나왔다. 수십 년 동안 끈을 차곡차곡 모아놓은 것이었다. 어느 상자에는 "너무 짧아서 재활용 못 하는 끈"이라는 라벨이 붙어 있었다고 한다. 나는 이 부인을 존경한다. 사후 세계에서 뭘 하고 있을지 궁금하기도 하다.

혹시 천국의 바닥을 훑으며 버려진 끈을 모으고 있으려나?

　옛 스코틀랜드 요리책에서 '반쪽짜리 달걀'이라는 조리법을 봤다. 좀 지나치다 싶은 절약 정신이다. 달걀을 반으로 나누는 게 얼마나 복잡한 일인가. 또 나머지 반은 언제, 어떻게, 어디에다 쓸까? 틀림없이 바보 아니면 천재가 쓴 책이리라.

　1714년 메리 케틸비Mary Kettilby는 《300여 가지 조리법 모음집 A Collection of Above 300 Receipts》에서 절약을 가리켜 "호사스러운 검소함"이라고 표현했다. 아끼며 사는 가정이라고 해서 상스럽거나 욕심이 많은 것은 아니다.

　번영과 풍요의 시대에는 검약하지 않아도 변명의 여지가 있다(낭비에는 변명의 여지가 없지만). 돈의 가치가 곤두박질치고 물가가 치솟는 이 시절, 우리는 허리띠를 졸라매고 최소한의 비용으로 사는 법을 배워야 한다. 우리가 오늘 절약한 것이 내일 나 자신이나 다른 사람을 위해 쓰일 것이다.

　무기력하게 한숨지으며 연료와 식품비가 올랐다고 징징대지 말고, 현실을 받아들이고 생필품 가격이 오르는 상황에 용감하게 적응하자. 연료와 식품비가 10년 전보다 두 배로 뛰었지만, 어떻게 각각 두 배로 절약해서 살 능력을 발휘할지 두고 보는 것이 피할 수 없는 우리의 의무이다.

　레이디 바커Lady Barker, 《요리 기본 원칙의 첫 번째 교훈First Lessons in the Principles of Cooking》
　• 1874

나는 캐서롤을 자주 만들지 않는다. 여러 가지 재료를 섞은 음식이라 내 입맛에는 너무 무겁다. 하지만 캐서롤 요리에는 장점이 몇 가지 있다. 무엇보다 미리 만들어 놓을 수 있다. 만들어서 오븐에 넣어둘 수 있고, 약간 오래 익혀도 맛은 여전히 좋다. 다른 음식을 만든 오븐의 여열을 이용할 수 있고, 만들 때 사용한 그릇째 상에 올릴 수 있다.

이제 값싼 재료를 이용해서 맛있고 영양가 높은 캐서롤을 만드는 방법을 소개하겠다.

네덜란드식 홋스토프

감자 (껍질 벗겨서 썬 것) 6개

당근 (씻어서 썬 것) 3개

양파 (썬 것) 3개

생 허브 (파슬리, 딜, 바질) 1/2컵이나 허브 (말린 것) 1큰술

식용유 1큰술

야채를 함께 섞고 허브와 식용유를 뿌려 냄비에 넣는다. 뜨거운 오븐에서 1시간 가열한다.

감자 캐서롤

감자 (작은 것 씻어서 껍질 벗기지 않고 납작썰기) 6개

셀러리 (썬 것) 6대

양파 (썬 것) 6개

버터나 마가린 4큰술

치즈 (갈아서, 또는 덩어리) 1/2컵

오븐용 그릇에 감자를 담고 셀러리를 넣고 양파를 뿌린다. 자작하게 잠길 만큼 냉수를 붓고, 버터를 듬성듬성 얹는다. 뚜껑을 덮고 오븐에 넣어 천천히 3시간 동안 가열한다. 필요하면 물을 더 넣는다. 마지막 1시간은 뚜껑을 덮지 않고 치즈를 뿌려 익힌다.

스코틀랜드식 스토비

양파나 대파 (썬 것) 2개

감자 (껍질 벗겨서 썬 것) 6개

버터나 마가린 1/2컵

국물이나 물 1컵

파슬리 (다진 것) 한 줌

양파와 감자를 찜냄비에 켜켜이 담고 버터를 얹은 뒤 국물을 붓는다. 뚜껑을 덮고, 뜨거운 오븐에서 1시간가량 또는 감자가 익을 때까지 굽는다. 파슬리를 솔솔 뿌려 상에 낸다.

고구마 캐서롤

고구마 (씻어서 껍질 벗기지 않은 것) 4개

버터나 마가린 1/2컵

물 1컵

메이플 시럽 4큰술

오렌지 껍질 (간 것) 1작은술

계핏가루 1/2작은술

너트메그 1/2작은술

고구마를 끓는 물에 삶거나 찐다. 다 익으면 껍질을 벗기고 썬다. 프라이팬에 버터, 물, 메이플시럽, 오렌지 껍질과 향신료를 섞어 약한 불에서 시럽을 만든다. 고구마를 베이킹 팬에 한 줄 놓는다. 그 위에 시럽 1/3을 붓고 다시 고구마를 올리고, 또 시럽을 1/3 붓고, 다시 고구마를 얹고 시럽을 붓는다. 오븐에서 천천히 30분간 굽는다.

허브 토마토

식용유 1큰술

바질잎(다진 것) 1/2작은술

박하잎(다진 것) 1/2작은술

파슬리(다진 것) 1/2작은술

마늘(간 것) 2쪽

토마토(2등분) 4개

식용유, 허브, 마늘을 섞는다. 절반으로 자른 토마토를 파이 굽는 팬이나 오븐용 접시에 올린다. 허브 섞은 것을 토마토 위에 얹은 후 오븐에서 15분쯤 굽는다. 토마토가 물컹하지 않고 단단해야 한다.

양배추구이

양배추(가늘게 채 썬 것) 1개

버터 3큰술

빵가루 1컵

양배추에 끓는 물을 잠길 만큼 붓고, 10분간 그대로 둔다. 물을 빼고(국물은 잘 둔다), 버터를 바른 찜냄비에 담는다. 남은 버터를 녹여서 빵가루를 버무린다. 버터에 버무린 빵가루로 양배추를 덮는다. 따뜻한 오븐에서 10분간 익힌다.

버섯 캐서롤

버섯 4컵

부추 (잘게 썬 것) 1컵

사워크림 1컵

간장 약간

버섯은 자르지 말고 통째로 쓴다. 오븐용 그릇에 버섯과 부추, 사워크림, 간장을 넣는다. 뚜껑을 덮어 중불 오븐에서 1시간 굽는다.

가지 캐서롤

가지 (껍질 벗겨서 깍둑썰기) 1개

양파 (얇게 썬 것) 2개

토마토 (다진 것) 2개

바질이나 오레가노 1큰술

치즈 가루 1/2컵

가지, 양파, 토마토를 베이킹 팬에 잘 펼친다. 위에 바질이나 오레가노, 치즈 가루를 솔솔 뿌린다. 중간 불 오븐에서 30분간 굽는다.

호박 캐서롤

양파 (얇게 썬 것) 2개

호박 (껍질이 연하면 벗기지 않고 깍둑썰기) 3개

토마토 (다진 것) 2개

치즈 (간 것) 1/2컵

식용유 약간

팬에 식용유를 두르고 양파를 볶는다. 호박과 토마토를 넣고 잘 섞어 5분간 볶는다. 찜냄비에 야채를 담고 위에 치즈를 뿌린다. 뚜껑을 덮지 말고 중간 불 오븐에서 30~45분쯤 굽는다.

대파 스튜

대파 (잘 씻어서 2센티미터 두께로 썬 것) 5대

당근 (얇게 저민 것) 4개

셀러리 (얇게 저민 것) 4대

감자 (얇게 저민 것) 2개

버터 3큰술

두꺼운 찜냄비에 대파를 깐 다음 당근, 셀러리, 감자 순으로 깐다. 물 1/2컵을 붓고 버터를 조금 넣는다. 뚜껑을 덮고 약한 불에서 천천히 익히거나, 약한 불 오븐에서 1시간쯤 굽는다.

당근 캐서롤

당근 (간 것) 450그램

버터나 식용유 3큰술

물 3큰술

메이플 시럽 3큰술

천일염 약간

모든 재료를 찜냄비에 담는다. 뚜껑을 덮고 약한 불 오븐에서 1시
간 동안 굽는다.

푸짐한 야채 캐서롤

가지 (껍질째 깍둑썰기) 1개

토마토 (얇게 저민 것) 2개

애호박 (껍질째 다진 것) 1개

피망 (얇게 썬 것) 1개

양파 (얇게 썬 것) 1개

셀러리 (다진 것) 1컵

양배추 (썬 것) 1컵

마늘 (간 것) 4쪽

파슬리 (다진 것) 2컵

오레가노나 바질 1작은술

올리브유 1/2컵

마늘과 파슬리, 오레가노를 한데 섞는다. 오븐 그릇에 야채를 한 겹
씩 쌓는다. 사이사이 마늘, 파슬리, 오레가노 섞은 것을 넣고, 올리
브유를 조금씩 뿌린다. 뚜껑을 덮지 말고 중간 불 오븐에서 1~2시
간 굽는다.

콩 캐서롤

마른 콩 2컵

양파 (다진 것) 2컵

식용유 1큰술

치즈 (간 것) 100그램

천일염 1/2작은술

견과 (다진 것) 1컵

마른 콩을 밤새 물에 불린다. 아침에 물은 따라버리고, 콩에 새 물을 부어 (양을 넉넉히) 익힌다. 식용유를 두르고 양파를 볶은 후 콩을 넣어 치즈와 함께 잘 섞는다. 모든 재료를 오븐용 그릇에 담고, 약한 불 오븐에서 1시간 동안 굽는다.

토마토 & 옥수수구이

옥수수알 2컵

토마토 (얇게 저민 것) 3개

피망 (다진 것) 1개

골파 (다진 것) 1대

식용유 3큰술

카레 가루 약간

치즈 (간 것) 1/2컵

치즈를 제외한 재료를 모두 섞어, 오븐용 팬에 담는다. 치즈를 위에 뿌리고, 약한 불 오븐에서 30분간 굽는다.

멕시칸 라이스

현미 2컵

양파(다진 것) 1개

마늘(다진 것) 2쪽

식용유 1/4컵

토마토(다진 것) 3개

수프 국물 4컵

파슬리(다진 것) 1/4컵

현미에 뜨거운 물을 붓고, 30분쯤 둔다. 양파와 마늘에 식용유를 넣고 10분간 볶은 후 토마토를 넣고 10분간 볶는다. 여기에 현미와 수프 국물을 넣는다. 15분간 끓이다가 뚜껑을 덮고, 수분이 흡수될 때까지 뭉근한 불에서 끓인다. 다진 파슬리로 장식한다.

수수 캐서롤

수수 2컵

양파(다진 것) 1개

셀러리(다진 것) 3대

피망(얇게 썬 것) 1개

토마토(다진 것) 2개

파슬리(다진 것) 2큰술

식용유 1큰술

치즈(갈아서) 1/2컵

끓는 물에 수수를 넣고 뚜껑을 덮어 15분간 끓인다. 수수가 익으면 치즈를 제외한 재료를 모두 넣고 섞는다. 위에 치즈를 솔솔 뿌린 다음 센 불 오븐에서 30분 간 굽는다.

손쉬운 카샤 요리
메밀가루 2컵

끓는 물 5컵

버터 1큰술

천일염 1/2작은술

메밀가루를 끓는 물에 넣고 천천히 젓는다. 몇 분간 저어야 한다. 메밀 반죽에 버터를 넣고 뚜껑을 덮은 후 10분간 또는 물이 다 흡수될 때까지 뭉근한 불에서 끓인다. 이중 바닥 냄비에 조리하면 지켜보지 않아도 되지만, 대신 시간이 오래 걸린다.

구운 현미
현미 2컵

양파(다진 것) 1개

식용유 1큰술

파슬리(다진 것) 1컵

마늘(간 것) 1쪽

참깨 1작은술

끓는 물 3컵

양파를 식용유에 볶는다. 마른 현미와 파슬리, 마늘, 참깨를 넣는다.
다시 볶는다. 여기에 끓는 물 3컵을 넣는다. 센 불 오븐에서 2시간
동안 굽는다.

13장

빵은 무거운 음식이다

오래되어 곰팡내 나는 빵은 물론이거니와 갓 구워내어 아직 뜨거운 빵도 먹지 말라. 잘 익혀 먹지 않으려면 아예 먹지 말라.

존 해링턴 경Sir John Harrington, 《살레르노 학파The School of Salerno》 • 1607

호지 포지, 케이크, 건포도빵, 진저 브레드 등은 배 속을 불편하게 하고, 질병을 생기게 한다.

토머스 트라이언Thomas Tryon, 《훌륭한 주부는 의사다The Good House-wife Made a Doctor》 • 1692

그의 눈은 집에서 만든 평범한 빵에 머물지 않았다. 그는 건포도 과자를 훑어보다가 용기를 내어 하나를 골랐다.

샬럿 브론테Charlotte Brontë, 《셜리Shirley》 • 1849

모든 페이스트리는 혐오스럽다. 세상에서 가장 소화가 안 되는 음식이기도 하다. 페이스트리를 삼키고 1시간 후 배 속을 볼 수 있다면 반죽 덩어리를 보게 될 것이다. ……체리 파이를 가장 잘 이용하는 것은 버리는 것이다.

윌리엄 A. 올컷William A. Alcott, 《젊은 어머니The Young Mother》 • 1836

도넛은 너무 기름지다. 아이들에게는 주지 말라.

닥터 올드쿡Dr. Oldcook, 《요리책Receipt Book》• 1847

케이크는 영양가가 적은 빵 종류이며, 내 견해로는 인간에게 적합하지 않다.

닥터 베너Dr. Venner, 《장수를 향한 길Via Rectaad Vitam Longam》• 1622

빵보다 케이크 만드는 법을 아는 여성이 더 많다.

해리엇 비처 스토Harriet Beecher Stowe, 《가정 신문House & Home Papers》• 1865

먹는 즐거움을 완전히 무시하는 게 아니다. 나는 미각의 쾌감을 경멸하는 사람이 결코 아니다. 가끔 케이크 한 조각 먹는 것을 사악하다고 생각하지 않는다. 심지어 파이를 먹는 게 바람직한 때가 한 해에 가끔씩은 생긴다.

A. M. 디아즈A. M. Diaz, 《교장의 트렁크에서 나온 글들Papers Found in the School Master's Trunk》• 1875

페이스트리는 매일 먹어선 안 된다. 페이스트리가 고급이면 맛이 있으면서도 소화가 안 되고, 저급이면 맛이 나쁘면서 더 소화가 안 된다.

크리스틴 터훈 헤릭Christine Terhune Herrick, 《살림을 쉽게Housekeeping Made Easy》• 1888

13장

빵은 무거운 음식이다

"나로선 반죽을 구워 만든 음식을 칭찬할 수 없다." 토머스 투서Thomas Tusser,《살림에 대한 500가지 힌트Five Hundred Pointes of Good Husbandrie》(1557) 앨버트 허버드는 "내게 빵 두 덩어리가 있다면 한 덩이는 팔아서 히아신스를 사 내 영혼을 살찌우겠다"라고 말했다. 만일 내게 빵 두 덩이가 있으면 두 덩이 모두 팔아서 히아신스를 사겠다.

스코트와 나는 빵을 거의 안 먹는다. 녹말 음식도 마찬가지다. 곡물은 기껏해야 하루에 한 끼만 먹는다. 곡물이 식단에서 차지하는 비중은 적다. 우리는 푸르고 신선한 채소를 먹는 데 중점을 둔다. 누가 사과보다 도넛을, 양배추보다 크래커를 좋아할까? 최소한 우리는 아니다. 물론 그런 사람이 엄청나게 많다는 것은 알고 있다.

녹말 소비는 전 세계적으로 일반적 현상이다. 녹말은 씨앗에 있는 성분으로, 버섯류를 제외한 모든 덩이줄기 식물에 다 함유되어 있다. 쌀은 76%가 녹말이다. 옥수수는 56%, 밀과 기장은 55%, 보리는 46%, 호밀은 45%, 완두콩은 40%, 렌틸콩은 40%, 강낭콩은 38%, 귀리는 36%, 얌은 35% 그리고 감자는 (많은 사람이 "녹말이 너무 많다"며 감자를 피하고 대신 빵을 선호하지만) 18~20%가 녹말 성분이다.

　　우리는 위에서 말한 곡류를 종류별로 조금씩 먹지만, 주식으로 하지는 않는다. 아마도 곡류를 조금 먹어서 우리가 건강한 것 같다. 한 달에 한 번 쌀을 먹고, 일주일에 한 번 감자를 먹는다. 그리고 하루에 한 번 그 밖의 곡물을 먹는다. 하지만 세상 사람들 대부분은 곡물을 주식으로 한다. 이제 곡물은 에너지와 칼로리를 싸게 얻을 수 있는 주요 공급원이다.

　　인류가 왜, 언제 처음으로 씨앗을 먹었는지, 그것을 가루로 만들어 물과 섞어 구워 먹는 법을 배웠는지는 모른다. 1만 년 전 인류가 살았던 스위스 호수 부근 유적지를 보면 당시에도 인류는 굽는 기술을 알고 있었다. 고대 이집트 고분벽화를 보면, 밀을 추수하는 그림뿐 아니라 밀을 갈아서 빵 반죽을 만들어 구워 먹는 장면까지 묘사되어 있다. 기원전 100년경 로마에는 258개의 빵집이 있었고, 기원후 100년 트라얀 황제 시절에는 제빵 학교가 생겼다.

《브리태니커 사전Encyclopedia Britannica》 • 1964

　　우리가 먹어본 가장 훌륭한 빵으로 '초르니 흘레프'라는 러시아 빵과 '로헤브로트'라는 네덜란드 빵, '빵과 인형 극장'의 이사이자 우리 손자

뻘 되는 친척인 피터 슈만이 만든 빵을 꼽겠다. 피터는 공연 때 발효된 빵을 만들어 관객에게 공짜로 나눠준다. 이 세 가지 빵은 도정하지 않은 거친 호밀로 만든다. 피터의 빵은 굉장히 거칠고 돌처럼 딱딱해서 톱과 망치로 잘라야 하지만, "뭐니 뭐니 해도 치아 운동에 뛰어난" 닥터 러셀 태처 트롤Dr. Russell Thacher Trall, 《새로운 수水 치료법 요리책The New Hydropathic Cook Book》(1854) 빵으로 맛이 아주 좋다. 세 가지 빵 모두 진짜 음식이다. 미국 상점에서 솜으로 만들어 진열해놓은 것 같은 (유감스럽게도 그런 빵이 팔린다) 가짜 음식이 아니다. 나라면 거저 준다 해도 그런 빵은 먹지 않겠다.

현대적인 조리 과정 - 도정(밀기울 제거), 제분(곱게 갈기), 고운체에 내리기, 표백, 혼합 - 은 곡물의 생명력을 앗아간다. 빵은 생명력이 가득한 음식이 아니라 변비와 질병, 죽음을 유발하는 원인이다. 곡물의 생명력의 핵심은 싹에 있는데도, 그런 요소는 다 제거되어 고운 밀가루로 변해 가게에서 파는 빵의 주재료가 된다.

대량으로 보관하기 위해 죽은 밀가루를 만든다. 그런 목적 때문에 곡물을 처리해서 결국 불완전한 식품을 생산하는 것이다. 밀가루 음식은 제분하지 않은 곡물 식품보다 영양 면에서 뒤떨어진다. 밀, 메밀, 귀리, 수수, 보리, 현미, 옥수수처럼 갈지 않고 먹는 곡물은 비타민(특히 비타민 B군), 미네랄과 단백질, 약간의 지방 공급원이다. 갈지 않고 알갱이로 먹으면 영양가가 높다.

고기를 먹지 않는 채식인은 녹말을 과하게 섭취하는 경향이 있다. 그래서 결국 육식하는 사람들과 다름없이 변비, 소화불량, 감기, 인후염, 가습 통증 등을 앓게 된다. 빵, 케이크, 크래커, 쿠키, 마카로니, 스파게티 등 주로 녹말로 된 음식을 덜 먹는 것이 건강을 지키는 지름길이다.

우리 부부는 빵 대신 갈지 않은 곡물을 통째로 먹는다. 메밀과 수수는 몇 분만 끓이면 먹기에 좋다. 밀의 경우 대단히 단단하기 때문에 밤새 불려서 물을 넉넉히 붓고 몇 시간 삶아서 먹는다.

내가 빵 만들기를 꺼리는 이유에는 귀찮고 시간이 많이 걸린다는 점도 있다. 공들여야 하는 과정이 짜증스럽다. 요리하기를 즐기는 친구들은 케이크에 비하면 빵 굽기는 덜 복잡하다고 말한다. 그러면서 케이크는 뭐 하러 만들까? 흔히 "빵 굽기야 간단하지"라고 말하면서 한 페이지 반도 넘는 조리법을 보여준다. 거기 적힌 대로 하려면 1시간도 넘게 걸리는데도 간단하다니. 파이, 쿠키, 머핀도 같은 이유로 만들기 싫어한다.

이런 것들은 미각을 만족시킬지는 모르지만, 그만한 비용을 지불할 가치가 있을까 하는 게 문제다. 파이며 케이크, 도넛이 잔뜩 쌓인 걸 보면 마술 같은 솜씨보다는 불쌍한 우리 요리사 펜넬 부인의 노고가 먼저 생각난다.

A.M. 디아즈A. M. Diaz,《교장의 트렁크에서 나온 글들Papers Found in the School Master's Trunk》
· 1875

자매들이여, 빵 굽는 과정을 잘 살펴보고 가족의 소화나 본인의 건강에 도움이 되는 정도를 넘어서 빵을 굽는 것은 아닌지 확인해보자. 그리고 하루의 노동을 줄일 수 있는 부분이 어딘지 정하고 남편과 대화를 해서, 주부의 노동이 덜어진다면 남편이 덜 신선한 빵과 파이, 케이크를 먹겠다고 현명하고 친절하게 동의하는지 알아보자.

에마 C. 휴잇Emma C. Hewitt, 《가정의 여왕Queen of Home》 • 1888

굽는 음식은 보통 생명력 없는 것들을 섞은 덩어리이다. 빻고 도정한 곡물과 소금, 설탕, 이스트, 베이킹파우더를 섞어서 반죽으로 만들어 오븐에 넣고 죽을 때까지 굽는다. 또한 빵은 바탕 구실만 할 뿐 보통은 버터, 치즈, 잼, 꿀, 마요네즈 등이 뒤범벅되어 건강에 좋지 않다. 첨가물 없이도 배불리 먹을 수 있을까? 배고프면 빵 말고 아삭아삭한 셀러리나 래디시, 사과를 먹으면 안 될까?

말랑말랑한 빵으로 배를 채우기는 참 쉽다. 빵은 별로 씹을 필요 없이 간단히 목구멍으로 넘길 수 있다. 갓 구운 따끈한 빵을 먹으면 입과 위에서 소화가 잘 안 되는 반죽 덩어리가 만들어진다. 셰익스피어의 작품에 나오는 헨리 5세는 "빵을 잔뜩 먹어 속이 거북해진 채 자리에 눕는다".

중세의 가장 치명적인 병은 나병이나 성 안토니오열 맥각 중독 등의 피부 염증 - 역주이 아니라 빵을 너무 많이 먹어 신체 대사가 잘 안 되는 데서 발생했다.

E. 파말리 프렌티스E. Parmalee Prentice, 《기근의 역사Hunger and History》 • 1939

대체로 빵은 그다지 만족스러운 음식이 아니다. 산성이라 배 속에서 요동치고 위장에 가스가 차게 하기 때문이다. 과일과 함께 먹으면 특히 그러하므로 가스가 잘 차는 사람은 하루 빵 섭취를 아주 소량으로 제한해야 한다. 빵과 음료를 줄인 후 가스 차는 증상이 사라진 사람을 나는 많이 봤다.

K. G. 헤이그K. G. Haig, 《식이요법을 통한 건강Health Through Diet》 • 1913

헨리 밀러는 미국 빵을 가리켜 "우리의 멋없고 단조로운 생활을 구성하는 빵이란 것은 너무도 맛이 없어 심지어 새 모이로도 적당치 않다. 북미의 새들은 이미 감소하기 시작했는데, 아마도 맛없는 빵 때문일 것이다"라고 신랄하게 비평했다.

오스트레일리아 퀸즐랜드에 사는 친구들이 만들기 쉽고 맛있어 보이는 빵 만드는 법을 나에게 보내주었다. 간단히 설명해보겠다. 밀을 밤새(혹은 24시간) 물에 불려 싹을 틔운다. 이 싹이 튼 밀을 블렌더에 넣고 간다. 여기에 걸쭉해질 때까지 당밀 설탕을 추출하고 남은 부분. 당의 함량이 높다 - 편집자 주을 넣는다. 한편 신선한 밀 알갱이를 반죽에 넣어도 될 만큼 고운 가루가 될 때까지 간다. 기름 바른 빵틀에 반죽을 붓고 천천히 굽는다. "불이 아주 약해야 하며, 나무 오븐에 구워 나무 향이 나면 좋아요. 나는 빵을 돌려가면서 3~4시간 굽는답니다. 그러면 끝이지요. 더 간단한 방법은 없을 거예요. 밀이나 당밀을 제외하면 물만 들어가는 거잖아요."

난 지금껏 파이나 케이크를 구워본 적이 없으며, 앞으로도 그럴 것이다. 아니, 몇십 년 전에 케이크를 만들어본 적이 한 번 있는데, 너무 맛이 진하고 쾌락적이어서 다시는 시도하지 않았다. 나는 그 케이크를 "헬렌의 뻔뻔한 악마 케이크"라고 불렀고.

헬렌의 뻔뻔한 악마 케이크

큰 팬에 당밀과 물 1/2컵을 넣는다. 약한 불에서 계속 저어주다가 끓어오르면 건포도 450그램을 넣고 다시 끓인다. 불을 줄이고 5분간 졸인다. 불을 끄고, 곱게 자른 대추야자 1200그램과 깡통 과일 450그램을 넣어 따로 둔다. 버터 1컵과 설탕 1¼을 섞어 크림처럼 만들고, 달걀 6개를 하나씩 넣어 젓는다. 밀가루 2¼컵, 베이킹 소다 1/2작은술, 향신료(계핏가루 1작은술, 너트메그 1작은술, 올스파이스 1/2작은술, 정향 가루 1/2작은술)를 체에 내린다. 여기에 버터 섞은 것과 오렌지 주스 1/2컵을 넣는다. 이것에 당밀과 과일을 넣고 섞는다. 다진 견과 3컵을 넣고 젓는다. 기름 바른 작은 빵틀에 붓는다. 3시간 혹은 다 익을 때까지 굽는다.

이런 케이크를 구워본 적이 있으니 '요리에 반대하는 요리사'로서의 내 명성이 무색할 지경이다. 어쨌든 이 맛 좋은 과일 케이크는 이웃들에게 좋은 크리스마스 선물이 되었다. 한 조각만 먹어도 허기가 금세 가셨다.

바자회에서 파는 케이크같이 단맛이 나는 것을 켜켜이 쌓아 만든 음식은 건강한 생활에 좋지 않다. 맛도 좋고 건강에도 좋은 것이 음식의 기본 바탕이다. 나라면 딱 한 번 만들었던 케이크를 포함한 다양한 케이크류보다는 피터 슈만의 검은 호밀빵을 먹겠다.

케이크란 기본적으로 정제되고, 농축되고, 달고, 향을 첨가하고, 장식한 빵의 형태이다. 케이크는 보통 즐거운 행사나 사교 모임, 축제 때 굽는다.

J. L. W. 서디컴J. L. W. Thudichum, 《요리의 정신The Spirit of Cookery》 • 1895

나는 여러 겹으로 만든 케이크에 관심이 없다. 그것은 결국 설탕을 입힐 구실에 불과하니까.

해럴드 로이드Harold Lloyd, 《독신남 요리책The Stag Cook Book》 • 1922

여행자의 빵

밀 1컵

물

참깨나 해바라기 씨앗

밀을 충분한 물에 밤새 불린다. 아침에 물을 따라내 물기 없이 뚜껑을 덮어둔다. 하루에 두 차례씩 물로 헹구어 준다. 이틀쯤 되면 밀이 두 배로 불며 싹이 튼다. 싹이 튼 밀을 거칠게 간다(이때 가는 도구를 즉시 씻지 않으면 나중에 끈적끈적해져서 씻기 힘들다). 물 묻은 손으로 밀반죽을 뭉쳐 작은 빵 덩어리를 만든다. 높이는 2센티미터 남짓이면 된다. 참깨(혹은 해바라기 씨앗)를 빵 굽는 팬에 뿌려서 반죽이 팬에 달라붙지 않게 한다. 센 불 오븐에서 갈색이 날 때까지 굽는다.

응용 이 빵은 호밀 씨앗으로도 만들 수 있다. 건포도나 말린 허브, 대추야자나 견과를 빵 반죽에 뿌려도 좋다.

슈만의 호밀빵

통호밀을 거칠게 간 후 미지근한 물을 섞는다. 따뜻한 곳에 2~3일 그대로 두면 발효되어 이스트가 된다. 동량의 신선한 통호밀을 갈아서 발효된 이스트에 섞는다. 소금과 미지근한 물을 넣어 20~30분간 힘껏 치댄다. 뚜껑을 덮어 1시간 동안 그대로 둔다. 다시 치댄 다음 밀가루를 묻힌 손으로 반죽을 가볍게 굴려 빵 덩어리를 만든다. 센 불 오븐에서 1시간 30분 동안 구우면 껍질이 딱딱해진다. 날카로운 칼로 아주 얇게 자른다. 이틀이 지난 후 먹으면 더 맛이 좋고, 몇 달도 보관할 수 있는 빵이다.

네덜란드 식빵

호밀 가루 4컵

밀 (빻은 것) 1컵

맥아 1/4컵

캐러웨이 씨앗 1큰술

천일염 1½작은술

식용유 2큰술

꿀이나 당밀 2큰술

끓는 물 3컵

마른 재료를 한데 섞는다. 끓는 물에 식용유와 꿀이나 당밀을 넣고, 섞어놓은 마른 재료에 부어가며 휘휘 젓듯이 반죽한다. 뚜껑을 덮어 밤새 둔다. 다음 날 아침에 농도를 봐서, 반죽이 너무 질면 밀가루를 넣는다. 뜨거운 물이 담긴 팬 안에 반죽을 담은 팬을 넣고 뚜껑을 덮어 센 불 오븐에서 4시간 동안 굽는다. 굽는 동안 뜨거운 물이 졸아들지 않도록 주의한다.

필립 러벨의 굽기 쉬운 빵

꿀 (미지근한 물 1컵에 녹인 것) 2큰술

이스트 (미지근한 물 1컵에 녹인 것) 1포

밀가루 300그램

꿀과 이스트를 밀가루와 섞는다. 물을 붓고 3분 동안 완전히 섞는다. 반죽이 너무 질면 밀가루를 한 줌 더 넣는다. 반죽을 치댈 필요가 없다. 기다란 빵 굽는 팬에 반죽을 담아 따뜻한 곳에(오븐 말고) 45분간 둔다. 그다음에 센 불 오븐에서 1시간 동안 굽는다.

납작 빵

통밀 가루 2컵

천일염 약간, 식용유

통밀 가루와 소금을 섞은 다음, 찬물을 넣어 반죽을 만든다. 팬을 달구고 식용유를 두른 후 6밀리미터 두께로 반죽을 편다. 빵 양쪽을 노릇노릇하게 굽는다.

옥수수 폰 (옥수수빵)

옥수숫가루 2컵

천일염 1작은술

식용유 1/4컵

옥수숫가루와 소금을 섞고 식용유를 부어 젓는다. 물을 넉넉히 붓고 섞은 후 손으로 단단한 덩어리를 빚는다. 반죽 덩어리를 납작하게 눌러서, 옥수수빵 틀에 담아 굽거나 식용유를 두른 팬에 담아 굽는다. 센 불 오븐에서 갈색이 날 때까지 굽는다.

우리가 먹어본 가장 훌륭한 옥수수빵은 옥수숫가루에 물과 소금 약간만 넣고 잘 치대 반죽한 후 사람 발 모양으로 빚어 감자 구울 때처럼 잿불 속에 넣어 밤새 구운 것이다.

훌륭한 옥수수빵을 만드는 중요한 비밀 세 가지를 기억하도록. 옥수수를 아주 곱게 가루 내는 것, 싱싱한 옥수수로 가루를 내야 한다는 것, 너무 많이 구워질까 걱정하지 말라는 것. 어떤 옥수수빵이든 오래오래 익혀야 제맛이 난다.

솔런 로빈슨Solon Robinson, 《농부를 위한 사실들Facts for Farmers》(1866)

통밀빵

마가린 1컵

통밀 가루 3컵

코티지치즈 1컵

밀가루, 식용유 약간

마가린을 통밀 가루와 섞어 손으로 잘 비빈다. 코티지치즈를 넣는다.

끈적끈적하면서도 마른 느낌의 반죽이 되어야 한다. 도마에 밀가루를 뿌리고, 반죽을 작은 사각형이나 원 모양으로 얇게 민다. 혹은 손으로 눌러서 얇게 만들어도 된다. 식용유 두른 팬에 담아 센 불 오븐에서 양면이 갈색이 날 때까지 굽는다.

익히지 않은 견과빵

아몬드 가루 1컵

호두 (다진 것) 1/2컵

롤드 오트 4큰술

천일염 1/2작은술

타임 약간

냉수 2~4큰술

견과류를 섞은 다음 롤드 오트와 천일염, 타임을 넣는다. 물을 조금씩 넣으면서 반죽을 만든다. 찬 곳에서 적어도 1시간 동안 둔 후 상에 낸다. 잘 드는 칼로 자른다. 빵으로 먹지 않고 야채, 샐러드를 곁들여 메인 코스로 먹어도 좋다.

익히지 않은 과일 케이크

밀 씨앗 (곱게 간 것) 4컵

코코넛 (간 것, 국물까지) 1개

건포도 200그램

귤껍질 (간 것 또는 다진 것) 50그램

재료를 모두 섞는다. 손으로 파이 팬에 눌러 담는다. 시원한 곳에 보
관하거나 즉시 먹는다.

당근 쿠키

통밀 가루 2컵

당근(간 것) 2컵

견과(다진 것) 1/2컵

코코넛(다진 것) 1/2컵

천일염 약간

식용유 1/2컵

메이플 시럽이나 꿀 1/2컵

식용유, 레몬즙 약간

먼저 마른 재료를 섞은 다음 나머지 재료를 넣고 젓는다. 숟가락으
로 식용유 두른 쿠키 팬에 반죽을 떼어 담는다. 센 불 오븐에서 갈색
이 날 때까지 굽는다.

땅콩버터 옥수수 크리스피

땅콩버터 1컵

냉수 1컵

옥수숫가루 1컵

식용유 약간

물에 땅콩버터를 갠 후 팬에 담아 미지근하게 데운다. 옥수숫가루

를 넣고 완전히 섞는다. 필요하면 물을 더 넣어 얇은 케이크 모양으로 만든다. 식용유 두른 쿠키 팬에 반죽을 담는다. 중간 불 오븐에서 30분 정도 갈색이 날 때까지 굽는다.

바나나 쿠키

꿀 3큰술

콩기름 8큰술

바나나 (잘 익은 걸로 으깬 것) 1개

통밀 가루 2컵

물이나 과일즙 1/2컵

건포도 (밤새 불린 것) 1/2컵

식용유 약간

꿀과 콩기름을 잘 섞고 바나나를 넣는다. 여기에 나무 숟가락이나 손으로 통밀 가루를 넣는다. 물을 붓고 건포도를 넣는다. 식용유 바른 쿠키 팬에 숟가락으로 반죽을 떼어 담고, 약한 불 오븐에서 갈색이 날 때까지 굽는다.

오트밀 쿠키

롤드 오트 2컵

통밀 가루 2컵

바나나 (잘 익은 걸로 으깬 것) 1개

건포도 (밤새 불린 것) 1/2컵

꿀 1컵

냉수나 사과즙 1½컵

레몬즙 2작은술

메이플 시럽 2큰술

먼저 마른 재료끼리, 물기 있는 재료끼리 각각 섞는다. 두 가지를 섞
은 후 잘 저어 반죽을 만든다. 식용유 두른 팬에 숟가락으로 반죽을
떠 담는다. 약한 불 오븐에서 갈색이 날 때까지 굽는다.

과일로 만든
달콤한 디저트

이렇게 흥분되고 짜릿한 것이 많은 시대에 젊은이들에게 단것을 멀리하도록 하는 것은 한 사람의 생명을 걸 만한 가치 있는 일이다. 평범한 설탕과 당밀만도 충분히 유혹적이며 또 충분히 나쁘다. 하지만 그 정도를 넘어 요란한 사탕 과자 제조술이 젊은이들의 입맛을 충족시키므로 그들을 이성과 경험의 범위 안에 잡아두는 것은 극도로 어렵다.

윌리엄 A. 올컷William A. Alcott, 《가정의 어머니The Mother in Her Family》 • 1838

디저트의 매력은 귀부인들이 만들 수 있다는 점이다. 그들은 얼굴을 붉히거나 흰 앞치마를 더럽히지 않는다. 디저트는 우유, 달걀, 향신료, 설탕을 갖고 놀며 만드는 즐거운 것이다. 더운 날씨에 식사를 준비하고, 나중에 설거지하는 일이 무덤덤한 필자가 엄숙한 산문을 쓰는 것이라면, 디저트를 만드는 일은 시에 비유될 것이다.

M. E. W. 셔우드M. E. W. Sherwood, 《접대의 기술The Art of Entertaining》 • 1892

젤리, 커스터드, 트라이플(포도주에 담근 카스텔라류)과 미각에 쓸모없는 무수한 예쁜 것들의 장난.

닥터 윌리엄 키치너Dr. William Kitchiner, 《요리사의 경전The Cook's Oracle》 • 1817

냉소적인 죄악에 물든 설탕 입힌 미끼에 미각이 유혹당하게 하지 말라.

윌리엄 본William Vaughan, 《건강을 위한 지침Directions for Health》 • 1600

수프와 그레이비의 준비는 손이 거칠고 강한 사람에게 남겨두면 되지만, 섬세한 디저트의 재료를 섞는 일은 안주인의 섬세한 손길에 가장 알맞은 일이다. 디저트를 만드는 일은 주부가 받은 교육의 일부로, 가정경제에도 꼭 필요한 부분이다.

보스턴의 어느 부인, 《디저트 북The Dessert Book》 • 1872

"나는 식사 때 아이스크림을 좋아한다고 말하지 않을 수 없군요. 의사들은 아이스크림을 매도하지만, 그들도 기회가 되면 언제나 먹는다는 걸 알아요."라고 레이디 콘시딘이 말했다.

W. G. 워터스 부인Mrs. W. G. Waters, 《요리사의 데카메론The Cook's Decameron》 • 1920

단 음식에 대해 말해야겠다. 식사가 끝난 후 진짜 연회가 열린다. 사탕 과자를 만든 사람이 나와서 희귀하고 예술가를 능가하는 듯한 시연을 선보이는 것이다.

시어도어 메이언 경Sir Theodore Mayerne, 《뛰어나고 인정된 조리법과 조리 실험Excellent & Approved Receipts & Experiments in Cookery》 • 1658

14장

|

과일로 만든 달콤한 디저트

1953년 메인주의 스피릿 코브로 이사하니 이웃에 머리가 텁수룩
하고 인상 고약한 노인이 살고 있었다. 그분의 집은 뒤죽박죽 엉망이었다.
하지만 그분은 지성적이고 지식이 뛰어나고 꾸준히 명석한 관찰을 하는
사람이었기에 서로 잘 지냈다. 그 노인장은 종종 식사를 하러 왔다. 그는
배가 부르면 더 먹으라고 권해도 구식으로 예의를 갖춰 거절하며 "고맙
소. 배가 부르구먼요"라고 대답하곤 했다. 보통 관습에 따르면 디저트는
식사 후에 나오는 음식이라 사람들이 배가 부른 다음에 먹게 마련이다.

디저트는 배가 고파서 먹는 게 아니라 맛이 좋기 때문에 먹는 음식
이다. 너무 유혹적이어서 거부할 수가 없다. 케이크, 푸딩, 파이나 아이스
크림을 두 번 세 번 먹는 경우도 있다. 나도 그런 디저트를 먹는 경우가 있
지만 잘 익은 체리나 포도, 파인애플을 선택할 수 있는 상황이라면 과일을
선호한다. 과일은 완벽한 음식이다. 더 넣을 것도 없고, 준비할 것도 없으

276

며 조리하거나 양념할 필요도 없다. 과일에는 기본적인 미네랄이며 비타민, 영양소가 함유되어 있다. 디저트를 먹어야 한다면 과일과 견과가 더 바람직할 것이다. 기원전 30년 호라티우스는 "견과와 무화과로 근사한 상을 차렸다"라고 말했다.

> 디저트로 말할 것 같으면, 나는 그것과 가까운 사이가 아니다. 디저트는 불필요하고 건강에 좋지 않다고 생각한다. 어쨌든 나라면 적당량만 먹을 테고, 그것도 잘 익은 과일 몇 종류로 제한할 것이다. 내 견해로, 설탕에 절인 과일을 식사 후에 포식하면 소화에 좋지 않을 것 같다. 사탕류는 더 나쁘다고 생각한다. 디저트는 보여주려고 만드는 것이며, 과식으로 유혹하는 근원이다.
>
> 어느 미식가, 《식사의 기술The Art of Dining》 • 1874

어느 귀족이 "당신네 철학자들도 진미를 먹습니까?"라고 트집을 잡자, 철학자 데카르트는 "신이 좋은 것을 바보들만을 위해 만들었다고 생각하시나요?"라고 대꾸했다고 한다. 나이에 상관없이 좋아하는 아이스크림에 대해 이야기해보자. 나도 가끔 유혹에 빠지는 디저트가 아이스크림이다. 내가 어릴 적 아이스크림은 집에서 만들어 먹었다. 크림과 과일, 설탕으로 만든 뒤 깬 얼음과 소금이 담긴 나무 냉장고에 힘겹게 매달아두면 아이스크림이 됐다. 요즘이야 평범한 군것질거리에 불과하지만, 당시만 해도 아주 귀한 디저트라 특별한 경우에만 먹을 수 있었다. 남편은 내게 구애하면서 정말 맛 좋은 바나나 아이스크림을 만들었다. 생크림과 우유와 과일을 1 : 1 : 1의 비율로 넣고 감미료로 맛을 내서 만든 아이스크림이었다. 이후로는 먹어보지 못했지만.

보존하고 단맛을 낸 음식은 신선한 음식과 같은 수준의 먹을거리로 생각할 수 없다. 어쩌면 단맛을 낸 음식을 먹는 것의 가장 큰 해악은 그런 음식에 길들여지면, 더 소박하고 덜 꾸몄지만 더 건강에 좋고 필요한 음식을 먹지 못하게 된다는 사실일 것이다. 과일은 맛도 영양도 대단히 풍부하기 때문에 농축 감미료가 필요치 않다. 감미료는 유혹적이긴 하지만 건강에 이롭지는 않을 듯하다.

내가 아는 치과 의사는 사탕을 가리켜 "치과 의사의 기쁨"이라고 말한다. 그리고 환자가 누워서 치료받을 때 눈이 닿는 천장에 '동네 치과 의사를 부자로 만드는 길은 단것을 더 먹는 일'이라는 스티커를 붙여놓았다.

사탕 판매를 금하면 3년 이내에 치과 의사의 수가 반으로 감소할 것이다.

닥터 A. F. 라인홀트Dr. A. F. Reinhold, 《자연 대 약품Nature Versus Drugs》 • 1898

설탕과 단것에 대해서는 '쓴소리'를 많이 했으니, 이제 설탕은 쓰지 않고 천연 감미료만 사용해 잼과 달콤한 후식 만드는 법을 소개하겠다. 내가 요즘 만드는 잼은 (거의 만들지도 않지만) 익히지 않은 것이다. 그냥 라즈베리, 딸기, 블루베리, 블랙베리를 따서 그릇에 넣고 으깬 다음 꿀을 넣어 단맛을 낸다. 이것을 끓는 물에 삶았다 식힌 병에 담아 냉장고에 보관하면 된다.

과거에는 끓여서 잼을 만들어본 적이 있으니 몇 가지 힌트를 줄 수 있다. 과일은 덜 익은 걸 써야 한다. 펙틴이 많아서 더 빨리 굳는다. 걸쭉하게 만들려면 잼의 마지막 단계에 생감자 작은 것을 갈아 넣으면 된다. 이런 방법이 자신 없거나 싫은 사람은 대신 익지 않은 작은 사과를 갈아서 넣으면 된다. 사과도 감자와 같은 목적으로 쓰인다.

잼을 만들기 전 냄비 안쪽에 버터를 바른다. 위쪽 구석까지 골고루 바르면 잼이 타거나 끓어넘치는 것을 막아준다. 그런 다음 과일을 으깨서 불에 올린다. 천천히 끓이다가 조금씩 감미료나 꿀을 넣는다. 병을 파라핀으로 봉할 필요는 없다. 병 끝까지 내용물을 채운 다음 뚜껑을 꼭 닫는다. 병을 거꾸로 돌려서 몇 분 동안 둔 다음, 다시 똑바로 세워 찬물에 담그면 밀봉된다. 잼을 아주 잘 만들려면 맑고 건조한 날 만든다.

요리사가 만들기 좋아하는 음식이 피클이나 양념이다. 지금처럼 진지하게 절약하는 태도를 갖지 못해 분별력 없이 음식을 만들던 시절, 나는 여러 가지 피클을 담갔다. 그릇에 정향, 올스파이스, 계피, 딜과 식초, 설탕을 섞어 무나 양배추, 사과, 오이에 붓노라면 마치 마법사라도 된 기분이었다.

재료를 섞으면 맛이 좋고 또 재미도 있었지만, 이런 뒤범벅 음식이 독까지는 없어도 건강에 나쁘다는 사실을 깨닫게 되었다. 남편은 그것을 먹지 않았고, 나도 그걸 만드는 일을 중단했다. 옛 책에 실린, 향신료를 넣은 오이 조리법에서 "보기 좋게 만든 다음 버리도록"이라는 대목을 본 후 그런 것을 만들지 말아야겠다는 확신이 생겼다. 나는 만든 것을 버리지 않는다. 그저 더 이상 만들지 않을 뿐이다. 그런 "쓰고, 시고, 짜고, 맵고, 얼큰하고, 메마르고, 화기火氣가 너무 강한 음식은 통증을 일으키고 사람을 의기소침하게 만든다. 생기와 에너지, 활기, 건강, 기쁨과 유쾌함을 주는 담백하고 심심하면서 실속 있고 먹을 만한 음식이 순수한 사람들에게 좋다."

고대 인도 경전(기원전 5세기)

양념은 거짓 허기를 유발한다. 음식을 먹고 싶게 만든다. 몸에서 음식을 요구하는 진짜 허기야말로 최고의 반찬이라는 말이 있다.

그 시칠리아의 왕은 스파르타의 요리사가 만든 죽을 먹고, 고기가 입에 맞지 않는다고 말했다. 그러자 요리사는 양념이 부족하니 그럴 거라고 대답했다. 왕이 어떤 양념이 부족했냐고 묻자 요리사는 대답했다. "스파르타 사람들은 노동, 땀, 허기, 갈증을 양념으로 삼아 고기를 준비하지요."

토머스 엘리엇 경Sir Thomas Elyot, 《지혜의 향연The Bankette of Sapience》 · 1545

그럼에도 분별 없이 보낸 젊은 시절의 추억 속에 남아 있고, 지금도 가끔씩 해 먹곤 하는 몇 가지 디저트가 없지는 않다. 내가 여기에 소개할 후식은 몸에 아주 해롭지는 않을 것이다.

사과 소스

메이플 시럽 1컵

물 1/2컵

사과 (껍질 벗기지 않고 씨 부분 제거한 것) 8개

메이플 시럽과 물을 부글부글 끓인다. 사과를 6등분한다. 자른 사
과를 끓는 시럽에 넣는다. 저어준 다음 뭉근한 불에서 졸인다. 사과
가 으깨지지 않고 익을 정도로 졸이면 된다.

사과구이

사과 (4등분해서 씨 부분 제거한 것) 6개

메이플 시럽 1/2컵

버터 2큰술

사과 껍질이 질기지 않으면 벗기지 않는다. 사과를 오븐용 팬에 올
리고 팬의 밑바닥에 물을 넉넉히 붓는다. 사과에 메이플 시럽과 버
터를 뿌린다. 센 불 오븐에서 30분쯤 구워 따뜻할 때 먹는다.

맛있는 사과

사과 소스 4컵

바나나 (잘 익은 걸로 으깬 것) 3개

사워크림 1컵

메이플 시럽 3큰술

레몬즙 약간

호두나 피칸 등 너트 (다진 것) 1/2컵

큰 그릇에 사과 소스, 바나나, 사워크림, 메이플 시럽, 레몬즙을 넣

는다. 섞어서 각자의 그릇에 담는다. 곧 상에 내지 않으려면 냉장고에 보관한다. 상에 내기 전에 다진 견과를 뿌린다.

딸기잼

딸기(으깬 것) 8컵

꿀이나 감미료 1컵

딸기와 꿀을 섞는다. 병 입구에서 2센티미터쯤 아래까지 담아, 냉장실이나 냉동실에 보관한다.

응용 | 라즈베리, 블루베리, 블랙베리 등을 섞어도 좋다.

바나나 두부 푸딩

바나나(아주 잘 익은 것) 3개

두부 2모

메이플 시럽 3큰술

계핏가루나 너트메그 약간

바나나를 잘라서 블렌더에 넣는다. 두부를 깍둑썰기해서 바나나에 섞고 메이플 시럽을 넣어 함께 간다. 간 것을 그릇에 담고 위에 계핏가루나 너트메그를 뿌려서 낸다.

스노 아이스크림

바나나(잘 익은 걸로 썬 것) 6개

메이플 시럽 1/2컵

콩가루나 분유 1/2컵

바닐라 에센스 약간

얼음(간 것) 6컵

바나나, 메이플 시럽, 콩가루나 분유를 블렌더나 푸드 프로세서에 넣고 부드러워질 때까지 간다(손으로 저어도 된다). 바닐라 에센스를 넣고 얼음 간 것을 섞어 블렌더로 다시 간다. 냉동고용 용기에 나눠 붓고, 적어도 2시간 동안 얼린 후 상에 낸다.

스코트의 필라델피아 아이스크림

생크림 2컵

우유 2컵

과일(바나나, 딸기, 복숭아 등을 으깬 것) 2컵

꿀이나 설탕 1컵

큰 그릇에 재료를 한데 담고 젓는다. 집에 전기 절구가 있으면 재료를 절구에 담아 걸쭉해질 때까지 간다. 즉석에서 먹지 않으려면 냉동고용 용기에 담아서 필요한 만큼 얼려 먹어도 좋다. 절구가 없으면 재료 섞은 것을 용기에 담아서 3~4시간 얼린다. 얼리는 동안 가끔 저어준다.

딸기 셔벗

딸기 4컵

메이플 시럽 1/2컵

사워크림 1컵

딸기를 잘 씻어 으깬 다음 시럽을 섞어 높이가 얕은 용기 1~2개에 나눠 담는다. 이것을 적어도 2시간 동안 냉동고에 넣어둔다. 얼리는 동안 한두 번쯤 포크로 재료를 뒤집는다. 2시간 후면 재료가 알맞게 언다. 밤새 얼려도 좋다. 셔벗을 그릇에 담고 사워크림을 한 숟가락씩 끼얹어 상에 낸다.

당근 디저트

건포도 1컵

레몬즙이나 오렌지 주스 1/2컵

당근(큰 사이즈로, 간 것) 4개

바나나(잘 익은 걸로 얇게 저민 것) 2개

사워크림 1컵

메이플 시럽이나 꿀 또는 다른 감미료 약간

중간 크기 그릇에 건포도를 넣고 레몬즙이나 오렌지 주스를 뿌려 30분간 재운다. 당근, 바나나, 사워크림, 감미료를 넣고 힘껏 젓는다. 개인 그릇에 각각 담아 상에 내거나 차게 해서 내도 된다.

꿀 캐러멜

꿀 2컵

버터 3큰술

꿀과 버터를 한데 담아 끓인다. 20분쯤 지나면 숟가락으로 조금 떠서 찬물에 떨어뜨려보면 단단한 볼이 된다. 불에서 내려 대리석 판이나 버터 바른 접시에 붓는다. 식으면 손에 버터를 바르고, 미지근한 것을 길게 자른다. 딱딱해지면 먹기 좋은 모양으로 자른다.

응용│1. 꿀 대신 레몬 껍질 1개 분량 간 것과 당밀 2컵을 넣어도 된다. 2. 꿀과 버터를 20분쯤 끓여 적당한 농도가 되었을 때 다진 견과 1컵을 넣어도 좋다.

과일 디저트

파인애플 과육 (자른 것) 2컵

오렌지 (껍질 벗겨서 쪼갠 것) 2개

코코넛 (간 것 국물은 따라낼 것) 1/2컵

메이플 시럽 4큰술

속이 깊은 그릇에 파인애플 절반과 오렌지 절반을 담는다. 코코넛 절반을 뿌린 후 남은 파인애플과 오렌지를 올리고 나머지 코코넛을 뿌린다. 위에 메이플 시럽을 끼얹는다. 곧 상에 내지 않을 경우에는 냉장고에 넣는다.

무염 오이 피클

작은 오이를 씻어서 소독하여 식힌 병에 담는다. 차가운 사과 식초를 병에 붓고 밀봉한다. 서늘한 곳에 보관했다가 겨울에 먹는다. 식초는 다시 사용할 수 있다.

생양파 소스

오이 (껍질 벗겨서 곱게 다진 것) 1개

양파 (다진 것) 1개

파슬리, 골파 (다진 것) 1큰술씩

재료를 섞어서 프렌치드레싱(식용유와 식초를 2 : 1의 비율로 섞은 것)을 넣어 촉촉하게 만든다. 냉장고에 보관해두고 사용한다.

토마토 소스

토마토 (4등분) 10개

양파 (다진 것) 3개

셀러리 (다진 것) 1대

피망 (다진 것) 2개

사과 식초 1컵

꿀 4큰술

계핏가루, 정향 가루, 천일염 1/2작은술씩

모든 재료를 잘 섞어 2시간 동안 끓인다. 소독한 병에 담는다.

이탤리언 소스

토마토 (다진 것) 2개

양파 (다진 것) 2개

마늘 (다진 것) 4쪽

올리브유 4큰술

바질 (다진 것) 한 줌

소금 약간

양파와 마늘에 올리브유를 뿌려서 볶는다. 토마토, 바질, 소금을 넣는다. 소독한 병에 담아서 냉장고에 보관하며 쓴다.

속성 토마토 드레싱

양파 (다진 것) 1개

올리브유 1/2컵

토마토 (다진 것) 4개

오레가노 1작은술

천일염 1/2작은술

미나리 씨앗, 파프리카 1/4작은술씩

양파를 올리브유에 볶는다. 나머지 재료를 넣고 달달 볶는다. 뚜껑을 덮고 30분간 뭉근한 불에서 익힌다. 콩 요리나 밥, 견과류를 넣은 빵 위에 끼얹어 먹는다.

야채 카레 드레싱

토마토 (깍둑썰기) 8개

양파 (다진 것) 6개

건포도 1컵

카레 가루 1/4작은술

재료를 모두 섞어 중간 불에서 가끔 저어주면서 10~15분간 익힌다. 밥에 끼얹어 먹는다.

달콤한 요구르트 드레싱

플레인 요구르트 2컵

레몬 (즙) 1/2개

꿀 2큰술

재료를 모두 잘 섞는다. 과일·야채용 드레싱으로 좋다.

응용│꿀과 레몬즙 대신 마늘 2쪽을 곱게 다져 넣고 천일염 1/2작
은술을 섞으면 강한 맛의 야채용 요구르트 드레싱이 된다.

15장

생수와 그 밖의 음료

음식의 만족을 더하기 위한 것 이외의 목적으로 술을 마시는 것은 추잡하고 부도덕한 짓이다. 그것은 이성을 교란시키고, 열정을 타오르게 하며, 다리를 휘청거리게 만든다. 인간이 굳건히 똑바로 서서 인생의 길로 나아갈 수 없는 데 비유할 수 있을 것이다.

프루던스 스미스Prudence Smith, 《현대 미국의 요리Modern American Cookery》 • 1831

물은 어떤 연령대의 사람에게나 어울린다. 흔하다는 이유로 과소평가하는 게 물이다. 하지만 물이 주는 엄청난 장점을 고려해보면, 그 유용성이 희귀한 어떤 사물보다 값어치가 크다고 평가할 것이다.

닥터 M. L. 레머리Dr. M. L. Lemery, 《모든 종류의 식품에 관한 논문A Treatise of All Sorts of Foods》 • 1745

우리는 서너 가지 허브로 차를 우려 마신다. 어떤 음료는 고기와 물을 동시에 먹는 것 같은 효과가 있다. 그래서 특히 연로한 자에게는 고기나 빵을 조금 먹거나 아예 먹지 않고도 살려는 다양한 욕구가 있다.

프랜시스 베이컨Francis Bacon, 《뉴 아틀란티스New Atlantis》 • 1635

우리는 연로하고 건강한 사람들이 깨끗한 물 외에는 마시지 않는 것을 보았다.
……의심할 나위 없이 물은 다른 액체보다 뛰어나다.

토머스 엘리엇 경Sir Thomas Elyott, 《건강의 성The Castle of Health》 • 1534

주부가 가족에게 자극적인 음료를 마시지 못하게 할 때야말로 가장 과학적인 지식
과 도덕심을 발휘할 시점이다.

캐서린 E. 비처Catherine E. Beecher, 《새로운 주부의 소책자The New Housekeeper's Manuel》 • 1874

나는 모든 와인을 마셨다. 마지막 것과 처음 것이 비슷했다. 갈증보다 더 훌륭한 와
인은 만나지 못했다.

에드나 세인트 빈센트 밀레이Edna St. Vincent Millay, 《하프 타는 사람The Harp Weaver》 • 1923

갈증이 어디에서 비롯되든, 금잔에 마시든, 은잔에 마시든, 손으로 마시든 상관없
이 그 갈증이 가라앉아 본능이 만족하게 하라.

세네카Seneca, 《청빈함의 은총Poverty a Blessing》 • 기원후 60

15장

|

생수와 그 밖의 음료

신체가 요구하는 수분의 대부분은 평소 먹는 음식을 통해 공급된다. 순수한 과일 주스와 음료수를 마신다면, 물이나 다른 수분에 대한 욕구는 현저히 줄어든다. 숲속의 샘에서는 맑은 물이 흘러넘치지만, 우리 부부는 별로 마시지 않는다. 음식에 소금을 넣지 않고, 많이 익히지 않고, 매일 생과일을 먹기 때문에 일주일에 물 한 잔 정도가 필요할 뿐이다. 아주 더운 여름이면 하루에 한 잔 정도 마신다.

생수를 대신하는 모든 것이 건강에 해를 끼친다는 것은 법칙으로 정해도 될 만큼 분명한 사실이다. 일반적으로 우리는 물도 너무 많이 마신다. 식사를 제대로 하고 건강이 좋다면 갈증이 거의 없거나 완전히 없다.

<건강 저널Journal of Health> • 1853. 3

물은 습관으로가 아니라 자연스러운 갈증을 느낄 경우에만 마신다면 누구에게나 안전한 마실 거리이다. 꼭 필요가 있을 때 말고는 식사 중에 물을 마시지 말라.

닥터 앤드루 컴브Dr. Andrew Combe, 《생리학원론The Principles of Physiology》 • 1834

우리가 먹는 음식에는 몸이 요구하는 수분이 대부분 함유되어 있다. 적정한 수질의 물을 적당량 마신다면 그걸로 충분하다. 물은 우리가 먹는 거의 모든 것(특히 과일과 근채류)에 충분히 들어 있다.

윌리엄 A. 올컷William A. Alcott, 《젊은 가정 주부The Young Housekeeper》 • 1842

좋은 음식을 적당히 씹어 먹는 사람이라면 음료 없이도 고통받지 않을 것이다. 우리가 인내심을 가지고 자연의 움직임을 기다린다면, 자연이 주는 먹을거리에는 충분한 수분이 담겨 있다. 게다가 뺨 안에 든 영원한 샘과 다른 곳으로부터 물기가 쏟아진다.

윌리엄 A. 올컷William A. Alcott, 《적은 돈으로 사는 방법Ways of Living on Small Means》 • 1837

갈증이 나지 않을 때도 물을 마시는 동물은 유일하게 인간뿐이다. 인간은 음식을 더 먹기 위해 식사 때 물을 마신다. 수프나 스테이크, 솔트 크래커 등 양념이 많이 된 음식을 먹고 물이나 더 강한 음료 한두 모금으로 그 맛을 씻어 내린 다음, 음식을 더 먹고 물을 더 마시는 것이다. 또 권태 때문에 시간을 죽이려고 술을 마시고, 슬픔을 잊기 위해 마신다. 사교 생활을 위해 마시기도 한다. "5시 종이 울리면 사교상 술 접대가 필요하지요. 케이크 좀 드시겠습니까? 크림을 조금 더 드시겠습니까? 한 덩이면 될까요, 두 덩이를 드릴까요?"

삶에서 '애프터눈 티'로 알려진 의식儀式보다 더 멋진 시간은 없다.

헨리 제임스Henry James, 《여인의 초상The Portrait of a Lady》 • 1881

배가 고플 때만 먹어야 하고, 목이 마를 때만 마셔야 한다. 음료는 반드시 물과 허브 차, 생과일이나 야채 주스여야 한다. 오염된 강물에다 당밀로 단맛을 낸 것 같은 콜라나 설탕물로 맛을 낸 탄산음료를 마시면 안 된다. 목을 짜릿하게 태우고 취하게 하는 알코올 음료를 마실 필요도 없다.

커피 또한 건강한 생활에 필요치 않은 자극적인 음료이다. 커피를 마시면 일시적으로는 기운이 날지 모르지만 이내 몸은 더욱 피곤을 느낀다. 코코아나 초콜릿 음료에는 커피와 같은 타닌과 카페인이 함유되어 있어 마찬가지로 몸에 나쁘다.

19세기 초 익명의 저자가 쓴 책에는 커피 대용품에 대해 적혀 있다. "빵 부스러기를 말려서 그것을 볶아 쓰는 사람도 있고, 호밀을 럼주에 넣고 불려서 볶는 사람도 있다. 또 어떤 이는 콩을 같은 방법으로 만들어 커피 대신 사용한다. 이렇게 만든 것들이 썩 훌륭하지는 않다." 《알뜰한 주부The Frugal Housewife》(1830)

치페와 인디언들은 메이플 슈거를 찬물에 녹여서 더운 날씨에 음료수로 마셨다. 프랜시스 덴스모어Frances Densmore, 《치페와 인디언들의 식물 이용Uses of Plants by the Chippew Indians》(1928) 또 옛날 사람들은 "위를 부드럽게 풀어주어 특히 노인에게 좋은 '유동식'이라는 것을 만들었다." 어느 부인, 《절제의 요리책 Temperance Cook Book》(1841) 유동식이란 와인이나 에일 맥주의 일종 - 역주에 달걀, 빵 이나 오트밀, 설탕, 향신료를 섞어 만든 것으로 환자에게 알맞은 음식이었 다. '밀크주酒'라는 것도 있는데 그것은 크림과 사과주를 휘저어 거품을 내서 만든 음료였다. "크림 2리터에 설탕을 넣어 단맛을 낸다. 너트메그를 갈아서 넣는다. 젖소의 젖을 재빨리 짜야 거품이 잘 일어난다. 이렇게 만든 음료는 야식으로 아주 좋다." 토머스 도슨Thomas Dawson, 《훌륭한 주부의 보석 The Good Housewife's Jewel》(1587)

다른 옛 조리법에는 뜨겁게 해서 마시는 또 다른 '밀크주'와 꿀을 넣은 알코올 음료인 '꿀술'이 나와 있다.

내가 만드는 마실 것에 알코올 음료는 포함되어 있지 않지만, 여기 실린 옛 조리법을 보면 참고할 만한 내용이 있을지 모르겠다.

과일 음료 만드는 방법 - 생사과든 체리나 복숭아, 서양 자두, 배, 오디든, 조리용 사과든 과일에 물을 넉넉히 붓고 끓여야 한다. 충분히 끓으면 과일 을 그릇에 담고 국자로 짓이긴 다음 식혀서 거른다. 이것을 적포도주에 넣 고 설탕과 계피, 생강으로 맛을 낸다.

토머스 도슨Thomas Dawson, 《훌륭한 주부의 보석The Good Housewife's Jewel》 • 1587

잘 익은 과일을 으깨 국물을 거른 다음 과즙 8컵에 설탕 900그램을 넣는다. 이것을 그릇이나 냄비에 담고 뚜껑을 덮는다. 한 달이나 5주 동안 보관했다가 병에 담는다. 병마다 설탕을 한 덩어리씩 넣는다. 같은 방법으로 와인도 만들 수 있다.

《앤 여왕 치하의 귀부인 조리서The Receipt Book of a Lady of the Reign of Queen Anne》· 1711

사과주는 적당히만 쓰면 맛있고 건강에도 좋은 음료이다. 일반적으로 포도주보다 건강에 더 좋다고 한다. 포도주보다 순하고, 마시는 사람을 흥분시키지 않기 때문이다.

닥터 M. L. 레머리Dr. M. L. Lemery, 《모든 종류의 식품에 관한 논문A Treatise of All Sorts of Food》· 1745

거품이 보기 좋게 일어나는 신선하고 달콤한 사과주라면 시를 짓거나 술을 타서 권할 필요가 없다. 어리석지 않다면 나그네에게도 좋은 음료임이 분명하다.

라일리 플레처 베리Riley Fletcher Berry, 《과일 조리법Fruit Recipes》· 1919

다음은 내가 단순한 재료로 간단히 만드는 음료의 조리법이다. 가장 쉬운 방법은 전기 블렌더에 넣고 가는 것이다. 블렌더가 없으면 구식 거품기를 써도 재료가 잘 섞인다. 혹은 병이 반쯤 차게 내용물을 넣고 뚜껑을 잘 막은 후 마구 흔들어대면 된다. 우리는 블렌더 외에 주서가 있다. 우리 집에 전기가 들어온 이후 전자 제품을 아주 유용하게 사용한다. 주서로 '당근+비트+사과 음료'를 주로 만들어 일주일에 최소한 한 차례는 마신다.

당근과 사과를 잘 씻어서 길쭉하게 자르고, 비트는 껍질을 벗긴다. 이것들을 야채 주서에 넣어 주스를 만든 다음 물병에 담으면 세상에서 가장 맛 좋고 영양가 높고 훌륭한 주스가 된다. 이런 것을 마시고 살 수 있으니 우린 운이 좋다. 일주일에 한 번 24시간 동안 금식한 후 일요일 저녁 식사 때 팝콘에 이 음료를 곁들인다.

음료수를 먹을 때는 한 번에 쭉 들이켜지 말고 홀짝홀짝 마신다. 그리고 "물만이 갈증을 만족시킬 수 있다. 다른 음료는 거기 함유된 수분의 양에 따라 이 욕구를 만족시킬 수 있다." 라이먼 C. 드레이퍼Lyman C. Draper, 《고장과 나라를 위한 도움의 손길A Helping Hand for Town and Country》(1870)라는 점을 기억하자.

신선한 당근 주스

당근 450그램

사과 200그램

비트 2개

당근을 빡빡 문질러 씻는다. 사과를 씻어 씨를 제거하지만, 껍질은 벗기지 않고 4등분한다. 비트를 씻고 껍질을 벗겨 얇게 저민다. 당근, 사과, 비트를 주서에 넣고 간다.

캐슈너트 밀크

캐슈너트 (간 것) 4큰술

바나나 (잘 익은 것) 2개

찬물 적당량

블렌더에 캐슈너트 간 것과 찬물 2컵을 넣고 잘 간다. 여기에 바나나와 찬물을 더 넣고 다시 간다.

크랜베리 펀치

크랜베리 8컵

물 2컵

메이플 시럽이나 꿀 1컵

계피 4개

정향 1작은술

레몬 (얇게 저민 것) 1개

오렌지 주스 1컵

너트메그 약간

크랜베리에 물을 붓고 껍질이 찢어질 때까지 끓인다. 체에 밭치거나 블렌더에 간 후 꿀이나 메이플 시럽, 계피, 정향을 넣고 2분간 끓인다. 불을 끄고 레몬 조각과 오렌지 주스를 섞는다. 다시 끓여서 너트메그를 뿌려 뜨겁게 상에 낸다.

신선한 토마토 주스

몇 년 전, 멕시코시티에 갔을 때 어떤 사람이 "한잔하자"며 나를 고급 바에 데려갔다. 내가 토마토 주스를 주문하자 그 사람은 시무룩해졌다. 잠시 후 선홍색 주스가 큼직한 아름다운 잔에 담겨 나왔다. 나는 다른 음료가 아닌가 싶어 "저는 토마토 주스를 주문했는데요"라고 말했다. 그러자 웨이터는 "토마토 주스가 맞습니다"라고 대답했다. 한 모금 마시니 정말 토마토 주스가 맞았다. 그렇게 맛 좋은 토마토 주스는 생전 처음이었다. 나는 토마토를 익혀서 통조림으로 만들곤 했지만, 그곳에서 맛본 것은 생토마토를 블렌더에 갈아 만든 주스였다.

나는 잘 익은 토마토(4등분하지만 껍질은 벗기지 않는다)를 블렌더에 넣고 간다. 단지 토마토를 블렌더에 넣고 가는 걸로 끝이다. 여기에 블렌더를 살짝 가셔낸 물을 조금 섞는다. 그러면 아주 간단하면서도 순수한 토마토 주스가 만들어진다.

또 이런 식으로 만들어도 좋다.

토마토 (잘 익은 걸로 4등분) 8개

셀러리 (곱게 다진 것) 3대

골파 (다진 것) 1줄기

레몬 (즙) 1/2개

바질잎 1~2장

모든 재료를 블렌더에 간 후 물병에 담는다. 블렌더에 물을 약간 넣고 살짝 돌려서 물병에 붓는다.

농부의 스위츨

냉수 4컵

꿀 1/2컵

식초 1/4컵

당밀 1/2컵

생강 가루 1/2작은술

'스위츨'은 여름에 풀을 말리는 농부들이 시원하게 마시고 낮을 부지런히 놀리게 해주는 음료다. 갈증이 날 때를 대비해 많이 만들어 두자.

재료를 모두 섞어서 냉수를 조금 더 넣어 농도를 맞춘다. 베이킹 소다를 조금 넣으면 맥주나 진저에일처럼 거품이 난다.

그린 매직

오이 (껍질째 얇게 저민 것) 1개

피망 (다진 것) 1개

마늘 (갈아서) 1쪽

레몬 (즙) 1개

사과 주스나 파인애플 주스 4컵

셀러리 (잎까지) 3대

민트잎 한 줌

파슬리 (다진 것) 한 줌

블렌더에 오이, 피망, 마늘, 레몬즙을 넣고 사과 주스나 파인애플 주스를 넉넉히 붓고 간다. 셀러리와 민트, 파슬리를 넣고 섞는다.

응용 | 시금치잎, 무청, 컴프리를 넣어도 좋다. 가능한 한 엽록소를
많이 섭취하는 게 이 음료의 목표다.

과일 주스

복숭아, 배, 딸기 등 아무 과일이나 블렌더에 갈아 꿀이나 메이플 시
럽으로 단맛을 낸다. 냉수를 넣어 농도를 맞춘다.

바나나 음료

잘 익은 바나나를 블렌더에 넣고 메이플 시럽이나 꿀을 조금 넣는다.
물을 넉넉히 붓고 갈아 두 잔 분량의 음료를 만든다.
응용 | 물 대신 오렌지 주스 1컵, 그레이프프루트 주스 1/2컵과 꿀
로 맛을 내도 좋다. 갈아서 따라낸 다음, 블렌더에 물을 조금 넣어
살짝 돌려서 음료에 섞으면 된다.

아몬드 밀크

아몬드 두 줌을 끓는 물에 넣고 불려 껍질을 깐다. 블렌더에 아몬드
와 물 4컵, 꿀이나 메이플 시럽 2큰술을 넣고 간 다음 거른다. 거품
이 난 음료를 마시고, 남은 아몬드는 씹어 먹는다.

해초 음료

해초 한 줌을 씻어 잘 헹구어서 냄비에 담고 끓는 물 8컵을 붓는다.

30분 동안 뭉근히 끓인 다음 걸러낸다. 레몬 2개 분량의 즙과 오렌지 1개의 껍질을 넣는다. 꿀이나 메이플 시럽으로 단맛을 낸 후 뜨겁게나 차게 마신다.

코코넛 음료

잘 익은 바나나 2개와 파인애플 주스 2컵을 블렌더에 넣고 간다. 코코넛 1통의 즙을 넣어 섞는다.

맛좋은 초록 음료

그레이프프루트 2개와 오렌지 1개의 즙을 블렌더에 담고 다진 파슬리 한 줌을 넣어 간다. 물병에 담는다. 블렌더에 물 1컵을 넣고 살짝 돌려서 음료에 섞는다.

먹을거리를 보관하고
저장하는 법

귀리를 쓰기 좋도록 갈 맷돌이 없다면 주부들은 끼닛거리가 있는 것을 기뻐할 새
도 없이 헛간에 가서 당장 먹을 귀리만 손으로 비벼 까며, 내일 일은 내일이 알아서
하기를 바랄 것이다.

제러드Gerard, 《본초서A Nievve Herball》• 1596

시골 가정은 늘 상점이나 시장에서 산 것으로 식탁을 준비하지 않는다. 시골 사람
은 연중 어느 계절이나 헛간에 늘 먹을 것을 쌓아두고 있다.

돈 안토니오 데 게바라Don Antonio De Guevara, 《시골 생활의 행복을 노래The Praise & Happiness of the
Countrie-Life》• 1631

필요한 한계 내에서, 텃밭과 지하 저장고를 가진 사람은 늘 물건을 사야 하는 이웃
보다 크게 유리하다.

안젤로 M. 펠레그리니Angelo M. Pellegrini, 《편견 없는 미각The Unprejudiced Palate》• 1948

사과를 딴 직후 먹으면 소화하기 힘들지만, 겨울까지 잘 보관해 먹으면 건강에 좋다.

토머스 엘리엇 경Sir Thomas Elyott, 《건강의 성The Castle of Health》 • 1534

지금껏 필수품을 가장 경제적으로 가정에 공급하는 방식이 무엇이든, 매시간 가게로 쫓아가지 않고 일주일 치 물건을 마련해두는 게 가장 좋은 방법임은 말할 것도 없다.

수지를 맞추는 사람One Who Makes Ends Meets, 《독신자와 기혼자를 위한 경제Economy for the Single and Married》 • 1845

한겨울 싱싱하고 수확할 때보다 맛 좋은 과일을 보는 것보다 감각을 만족시키는 것은 없다. ……여름에는 과일이 풍부하고 다양해서 그저 충분한 정도가 아니라 포식하게 되므로 겨울에 먹는 과일이 더 만족스러울 것이다. 이런 이유로 우리는 자연이 새것을 줄 때까지 겨우내 과일을 보존하는 방법을 그대에게 가르치려고 글을 쓰는 것이다.

존 이블린John Evelyn, 《프랑스 정원사The French Gardener》 • 1675

16장

|

먹을거리를 보관하고 저장하는 법

우리 같은 구식 사람들은(우리 부부는 버몬트에서 19년, 메인에서 27년간 살았으니 구식 사람들이라 할밖에) 농작물을 텃밭에서 키워 먹는 데 익숙하다. 우리 저장실에는 상점에서 사지 않고 밭에서 수확한 농작물이 쌓여 있다. 우리는 로지어갑岬의 끄트머리, 바람이 많이 부는 곳에 산다. 이곳은 페놉스콧만에서 툭 튀어나온 육지의 끝에 있고, 상점과 은행이 있는 가장 가까운 마을(블루힐)에서 30킬로미터도 넘게 떨어져 있다. 또 도시(뱅거)까지는 80킬로미터가 넘는다. 읍내 나들이도 안 하고 지낸다.

큰 고장에 사는 사람들은 매일 필요한 식품을 사러 가게에 들락날락할 수 있다. 우리는 여름이면 푸른 잎채소와 근채류를 밭에서 키워 수확해 먹고, 겨울에는 큰 지하실에 저장한 것과 볕이 잘 드는 온실에서 딴 것을 먹는다.

일반적으로 보관하거나 저장한 식품은 싱싱한 것과는 비교가 안 된다. 물론 밭에서 갓 딴 야채가 가장 영양가 높고, 저장하거나 말리거나 발효하거나 냉동시킨 것보다 낫다. 하지만 우리가 사는 뉴잉글랜드의 기후 사정 때문에 추운 계절에는 저장 식품을 먹을 수밖에 없다.

초기의 저장 방법은 땅에 구덩이를 파서 묻는 것이었다. 건초나 짚으로 막은 후 판자와 흙을 덮어 통풍이 잘되게 했다. 언덕에 구덩이를 내면 습기가 차지 않아 서리 피해를 입지 않는다는 사실을 알았다. 한겨울에라도 볕이 좋으면 구덩이를 열고 저장된 것을 꺼내서 곧 먹을 수 있었다.

또 농가 건물에서 가까운 언덕을 골라 경사면에 구덩이를 판 다음 앞문과 통풍구를 만들었다. 자리를 잘 고르면 저장고에 물이 괴지 않는다. 언덕 면에 판 지하 저장고는 지열을 이용하는 장점이 있었다(1940년대 뉴잉글랜드에서는 그랬다). 언덕 경사면에서 튀어나온 부분은 이중으로 널을 대거나, 여름의 햇살과 겨울의 추위를 막을 대책을 세워야 했다.

우리는 다행히 서늘하고 따뜻한 지하실이 있는 집에 살아서 집 밖에 지하 저장고를 팔 필요가 없었다. 하지만 집 안에 있는 저장실이든 집 밖에 판 저장고든 들쥐, 생쥐, 다람쥐, 너구리, 스컹크 같은 설치류의 침입을 막아야 했다.

메인에서 보낸 겨울 한 철을 잊지 못할 것이다. 그해 겨울 우리는 지하실에 열두 양동이 분량의 사과를 보관했다. 쥐가 접근하지 못하게 단단히 조치를 취했다. 상자에 낙엽을 깔고 사과를 넣은 다음 그 위에 낙엽을 까는 방식으로 보관했다. 지하실 문을 단단히 잠그고 전국 각지 순회 강연을 떠났다. 넉 달 후 돌아와 수십 통의 상자에 보관한 사과를 보러 지하실에 내려갔다. 바닥에 낙엽이 수북이 흩어져 있었다. 상자에 손을 넣어보았다. 수백 개의 사과 중 딱 하나만 남아 있었다. '노던 스파이'라는 좋은 품종의 사과였다. 약탈자(아마도 쥐나 다람쥐)는 보이지 않고, 녀석이 어디로 들어 왔다 나갔는지 구멍도 찾을 수 없었다. 녀석은 이 상자 저 상자 옮겨 다니며 사과를 씹어 먹었는지 껍질 일부와 낙엽이 흐트러져 있었다. 그리고 뒤늦 게 온 우리를 위해 달랑 사과 한 개만 남겨놓았다. 녀석은 겨우내 얼마나 즐 겁게 보냈을까!

우리는 가을에 무, 당근, 양파, 마늘, 순무를 추수한다. 물이 흐르지 않도록 푸른 부분이나 뿌리 끝을 몇 센티미터 잘라낸다. 상자나 바구니에 마른 잎을 깔고, 이것들을 담아서 지하실에 보관한다. 야채와 나뭇잎을 번 갈아 까는 것은 뿌리끼리 닿을 경우 하나가 썩으면 나머지도 같이 썩기 때 문이다. 감자와 사과도 같은 방식으로 저장한다. 그러면 다음 추수 때까지 싱싱하고 아삭아삭한 것을 먹을 수 있다. 겨울 동안 가끔(한 달에 한 번쯤) 내려가서 썩는 게 있는지 살펴본다.

이렇게 상자에 넣어 보관하기에 가장 좋은 온도는 5~8℃이다. 화로 가 있는 지하실은 너무 따뜻하다. 5~8℃에서는 야채나 과일이나 병조림한 식품이 얼지 않는다. 얼었다 녹으면 야채나 과일의 세포가 파괴된다. 일정 한 온도만 유지하면 땅속이든 지하실이든 구덩이 속이든 채소와 근채류가 잘 보존된다. 가능한 한 오래, 최대한 '살아 있게' 보존하는 것이 목적이다.

늙은 호박과 애호박은 근채류 작물처럼 오래 보관할 수 없지만, 새 해 아침까지는 보관할 수 있다(나무 선반이나 바구니, 상자에 넣어서). 토마토와 피망은 상자나 바구니에 넣어 크리스마스까지 먹는다. 이때는 나뭇잎을 깔지 않는다. 양배추, 콜리플라워, 셀러리는 해를 넘겨 보관하는 방법을 아직 찾지 못했다.

우리는 근채류 작물을 톱밥이나 모래에 묻어 보관해봤지만, 낙엽을 까는 쪽을 선호한다. 초가을 낙엽이 떨어지면 양동이에 담는다. 메인에 살면서 메이플 시럽을 만들어 팔 때 쓰던 양동이가 많이 있다. 낙엽을 20~30양동이 정도 모았다가 나중에 근채류 작물을 저장할 때 사용한다.

저장하거나 익혀 병조림하는 것은 신선하게 날로 먹는 것에는 못 미친다고 생각한다. 하지만 계절의 변화가 심한 뉴잉글랜드에 살기로 한 이상은 그 방법을 쓰지 않을 수 없다. 그래서 긴 겨울 동안 '동절기용 야채'를 저장하는 방법을 모색해야 했다.

봄, 여름, 가을에 수확한 것을 보관하는 방법은 네 가지이다. 위에서 설명한 대로 어떤 것은 낙엽을 깔아 보관할 수 있고, 어떤 것은 말려서 보관할 수 있다. 어떤 것은 유리병에 담아 보관할 수 있고, 어떤 것은 냉동 보관할 수 있다. 이 가운데 건조가 가장 쉽고 장점도 많다.

잎채소에는 2%의 단백질이 함유되어 있지만, 건조한 야채에는 20% 이상의 단백질이 함유되어 있다는 점을 지적할 만하다. 그리고 이 점을 자주 간과한다.

매그너스 파이크Magnus Pyke, 《인간과 음식Man and Food》 · 1970

건조한 식품을 비싼 그릇에 담을 필요가 없다. 적당한 상황이라면 좁은 공간에서도 보관할 수 있다. 신선한 야채 45킬로그램을 건조하면 평균 5킬로그램으로 줄어든다. 건조시켜도 영양가에는 해가 없는 듯하다.

헨리 게리Henry Gary, 《가정 살림에 대한 소책자A Manual of Home -Making》• 1922

콩류는 밭에 열린 것을 그대로 말렸다가, 껍질을 벗겨 병이나 통에 넣어 보관한다. 이것은 겨울에 수프 국물을 내는 데 쓴다.

블루베리는 무명을 깐 쟁반에 펼쳐서 이틀 동안 볕에 말린 다음, 아주 약한 불 오븐에서 바싹 말린다. 이런 산딸기류는 천 주머니에 넣었다가 건포도처럼 물에 불려 사용한다. 크랜베리는 볕에 가볍게 말려서, 소독해 건조시킨 병에 담아 뚜껑을 닫는다. 그렇게 두면 몇 년이라도 보관할 수 있다.

호박이나 늙은 호박은 껍질을 벗겨 길게 잘라서 말린다. 채반에 펼쳐서 볕에 내놓거나 중간 불 오븐에서 말린다. 천 주머니에 넣은 다음, 쥐의 손이 타지 않는 용기에 넣어 보관한다. 꺼내 쓸 때는 찬물에 밤새 불려서, 다음 날 불린 물을 붓고 익힌다.

사과는 씨를 빼고 썰어서 줄에 매달아 따뜻한 부엌에 걸어놓으면 된다. 우리는 허브도 부엌 기둥에 걸어 말렸다가 필요할 때 꺾어서 차나 음식을 만든다. 파슬리, 셀러리잎, 딜, 개사철쑥, 바질, 타임, 오레가노, 세이지, 여름 층층이꽃, 로즈메리, 히숍풀, 여러 가지 박하류를 이런 식으로 말린다.

들장미 열매는 '로사 루고사'의 과실로, 우리는 메인주 해안에서 자라는 것을 보고 꺾어다 사용했다. 이후 나무를 심어서 지금은 키가 150~180센티미터 정도로 자랐다. 장미가 꽃을 피운 후 가을이면 꽤 큰 열매가 열린다.

들장미 열매가 주홍색을 띠고 단단하면 수확한다. 반으로 잘라서 칼이나 뾰족한 숟가락으로 씨앗을 빼낸다(지루한 작업이니, 이 일을 하는 동안에는 다른 사람이 책을 읽어주거나 음악을 연주해줘야 한다). 이것을 쟁반에 펼쳐서 미지근한 오븐에 넣거나 스토브에 올려 말린다. 완전히 마르면 질그릇이나 천 주머니에 넣어 서늘하고 건조한 곳에 보관한다. 가루로 만들어 차나 수프에 넣어도 좋다(나는 귤껍질을 길게 잘라 약한 불 오븐에 말려서 가루로 만들었다가 차나 과일 수프에 넣는다).

심지어 대황도 말릴 수 있다.

대황은 잘 손질하면 언제까지나 보관할 수 있다. 대는 2.5센티미터 길이로 자른다. 이것을 얇은 나뭇가지에 꿰어서 걸어 말린다. 대황은 마르면 부피가 많이 줄어든다. 바싹 말리면 침엽수잎과 비슷해진다. 사용할 때는 밤새 물에 불렸다가, 다음 날 뭉근한 불에서 끓인다.

솔런 로빈슨Solon Robinson, 《농부를 위한 사실들Facts for Farmers》• 1869

나는 이 방법으로 대황을 말려본 적은 없지만 익히지 않은 채로 통조림한다. 대를 5센티미터 길이로 잘라 소독해서 식힌 병에 넣은 다음, 찬물을 붓는다. 병을 꼭 막아 지하실에 보관한다. 최소한 1년은 저장이 가능하다. 상에 낼 때는 단맛을 가미한다. 물론 신선한 대황보다는 못하지만 먹을 만하다!

다음은 자두, 체리, 호박, 토마토를 말리는 재래식 방법이다.

자두나 체리는 볕에서 말리는 것이 가장 좋은 건조법이다. 알이 작으면 돌판이나 접시, 쇠판에 올려 볕에서 말린다. 필요할 때마다 뒤집는다. 하지만 과실의 알이 굵으면 양쪽에 칼집을 낸다. 볕이 별로 좋지 않으면 따뜻한 오븐에 넣어 말린다.

휴 플랫 경Sir Hugh Platt, 《숙녀를 위한 진미Delights for Ladies》• 1602

늙은 호박은 다양한 방법으로 준비한다. 인디언은 통째로 끓이거나 재에 넣어 굽는다. 프랑스와 영국에서는 잘라서 불에 직접 구워 먹는다. 구울 때는 과육에 설탕을 뿌려 먹는다. ……인디언들은 호박을 장기간 보관하기 위해 길쭉하게 잘라서 서로 꼬아 볕이나 불 위에서 말린다. 완전히 마르면 몇 년 동안도 보관한다. 끓이면 맛이 아주 좋다. 인디언은 호박을 집이나 여행길에 가지고 다니면서 먹으며, 유럽인도 인디언이 먹는 방법을 차용했다.

페테르 칼름Peter Kalm, 《북아메리카로의 여행Travels into North America》• 1771

토마토를 데치면 껍질이 벗겨지는데, 이것을 뭉근한 불에서 끓인다. 질그릇에 펼쳐서 볕이나 약한 불 오븐에 말린다. 말린 복숭아 모양이 될 것이다.

겨울에 쓸 때는 필요한 양을 찬물에 불린 다음 약한 불 오븐에서 익힌다. 단맛을 첨가하면 맛 좋고 비용은 적게 드는 소스가 된다.

솔런 로빈슨Solon Robinson,《농부를 위한 사실들Facts for Farmers》• 1866

우리 식료품실의 선반에는 여러 가지 식품이 있다. 건포도, 자두, 견과류가 있고, 밀, 롤드오트, 귀리, 기장, 보리, 메밀, 겨, 알팔파, 쌀, 대두, 강낭콩, 팝콘 같은 곡물이 작은 나무통에 담겨 있다. 해바라기 씨앗, 호박 씨앗, 참깨가 깡통에 들어 있고, 홍화씨, 땅콩, 올리브유가 병이나 깡통에 담겨 있다. 메이플 시럽, 꿀, 당밀, 식초, 땅콩버터, 건미역도 있다. 건강식품점과 다를 바 없다.

우리 저장실의 선반에는 약 500리터들이 단지가 여러 개 있다. 사과 소스, 들장미 열매즙, 라즈베리 주스, 수프 국물, 토마토 주스 등이 담겨 있다.

이른바 '밀봉' 유리그릇이 나온 이후, 어느 개척 가정이든 계절마다 많은 과일을 저장하려 했다. 하지만 이 그릇은 보통 개척 가정이 몇십 개씩 감당하기에 너무 비쌌다. 개척 가정의 주부들이 2리터들이나 1리터들이 용기로는 가족이 먹을 식품의 절반도 담지 못한다며 5리터들이 단지를 고집했다는 사실이 흥미롭다. 현대의 주부들은 1/2리터나 1리터들이 그릇을 원한다. 대부분 1/2리터들이 용기를 선호하며, 2리터들이는 시장에서 거의 사라졌다.

나는 어떤 야채나 과일이든 뜨거운 김을 쏘이지 않는 방식을 쓴다. 김을 쏘이는 쪽이 힘도 더 들고, 시간도 많이 든다. 낡은 고무줄로 봉하거나, 단지 또는 뚜껑에 문제가 없는 한 뚜껑을 열고 익혀 보관한 음식이 상하거나 곰팡이가 핀 적은 없었다.

사과 소스를 병조림하려면 우선 깨끗한 병을 뜨거운 오븐에 넣는 것으로 시작한다. 열이 올라 소독되는 사이 나는 사과 소스를 만든다. 사과 껍질은 벗기지 않고 상한 부분과 씨만 도려낸 다음 4등분한다. 이것을 냉수에 씻는다. 냄비에 사과를 담고 물을 조금만 넣어 뚜껑을 덮은 후 익힌다. 오븐에서 병을 꺼내 나무판이나 마른 수건에 엎어놓는다. 뜨거운 사과를 넣을 때 병에 금이 가는 것을 방지하기 위해, 기다란 은 나이프나 숟가락을 단지 안에 세워서 피뢰침처럼 사용한다. 끓는 뜨거운 사과를 냄비에서 꺼내 단지에 넣는다. 이때 나이프를 이용해 단지에 사과가 빼곡히 들어가도록 한다. 병의 주둥이까지 사과를 채운 다음 잘 밀봉한다. 병이 식으면 지하실에서 보관한다. 상에 낼 때는 단맛을 첨가한다.

과일 주스와 들장미 열매즙도 같은 방식으로 준비한다. 단지를 오븐에서 가열해 소독한다. 물 4컵을 끓인 후 단지에 3분의 1가량 채운다. 물을 넣기 전 단지 안에 나이프를 세워두는 것을 반드시 기억한다. 꿀을 한 숟가락 듬뿍 떠 물에 넣고 저어서 녹인다. 과일(블루베리, 들장미 열매, 블랙베리, 포도, 딸기, 라즈베리) 1½컵을 넣는다. 병의 주둥이까지 끓는 물을 채운다. 뚜껑을 단단히 닫고 보관한다. 일에 몰두할 수 있으면(방해받지 않고 필요한 게 모두 준비되어 있는 경우) 남편과 나는 30분 안에 1리터들이 병 20개를 만들 수 있다. 남편은 불 앞에 있다가 병에 끓는 물을 담아서 마개와 고무줄을 내게 갖다주는 일을 한다.

이렇게 만든 주스는 서늘한 지하실에서 얼마고 보관이 가능하다. 어떤 것(특히 들장매 열매즙)은 익어서 두세 해쯤 묵으면 맛이 더욱 좋아진다. 어쨌든 그때가 되어도 상하지 않는다. 들장미 열매즙이 아주 맛있어서 나는 '요정 음식'이라는 이름을 붙이고, 작은 잔에 담아 술처럼 상에 올린다. 메인에 살 때 이웃 노인에게 들장미 열매즙을 주었더니, 그는 꿀꺽꿀꺽 마시고는 "이런, 취기가 도는데요!"라고 말했다. 그 취기는 즙에 함유된 비타민 C 때문이라고 생각한다. 신선한 오렌지 주스 수십 배의 비타민 C가 들어 있다.

우리는 집에서 만든 들장미 열매즙을 약간 희석해서 매일 아침 마신다. 병에 남은 열매는 냉장고에 보관한다. 1~2리터쯤 모이면, 블렌더에 물을 조금 붓고 열매를 갈아서 체에 밭친다. 이 물을 들장미 열매 수프 국물로 쓰면 아주 좋다. 걸쭉하게 남은 부분은 파이 팬이나 쿠키 팬에 담아서 스토브의 여열로 말린다. 바삭바삭해지면 허브 차에 넣어 마신다.

나는 옥수수나 콩은 병조림하지 않는다. 압력솥이 있다 해도 가장 만들기 힘든 저장 식품이다. 같은 양의 토마토와 옥수수를 통조림하는 것은 아주 간단하기는 하지만.

이제 수프 국물과 토마토 주스 만드는 법을 설명하겠다. 토마토를 씻어 껍질째 4등분한다(나는 한 번에 토마토 한 양동이 분량을 만든다). 집에 있는 냄비 중 가장 큰 것에 토마토를 넣고, 물은 붓지 않는다. 토마토를 익히는 사이 셀러리 2~3대를 다진다. 셀러리는 속심과 너무 질기거나 오래된 잎은 쓰지 않는다(심은 보관해두었다 샐러드에 넣는다). 양파 열댓 개의 껍질을 벗겨 다지고, 파슬리 몇 줌과 피망 몇 개가 있으면 썬다. 이것들을 익힌 토마토에 넣는다. 셀러리(가장 질긴 재료이다)에 꼬챙이가 들어갈 때까지 끓인다. 다 되면 국물을 따르고, 건더기는 한쪽으로 치워둔다. 국물을 다시 끓이다가 각종 허브를 넣는데, 허브는 토마토를 병에 담기 전 건져낸다. 소독해서 뜨거운 병에 끓는 토마토 주스를 붓는다(은 나이프를 넣는 것을 잊지 말자). 주둥이까지 채운 후 봉하고 식혀서 보관한다.

걸쭉한 건더기를 냄비에 담고, 타는 것을 막기 위해 물을 조금만 붓고 끓인다. 부글부글 끓으면 병에 담는다. 병 중간까지 담고 소금 1작은술을 넣은 후 다시 끝까지 담고 봉한다. 남은 건더기가 모두 병에 담길 때까지 과정을 반복한다. 국물뿐만 아니라, 이 건더기는 1년 내내 수프를 끓일 때 요긴하게 쓰인다.

매디스 스미스라는 친구가 토마토 수프 조리법을 보내주었다. 내 방식보다 덜 익히기 때문에 맛이 좋겠지만, 블렌더가 필요한 방식이다. 매디스는 반 양동이 분량의 토마토 껍질을 벗기고 4등분해서 말랑말랑하게 될 때까지 익힌 다음, 즙을 걸러낸다(걸러내고 남은 건더기는 사용하지 않는다). 그런 다음 블렌더에 다진 양파 4개와 다진 셀러리 1대, 피망 2개, 소금 3작은술, 설탕(!) 3작은술을 넣고, 즙을 넉넉히 넣어 간다. 이것을 익힌 토마토에 섞어 함께 끓인 다음 병에 담는다.

냉동하는 시간은 따로 정해져 있지 않다. 완두콩(꼬투리에 든 연한 콩이나 꼬투리를 벗긴 것)은 끓는 물에 담갔다가 얼린다. 색깔이 변하면서 껍질이 벗겨지기 시작하면 콩을 건지거나 체에 걸러 물을 따라낸다(이 물은 다음에 콩 껍질을 벗기거나 수프를 끓일 때 사용한다). 콩을 펼쳐놓고 식히거나, 얼음물에 넣었다가 봉지나 상자에 담아 냉동실에 보관한다.

콩 껍질을 벗기지 않는 방법도 있다. 날콩을 냉동실용 용기(상자든 주머니든)에 담아 찬물을 붓는다. 이때 물을 가득 채우지 않고 여분을 둔다. 밀봉해서 얼린다. 먹을 때 얼음과 함께 얼어 있는 덩어리를 팬에 넣고, 뜨거워질 때까지 가열하면 된다.

옥수수는 껍질을 벗겨 얼릴 필요가 없다. 씻거나 물을 붓지 말고 봉투에 담아 얼린다. 먹을 때는 옥수수를 깊지 않은 그릇에 담고 버터를 발라서 뜨거운 오븐에 넣어 15~20분간 굽는다.

애호박은 팬에 한 겹 깔아 냉동실에서 얼린 다음, 봉지나 상자에 옮겨 담아 냉동실에 보관한다. 먹을 때는 작게 잘라서 버터나 식용유를 두르고 허브를 첨가해 볶는다. 호박을 보관하는 더 좋은 방법은 생호박을 1센티미터 크기로 잘라서 잘 익은 토마토와 썬 양파를 넣고 익힌다. 바질과 오레가노를 넣고 식힌 뒤, 그릇에 담아 냉동실에 넣는다.

얼린 아스파라거스를 녹여 먹으면 물컹해서 맛이 없다. 나는 언 것을 곧장 상에 낸다. 줄기가 녹기 전, 반쯤 언 상태에서 손으로 들고 먹으면 맛이 독특한 전채 요리가 된다. 어떤 손님은 이것을 '아스파라거스 아이스크림'이라고 부른다.

작은 토마토(작은 자두 크기의 토마토나 방울토마토) 역시 완전히
해동되기 전에 먹어야 한다. 나는 병에 토마토를 담아서 냉동실에 넣는다.
한편 큰 토마토는 4등분해서 뭉근한 불에 끓인 다음 병에 담아 냉동시킨다.
푹 익히지 않은 과일은 수프와 스튜에 쓰면 안성맞춤이다.

오이 자른 것은 단지에 담고 식초를 넣어 냉동한다. 이것도 반쯤 해
동해서 먹으면 된다.

콩깍지에 든 콩(아직 마르지 않은 채 덩굴에 달려 있는 것)은 익힌
후 식혀 그릇에 담아 냉동한다. 겨울에 가장 유용한 식재료이다.

파슬리는 셀러리, 양파, 피망과 함께 듬뿍 다져서 냉동실에 넣어둔다.
한겨울에 냉동실을 뒤지다가 파슬리를 발견하면 참 즐겁다.

딸기, 블루베리, 체리는 냉동하기 가장 쉬운 종류이다. 나는 우리 밭
에서 수확한 것이면 씻지도 않는다. 바구니에 담긴 것을 곧장 비닐봉지나
종이 상자에 넣어 냉동실에 보관한다. 복숭아는 껍질을 벗겨 조각을 낸 후,
메이플 시럽이나 꿀을 넣어 코티지치즈 통에 담아 얼린다.

위에서 말한 것은 모두 실내에서 저장하는 과일과 야채이다. 우리
집에는 태양열을 이용하는 온실이 있다. 덕분에 겨우내 온실에서 재배한
파슬리, 상추, 대파, 당근 같은 귀한 음식을 먹는다. 텃밭에서는 아무리 추
운 날씨라도 케일, 미니양배추, 시금치 같은 야채가 다음 봄까지 남아 있다.
우리는 1년 내내 먹을거리를 자급자족하며, 아주 가끔 필요한 것을 사러
나간다. 귤, 아보카도, 견과류, 건포도, 대추야자, 말린 자두 같은 밖에서 사

들여오는 것은 맛은 좋지만 꼭 필요한 재료는 아니다. 식용유, 버터, 치즈, 곡물과 함께 이런 먹을거리는 읍내 상점에 주문해서 구입한다.

가능하면 우리 손으로 재배해 '밭에서 딴 싱싱한' 것을 먹으려고 노력한다는 것은 두말할 나위가 없다. 하지만 뉴잉글랜드의 기후에서는 늘 싱싱한 것을 먹는 것이 불가능하다. 그래서 저장하고, 건조하고, 냉동하고, 병조림하는 다양한 방법을 동원한다.

집에서 가꾼 먹을거리는 소박하고 절약하며 살게 해준다. 건강한 삶을 살게 해준다. 우리 부부는 이런 식으로 먹으며 50년 이상 건강하게 살고 있다. 소박한 사람을 위한 소박한 음식 조리법. 훑어보지만 말고 직접 시도해볼 가치가 있을 것이다.

그녀가 인생을 시작할 때 이 작은 책은 보물처럼 소중했다. 그래서 그녀는 이 책이 다른 사람들한테 유용하다는 게 확인되기를 바란다. 그런 기대 속에서 이 책을 대중에게 소개한다.

어느 부인, 《경제 원칙에 입각한 가정 요리의 새로운 방법A New System of Domestic Cookery Formed up on Principles of Economy》 • 1812

헬렌 니어링의 소박한 밥상

1판 1쇄 발행 2001년 9월 5일
1판 24쇄 발행 2016년 6월 5일
2판 1쇄 발행 2001년 9월 5일
2판 6쇄 발행 2024년 7월 5일

지은이 헬렌 니어링
옮긴이 공경희
펴낸이 이영혜
펴낸곳 ㈜디자인하우스

편집장 김선영
홍보마케팅 윤지호
영업 문상식, 소은주
제작 정현석, 민나영
라이프스타일부문장 이영임

출판등록 1977년 8월 19일 제2-208호
주소 서울시 중구 동호로 272
대표전화 02-2275-6151
영업부직통 02-2263-6900
홈페이지 designhouse.co.kr
인스타그램 instagram.com/dh_book

ISBN 978-89-7041-727-1 03800

디자인하우스는 독자 여러분의 소중한 아이디어와 원고 투고를 기다리고 있습니다.
원고가 있는 분은 dhbooks@design.co.kr로 개요와 기획 의도, 연락처 등을 보내 주세요.